W0266961

Reiner Engelmann

Wir haben das KZ überlebt

Reiner Engelmann

Wir haben das KZ überlebt

Zeitzeugen berichten

cbj

cbj
Kinder- und Jugendbuchverlag
in der Verlagsgruppe Random House

Von Rainer Engelmann ist bei cbj außerdem erschienen:

Der Fotograf von Auschwitz.
Das Leben des Wilhelm Brasse (15919)

FSC
www.fsc.org
MIX
Papier aus verantwortungsvollen Quellen
FSC® C014496

Verlagsgruppe Random House FSC® N001967
Das für dieses Buch verwendete FSC®-zertifizierte Papier
Lux Cream liefert Stora Enso, Finnland.

1. Auflage 2015
© 2015 cbj Kinder- und Jugendbuchverlag in der
Verlagsgruppe Random House, München
Alle Rechte vorbehalten
Illustrationen von Bernadette Boos
Bildredaktion: Tanja Zielezniak
Lektorat: Uwe-Michael Gutzschhahn
Einbandgestaltung: init | Kommunikationsdesign,
Bad Oeynhausen
aw · Herstellung: AJ
Satz: Uhl + Massopust, Aalen
Druck: GGP Media GmbH, Pößneck
ISBN 978-3-570-17197-4
Printed in Germany

www.cbj-verlag.de

»Niemand kann aus der Geschichte seines Volkes austreten.
Man soll und darf die Vergangenheit
nicht auf sich beruhen lassen,
weil sie sonst auferstehen
und zu neuer Gegenwärtigkeit werden könnte.«

Jean Amery

Inhaltsverzeichnis

Vorwort ... 9

»Ich habe viel Glück in meinem Leben gehabt.« ... 13
Aus dem Leben der Zeitzeugin Esther Bejarano

»Wir sind alle Menschen! Wir wollen leben!« ... 39
Aus dem Leben des Zeitzeugen Edward Paczkowski

»Ich wollte noch einmal die Sonne sehen.« ... 59
Aus dem Leben der Zeitzeugin Erna de Vries

»Erinnerung ohne Hass.« ... 93
Aus dem Leben des Zeitzeugen Josef Königsberg

»Wenn wir hassen, verlieren wir.
Wenn wir lieben, werden wir reich!« ... 115
Aus dem Leben der Zeitzeugin Philomena Franz

»Ich rede, damit ihr wisst, wie es damals war!« ... 133
Aus dem Leben des Zeitzeugen Heinz Hesdörffer

»Wir Slawen haben keinen Hass in uns.« 159
Aus dem Leben des Zeitzeugen Karol Tendera

»Ich habe den Nazis vergeben.« 177
Aus dem Leben der Zeitzeugin Eva Mozes Kor

»Vergebung, Versöhnung ist wichtig!
Aber wir dürfen nicht vergessen!« 201
Aus dem Leben des Zeitzeugen Tadeusz Sobolewicz

»Versöhnung als Stärke.« 223
Aus dem Leben des Zeitzeugen Max Mannheimer

Glossar 243
Literaturhinweise 250
Bildnachweis 252

Vorwort

Sie waren in Auschwitz und in Buchenwald, in Bergen-Belsen und in Ravensbrück. Sie waren in Theresienstadt und in Dachau, in Westerbork und in Sachsenhausen-Oranienburg. Sie waren im Warschauer Ghetto und in Schwarzheide, in Flossenbürg, in Mülsen und in Groß-Rosen. Einige wurden, bevor sie in ein Konzentrationslager kamen, in Gefängnisse eingesperrt, andere wurden nach Deutschland verschleppt und mussten als Zwangsarbeiter in der Rüstungsindustrie arbeiten.

Unabhängig von den Lagern, die sie durchlebten und überlebten, haben sie alle gleiche Erfahrungen gemacht: Sie wurden vertrieben, sie wurden gedemütigt, Hunger, Durst und Misshandlungen waren ihre ständigen Begleiter. Dem Tod waren sie oft näher als dem Leben. Manchmal waren es Zufälle, manchmal etwas Glück und manchmal auch Freunde, die sie retteten.

Mit zehn Menschen, die den Holocaust überlebt haben, habe ich gesprochen, mir ihre Geschichten angehört. Ich habe sie reden lassen, ohne viele Fragen zu stellen, denn es war ja ihr Leben, von dem sie erzählten, es waren ihre Erinnerungen, die sie preisgaben. Manchmal fließend, manchmal stockend, oft mit Tränen in den Augen. Geschichten jenseits allen menschlichen Vorstellungsvermögens. Und doch waren es Menschen, die diesen Menschen Unsägliches zugefügt haben. Mit Worten kaum zu beschreiben.

Über Jahre hinweg konnten die Opfer dieser unfassbaren

Gräuel über ihre Erfahrungen nicht reden. Nach außen hin versuchten sie, ein normales Leben zu führen. Sie gründeten Familien, sie arbeiteten, sie lebten mitten in einer Gesellschaft, die nichts von ihrem Schicksal wusste oder wissen wollte. Und die Familie, der man das Unbeschreibliche hätte anvertrauen können, wollte man mit der Beschreibung der Erfahrungen in den Konzentrationslagern nicht belasten. Erst spät, manchmal nach dem Tod des Ehepartners oder aber durch andere Ereignisse, waren sie in der Lage, ihre Geschichten nach außen zu tragen.

Andererseits gab es aber auch kein wirkliches öffentliches Interesse an solchen Lebensgeschichten. Der Holocaust wurde verdrängt, aus dem Alltagsbewusstsein ausgeblendet. Die Verantwortlichen waren bei den Nürnberger Prozessen bestraft worden, damit war das Kapitel für viele abgeschlossen. Man wollte nach vorne blicken. Es sollte vorbei sein. Politisch wurde diese Haltung dadurch gestärkt, dass während der Zeit des ersten Bundeskanzlers nach dem Zweiten Weltkrieg Konrad Adenauer (1949–1963) Männer in verantwortlichen Funktionen auftauchten, wie sie sie vergleichbar während des Hitler-Regimes hatten. Und Franz-Josef Strauß forderte, ein Volk, das diese wirtschaftlichen Leistungen vollbracht habe, habe auch ein Recht darauf, von Auschwitz nichts mehr hören zu wollen.

Ein tatsächliches öffentliches Interesse an dem Schicksal dieser Menschen gab es erstmals Ende der Achtziger-, Anfang der Neunzigerjahre. Sensibilisiert u.a. durch die Ausstrahlung des Mehrteilers »Holocaust – Die Geschichte der Familie Weiß«, begann man öffentlich, sich dieser Zeit anzunähern, in Schulen fand das Thema einen breiteren Raum. Erste Zeitzeugen wurden eingeladen, um vor Schülerinnen und Schülern zu reden.

Heute leben nicht mehr sehr viele Menschen, die das Grauen überlebt haben, um darüber zu reden. Aber wir brauchen ihre Geschichten, jetzt und in Zukunft noch mehr, wenn die Überlebenden nicht mehr unter uns sein werden. Wir brauchen sie nicht, um neu anzuklagen oder zu verurteilen. Wir brauchen sie als Erinnerung für die Zukunft. Für unsere Zukunft. »Nie wieder Konzentrationslager, nie wieder Faschismus, nie wieder Unterdrückung und Erniedrigung!«, mahnen sie gemeinsam und haben über ihre Erfahrungen geredet, sie uns als Botschaften anvertraut. An uns liegt es nun, das zu erkennen und zu handeln.

Reiner Engelmann, März 2015

Aus dem Leben der Zeitzeugin
Esther Bejarano

„Ich habe viel Glück in meinem Leben gehabt."

Esther Bejarano mochte die Arbeit in ihrer Boutique. Die Kinder waren erwachsen, gingen ihre eigenen Wege. Ihr Mann Nissim hatte, nach einer Umschulung, eine Stelle als Feinmechaniker und sie ihren Laden in Eimsbüttel. 1972 hatte sie die Boutique eröffnet. Sie freute sich über die Kontakte, die sich durch ihre Arbeit ergaben. Es waren viele junge Menschen, die bei ihr einkauften. Über Alltägliches redeten sie miteinander, manchmal aber auch über politische Fragen. Sie mochte die Offenheit der Menschen. Über ihre Vergangenheit hatte sie bis dahin noch nicht gesprochen. Nur so viel eben, wie man von außen wahrnahm: Kinder, Familie, Beruf. Aber auch mit ihren Kindern hatte sie nie über die Vergangenheit gesprochen. Sie wollte die Familie schützen, sie nicht mit ihrer Geschichte belasten. Nicht mal mit ihrem Mann, der zwar über diese Vergangenheit etwas wusste, bei Weitem aber nicht alles, redete sie über dieses Thema. Auch er fragte sie nicht, aus Rücksicht. Er glaubte, seine Fragen würden alte Wunden aufreißen. Sollte sie nun, da die Kinder erwachsen waren und sie mit manchen Kunden einen persönlichen Kontakt über das Geschäftliche hinaus hatte, anfangen zu reden, zu erzählen, was sie erlebt hatte? Wo die Menschen doch sicher vieles über die Zeit zwischen 1933 und 1945 wussten. Diese Frage beschäftigte sie.

Es war schließlich ein konkretes Ereignis, das bei Esther Bejarano die Mauer des Schweigens brach.

An einem Morgen im Jahr 1979 wurde direkt vor ihrer Boutique ein Informationsstand aufgebaut. Sie ging vor die Tür, um nachzusehen, wer da Flugblätter und Informationsbroschüren verteilte. Mit einem Blick stellte sie fest, dass es die NPD war, die hier auf sich aufmerksam machte, Sympathisanten und Mitglieder gewinnen wollte für ihre ausländerfeindlichen und antisemitischen Parolen.

Das kannte Esther zur Genüge. So hatte es schon einmal angefangen. In den Zwanziger und Dreißigerjahren. Und es hatte mit einem furchtbaren Krieg und mit Auschwitz geendet.

Es hatten sich aber nicht nur ein paar NPD-Leute vor ihrem Geschäft versammelt, es gab auch eine Gegendemonstration.

Esther Bejarano schaute zu den überwiegend jungen Menschen hin, die Transparente trugen mit Slogans wie »Nie wieder Krieg« oder »Nie wieder Faschismus«. Sie freute sich über die Sätze und das Engagement der jungen Leute.

Doch zwischen den beiden Gruppen stand ein Aufgebot von Polizisten. Esther Bejarano sah, wie sie Demonstranten festnahmen und in die bereitstehenden »grünen Minnas« abführten.

»Was machen Sie denn da?« Mit dieser Frage ging sie auf einen Polizisten zu. »Sie verhaften die falschen Leute! Wen schützen Sie denn? Etwa die da?« Sie zeigte auf den NPD-Stand. »Das sind doch die, die Deutschland schon einmal Unglück gebracht haben! Und die schützen sie?«

Sie hatte den Polizisten am Revers gepackt und lautstark auf ihn eingeredet.

Der Polizist forderte sie auf: »Gehen Sie wieder in Ihre Boutique oder ich muss Sie verhaften!«

Esther Bejarano schaute dem Polizisten in die Augen.

»Sie können mich ruhig verhaften«, sagte sie mit fester Stimme, »ich bin Schlimmeres gewöhnt. Ich war in Auschwitz!«

Darauf empörte sich einer der NPD-Männer und forderte

den Polizisten auf: »Die müssen sie verhaften! Die war in Auschwitz! Alle die, die in Auschwitz waren, sind Verbrecher!«

Das war für Esther Bejarano zu viel!

Jetzt muss ich etwas tun, beschloss sie.

Rache

Ich muss mich rächen, dachte sie schon damals, als sie noch im Konzentrationslager war. Ich muss mich an den Nazis rächen, die so viel Leid über die Menschheit gebracht haben.

Wie diese Rache aussehen konnte, wusste sie damals noch nicht. Es waren auch keine Rachegedanken gegen einzelne Nazis, Rachegedanken hegte sie gegen das System.

Esther Bejarano bei einem Zeitzeugengespräch im April 2015 in der Christuskirche in Fulda

Heute weiß sie, wie diese Rache – ihre Rache gegen die Nazis – aussieht. Sie geht an Schulen, redet mit Schülerinnen und Schülern, erzählt ihnen von der Zeit, die sie durchlebt hat, von den Konzentrationslagern, die sie überlebt hat. Sie redet und singt, zusammen mit der Rapper-Band Microphone Mafia, gegen das Vergessen an, wehrt sich mit ihren Texten, Reden, Interviews und Diskussionen gegen den wieder aufkeimenden Rechtsextremismus und gegen Ausländerfeindlichkeit.

Esther Bejarano hat viel zu erzählen.

Kindheit

Am 15. Dezember 1924 wurde sie in Saarlouis als jüngste Tochter von vier Kindern geboren. Ihre Familie gab ihr den Namen Esther. Schon bald zogen die Loewys nach Saarbrücken, wo der Vater Oberkantor der jüdischen Gemeinde wurde.

Die Familie liebte die Musik. Alle vier Geschwister durften ein Instrument lernen. Esther entschied sich fürs Klavier. Eine Entscheidung, deren Tragweite sie damals noch nicht absehen konnte.

An Feiertagen hatten die Loewys häufig Besuch. Dann gab es Hauskonzerte. Und weil der Vater ein engagierter Kantor war, kamen häufig bekannte Sängerinnen und Sänger ins Haus und probten mit ihm.

Esther mochte das sehr.

Erste Anzeichen einer politischen Veränderung registrierte sie 1934. Nicht nur in Saarbrücken, sondern im ganzen Saarland, das zu dieser Zeit unter der Aufsicht des Völkerbunds stand, gab es immer mehr antisemitische Hetzkampagnen. Jüdische Kinder durften auf einmal nicht mehr zur Volksschule gehen. Stattdessen wurden jüdische Schulen eingerichtet. Auch Esther musste eine solche jüdische Schule besuchen.

Über viele Jahre hinweg hatte die Familie Loewy ein Hausmädchen beschäftigt: Käthchen. Sie organisierte den Haushalt, sie war mit der Vorbereitung der vielen Familienfeste beschäftigt, man konnte sie aber auch immer ansprechen, wenn man Probleme hatte. Sie war einfach da, lebte mit den Loewys, gehörte dazu.

Als 1935 das Saargebiet nach einer Volksbefragung dem Deutschen Reich angegliedert wurde, durfte das Dienstmädchen Käthchen plötzlich nicht mehr in der Familie wohnen. Die ersten Rassengesetze verboten das. Später war es ihr sogar verboten, überhaupt für die Familie zu arbeiten. Arier durften sich nicht in den Dienst von Juden stellen.

Weil die jüdische Gemeinde in Saarbrücken schrumpfte, brauchte der Vater eine neue Anstellung. So wurde er Rektor der jüdischen Schule in Ulm und Kantor der dortigen Gemeinde.

Obwohl sich die Situation immer mehr zuspitzte, der jüdischen Bevölkerung immer mehr Rechte und Freiheiten entzogen wurden, die Familie Loewy sogar so weit ging und die beiden ältesten Kinder ins Ausland schickte – Gerdi zu einer Tante in die USA, Tosca nach Palästina –, damit sie dort sicher waren, glaubte der Vater weiter, die politische Situation werde sich bald wieder ändern, und lehnte es ab, mit dem Rest der Familie auszuwandern.

Als am 9. November 1938 überall in Deutschland die Synagogen brannten, jüdische Geschäfte geplündert wurden und man Juden einfach verhaftete, standen die SA-Schergen auch bei den Loewys vor der Tür. Herr Loewy wollte sich seiner Festnahme widersetzen, erklärte, dass er im Ersten Weltkrieg an der Seite der Deutschen gekämpft und sogar das Eiserne Kreuz 1, die höchste deutsche Kriegsauszeichnung, bekommen habe, doch die SA-Männer brüllten ihn an: »Du Saujud, wir pfeifen auf dein EK 1, halt's Maul, sonst kannst du was erleben!«

Er wurde mitgenommen und drei Tage ins Gefängnis gesperrt.

Zu Beginn des neuen Jahres wurde der Vater nach Breslau versetzt. Dort sollte er in der jüdischen Gemeinde arbeiten.

Esther kam in die Jugend-Aliah-Schule in Berlin. Diese Schule war ein Vorbereitungslager zur Auswanderung nach Palästina.

Zwangsarbeit

Doch zu einer Auswanderung kam es nie. Alle Vorbereitungslager in Deutschland wurden im Juni 1941 geschlossen, die Jugendlichen von der SS verhaftet und in Zwangsarbeitslager gebracht. Esther kam in das Lager Neuendorf bei Fürstenwalde. Die meisten Insassen arbeiteten außerhalb des Lagers. Morgens um sieben Uhr mussten sie anfangen und der Tag dauerte zwölf Stunden. Auf dem Weg zur Arbeitsstelle und abends wieder zurück ins Lager wurden sie von der SS bewacht.

Esther wurde im Blumengeschäft der Familie Westphal eingesetzt. Es war eines der größten Blumengeschäfte in Fürstenwalde. Mit ihrer Arbeitsstelle hatte sie Glück. Herr Westphal, der Besitzer, war nett zu ihr. Er übertrug ihr verantwortungsvolle Aufgaben. Dazu gehörte auch, dass sie Fleurop-Bestellungen entgegennehmen durfte. Sie band Kränze, richtete Blumengestecke her, musste Besorgungen im Ort erledigen, und manchmal, in den Sommermonaten, wenn das Obst auf den Bäumen reif war, nahm ihr Chef sie mit in seinen Garten, wo sie sich an all den Früchten satt essen durfte.

Im November 1941 erhielt sie eine schriftliche Aufforderung der Polizei aus Breslau, unverzüglich in die Wohnung ihrer Eltern kommen, um diese zu räumen. Die Familie sei nach Riga abtransportiert worden.

Esther erschrak, als sie feststellte, dass die Eltern ganz ohne Gepäck nach Kownow in Litauen aufgebrochen waren. Alle Koffer waren noch da und im Kleiderschrank hing die gesamte Garderobe. Dass die Eltern zu diesem Zeitpunkt schon nicht mehr lebten, erfuhr Esther erst viel später.

Gegen den Widerstand der Polizisten, die sie in die Wohnung der Eltern begleitet hatten, gelang es ihr, zwei Koffer mit Bettwäsche und ihren eigenen Kleidern zu packen. Auch ein paar Bilder von den Eltern konnte sie heimlich im Koffer verschwinden lassen.

Die Situation im Lager Neuendorf verschlimmerte sich. Man drohte den Jugendlichen, wenn sie ihre Arbeit nicht korrekt machten, kämen sie nach Auschwitz. Da hörte sie den Namen das erste Mal. Auschwitz. Was verbarg sich dahinter? Ein noch schlimmeres Arbeitslager?

Wenn Esther im Ort Blumen ausfuhr, traf sie gelegentlich ein älteres Ehepaar. Sie mussten, wie auch Esther zu dieser Zeit, einen Judenstern tragen. Daran erkannten sie sich. Das

Ehepaar lud sie zu einem Kaffee ein und erzählte, dass fast keiner im Ort mehr mit ihnen rede, und es nur noch zwei Geschäfte gebe, die ihnen etwas verkauften. Aus allen anderen würden sie rausgejagt.

Manchmal, besonders vor den Festtagen, wenn es viel Kundschaft gab, erlaubte Herr Westphal Esther, im Laden auszuhelfen. Das ging lange Zeit gut, bis sich eines Tages ein Kunde beschwerte, es sei eine Zumutung, von einer Jüdin bedient zu werden. Daraufhin durfte Esther nur noch in den hinteren Räumen des Geschäfts arbeiten.

Und Herrn Westphal wurde gedroht: »Wenn diese Jüdin noch einmal im Geschäft steht, kommt sie nach Auschwitz und Sie werden sie dorthin begleiten!«

Anfang April 1943 wurde das Lager Neuendorf geschlossen. Für Esther war das eine herbe Enttäuschung. Sie hatte sich in dem Blumengeschäft wohlgefühlt. Herrn Westphal fand sie »klasse«, weil er nicht alle Anordnungen der SS befolgte und ihr dadurch einige Freiheiten ermöglichte. Und Frau Westphal steckte ihr gelegentlich heimlich etwas Essen zu. Die Verpflegung im Lager, das wusste die Familie, war nur sehr dürftig.

Eines Tages erfuhren die jüdischen Jugendlichen im Lager, dass sie in ein anderes Arbeitslager umsiedeln würden. Jeder dürfe einen Koffer mitnehmen.

Auf Lastautos wurden sie nach Berlin gebracht.

Auschwitz

Der Waggon war überfüllt. Nicht nur die Jugendlichen aus dem Lager in Neuendorf waren dort eingepfercht, sondern zahllose Männer, Frauen, Kinder, ganze Familien – Menschen jeden Alters. Alle waren Tage zuvor in das Sammellager Große Hamburger Straße in Berlin gebracht worden und nun saßen sie in Viehwaggons. Niemand wusste, wohin die Fahrt ging.

Zwei Tage waren sie unterwegs. Zwei Tage ohne etwas zu essen oder zu trinken. Niemand hatte etwas dabei. Zwei Tage, mit siebzig oder achtzig Menschen in dieser Enge. Zwei Tage, in denen einige ältere Menschen, die krank waren, starben.

Nirgendwo gab es eine Toilette. In einer Ecke stand ein Kübel, auf dem man seine Notdurft verrichten konnte. Jeder versuchte, den Zeitpunkt, um den Kübel aufzusuchen, so lange wie möglich hinauszuzögern. Doch irgendwann musste jeder mal zu diesem Ort, sich vor den Augen aller entleeren. Der mit Menschen überfüllte Waggon und der von Stunde zu Stunde voller werdende Kübel machten die Luft fast unerträglich.

Ab und zu hielt der Zug an. Die Gefangenen riefen den SS-Männern zu, sie sollten wenigstens für kurze Zeit die Tür öffnen, damit etwas frische Luft in den Waggon käme. Doch ihre Rufe wurden ignoriert.

Nach zwei Tagen Fahrt, am 20. April 1943, kamen sie an. Die Waggontüren wurden aufgerissen.

Esther sah einige in Zivil gekleidete Herren, die einen freundlichen Eindruck auf sie machten.

»Sie kommen jetzt in ein Arbeitslager«, erklärten die Herren. »Alte, Kranke, Gehbehinderte, schwangere Frauen und auch Mütter mit Kindern können auf eines der bereitstehenden Lastautos steigen. Sie werden ins Lager gefahren!«

Das klingt ja höflich, dachte Esther, dann wird es wohl doch nicht so schlimm werden.

»Alle anderen stellen sich in Sechserreihen auf, sie werden

die Strecke zu Fuß gehen. Eure Freunde und Verwandte seht ihr nachher im Lager wieder«, wurde ihnen erklärt.

Die Gruppe setzte sich in Bewegung. Als sie das Tor des Lagers passierten, änderte sich mit einem Schlag alles. Waren sie eben noch freundlich angesprochen worden, so brüllten ihnen jetzt die SS-Männer entgegen: »Los, los, ihr Saujuden, hier werdet ihr sehen, was ein Arbeitslager ist!«

Sie wurden quer durch das Lager zu einem Gebäude getrieben, von dem sie erfuhren, es sei eine Sauna. Kaum angekommen, sollten sie sich nackt ausziehen.

Esther und auch ihre Freundinnen konnten das nicht glauben. Ausziehen? Vor den SS-Männern? Das wollten sie nicht! Sie schämten sich. Einige Gefangene, die im Raum die SS bei ihrer Arbeit unterstützten, sagten ihnen: »Ihr müsst alles tun, was man euch befiehlt, sonst seid ihr ganz schnell tot.«

Esther und ihren Freundinnen wurde klar: Sie mussten ihre Kleider ablegen. Dann mussten sie ein Stück weitergehen, und – Esther konnte es nicht fassen – ihnen wurden die Haare geschoren. Aus den Duschköpfen, unter die sie sich danach zu stellen hatten, kam nur kaltes Wasser. Mit Heißluft wurden sie getrocknet, denn Handtücher gab es nicht.

Bevor sie ihre Häftlingskleidung bekamen, mussten sie sich alle noch einmal nackt aufstellen. Hinter Tischen saßen Häftlinge, die ihnen Nummern auf den linken Unterarm tätowierten. Esther bekam die Nummer 41948.

Mein Gott, dachte sie, als sie die hohe Zahl sah, wenn das Registrierungsnummern sind, wo sind dann die anderen Menschen? Etwa alle hier in diesem Lager?

Nachdem sie ihre Häftlingskleidung bekommen hatten, wurden sie auf verschiedene Blocks verteilt. Es waren Baracken, die früher als Pferdeställe gedient hatten. Je acht bis zehn Frauen teilten sich eine Koje als Schlafplatz. Die Kojen hatten keine Matratzen, keine Decken, kein Stroh.

Den Pferden hatte man bestimmt wenigstens Stroh gegeben, ging es Esther durch den Kopf.

Esther teilte sich eine solche Koje mit einigen Freundinnen. Sie schliefen auf nackten Brettern. Es war April. Es war kalt. Überall waren Ritzen in den Barackenwänden, durch die es zog. Obwohl sie sich aneinanderkauerten, froren sie.

Im Waschraum, der ein ganzes Stück von ihrem Block entfernt lag, gab es nur kaltes Wasser. An eine richtige Körperpflege war hier nicht zu denken. Vom Waschraum ging es zur Toilette. Die bestand aus einer Stange, unter der ein Auffangbecken entlanglief. Vierzig bis fünfzig Frauen mussten die Toilette gleichzeitig benutzen, immer bewacht von SS-Männern oder -Frauen. Die Frauen waren in ihrer Brutalität oft schlimmer als die Männer, wie Esther im Laufe der Zeit herausfand.

Zum Frühstück aßen sie von dem Brot, das man ihnen am Abend zuvor ausgeteilt hatte. Dazu gab es ein Getränk, das Tee sein sollte. Was es wirklich war, konnte niemand genau erkennen. Es war einfach eine dunkle Brühe.

Nach dem Morgenappell, bei dem die Häftlinge gezählt wurden – auch die, die in der Nacht gestorben waren, mussten mitgebracht werden, der Vollständigkeit halber –, ging es zur Arbeit.

Esthers Arbeitsstelle lag außerhalb des Lagers. Auf einer Seite eines Feldes lagen dicke, schwere Steine. Diese Steine musste sie auf die andere Seite des Feldes schleppen. Den ganzen Tag. Es war mühsam. Sie plagte sich. Sie war eine schmächtige Person. Sie hatte das Gefühl, als würden die Steine immer schwerer. Aber sie schaffte es, sie hielt durch.

Am nächsten Tag musste sie die Steine wieder zurücktragen. Alle Steine, die sie am Vortag von der einen Seite auf die andere geschleppt hatte, sollten nun wieder zurückgebracht werden. Sie verstand das nicht. Hatte man keine sinnvolle Arbeit für sie?

Vernichtung durch Arbeit sei ein Motto des Lagers, erfuhr sie von anderen Mithäftlingen.

Würde sie das lange durchhalten? Sie glaubte es nicht. Tag für Tag merkte sie, wie ihre Kräfte schwanden. Kein Wunder bei dieser Verpflegung!

Hinzu kam die psychische Belastung. Täglich sah sie abgemagerte Menschen, die dem Tod näher waren als dem Leben. Sie sah die vielen Toten, die man auf einem Karren einsammelte und zum Krematorium brachte. Und zu allem Überfluss begegnete ihr auch öfter der Arbeitsführer Moll mit seinem Schäferhund. Sie hatte Angst vor dem Mann. Wie oft hatte sie schon gesehen, dass er seinen Hund auf Frauen hetzte, die er zerfleischte.

Freundinnen – Frauen, die sie kannte – fühlten sich oft diesem täglichen Grauen nicht mehr gewachsen. Sie wollten ihrem Leben lieber selbst ein Ende setzen, bevor die SS es tat, und gingen in den Draht. Esther und auch einige andere Frauen befreiten die Toten aus dem Zaun.

Sosehr Esther den Arbeitsführer Moll fürchtete, weil sie in ihm eine Bestie sah, die zu allem fähig war, so sehr verdankte sie ihm jedoch ihr Leben.

Im Mädchenorchester

Dass Esther musikalisch war, hatten die Blockältesten im Lager schnell erfahren. Für einen Kanten Brot oder ein Stück Wurst sang sie Lieder von Bach, Mozart, Schubert und anderen Komponisten.

Im Frühjahr 1943 sollte ein Orchester aus Gefangenen zusammengestellt werden – ein Mädchenorchester. Die polnische Musiklehrerin und Geigerin Zofia Czaikowska, die ebenfalls in Auschwitz gefangen war, erhielt von der Lagerleitung den Auftrag, entsprechende Musikerinnen zu suchen. Eine der Blockältesten schlug Esther und zwei ihrer Freundinnen vor. Sie meldeten sich zu dritt bei Frau Czaikowska, und auf die Frage, welches Instrument Esther spiele, antwortete sie: »Ich spiele Klavier.«

»Ein Klavier gibt es hier nicht«, war die Antwort, »aber wenn du Akkordeon spielst, kannst du im Mädchenorchester mitmachen.«

Auf einem Akkordeon hatte Esther noch nie gespielt. Sie wusste nur, dass das Instrument auf einer Seite eine Tastatur hatte wie ein Klavier.

»Ja, ich kann Akkordeon spielen«, log sie die Frau an. Sie wusste, dass es *ihre* Chance sein könnte, aus dem kräftezehrenden Arbeitseinsatz herauszukommen.

»Gut«, sagte Frau Czaikowska, »dann spielst du den Schlager ›Du hast Glück bei den Frau'n Bel Ami‹.«

»Aber ich habe lange nicht mehr geübt«, entgegnete Esther, »ich muss erst wieder reinkommen!«

Sie bekam die Gelegenheit, sich zurückzuziehen und sich mit dem völlig fremden Instrument zu beschäftigen. Das Wenige, was sie darüber wusste – dass nämlich ein Ton erklang, wenn man an dem Akkordeon zog –, reichte nicht, um den Schlager zu spielen. Schritt für Schritt machte sie sich mit dem Instrument vertraut. Sie musste es schaffen. Das war ihre *einzige* Chance. Sie steckte ihre ganze Energie hinein, und nach einiger Zeit gelang es ihr tatsächlich, das Lied zu spielen. Damit war sie im Mädchenorchester aufgenommen.

Was für eine Veränderung das für sie bedeutete! Sie konnte es kaum fassen. Sie musste nicht mehr in der großen Baracke auf Holzbrettern schlafen. Sie war nun ein Funktionshäftling und wurde zusammen mit anderen Funktionshäftlingen in der sogenannten Funktionsbaracke untergebracht. Dort gab es richtige Betten mit Matratzen und Decken und Kopfkissen und dazu auch noch Bettwäsche. Welch ein Luxus! Die Frauen, die dort untergebracht waren, arbeiteten in verschiedenen Funktionsbereichen. Sie waren Dolmetscherinnen, Schreiberinnen, Läuferinnen und arbeiteten in den Kanada-Baracken.

Für Esther war der Kontakt zu den Frauen, die in »Kanada« arbeiteten, besonders wichtig. Diese Frauen sortierten all die Dinge, die die Menschen auf ihrem Transport von der Heimat hierhin ins Lager mitgebracht hatten. Wenn auch unerlaubt, so konnte man bei ihnen doch Dinge »kaufen«, die man dringend brauchte. Die Währung bestand aus Lebensmitteln.

Esther kaufte sich einmal einen Pullover, weil sie so oft fror. Der kostete sie die Brotration einer ganzen Woche. Aber sie hungerte lieber, als zu frieren.

Als das Orchester zusammengestellt war, mussten sie einige Wochen lang Musikstücke üben.

Dann war es so weit. Sie wurden eingesetzt. Morgens, wenn die Arbeitskommandos aus dem Lager geführt wurden, mussten sie Marschmusik spielen und abends, wenn die Frauen und Männer zurückkehrten, das Gleiche.

Während ihrer Übungsstunden kamen gelegentlich ranghohe SS-Männer vorbei, um sich an der Musik zu erfreuen. Begeisterte Zuhörer waren unter anderem Josef Mengele und der Arbeitsführer Otto Moll.

Auch wenn die Züge mit neuen Häftlingen kamen, musste das Orchester spielen. Was mögen diese Menschen gedacht haben, als sie mit Musik empfangen wurden?, fragte sich Esther.

Sie und auch die anderen Mädchen im Orchester wussten, was mit den Neuankömmlingen geschehen würde. Nur wenige würde man zum Arbeiten selektieren, die meisten von ihnen würden direkt zu den Gaskammern und Krematorien geführt. Die würden noch am gleichen Tag sterben.

Für Esther war das kaum auszuhalten. Sie mussten fröhliche Musikstücke spielen für Menschen, die nicht mehr lange leben würden. Aber es blieb ihnen nichts anderes übrig, es ging auch um ihr eigenes Leben.

Nachdem Esther zwei Monate im Orchester gespielt hatte, wurde sie krank. Sie bekam Fieber, sehr hohes Fieber.

Die SS-Aufseherin, eine Frau aus Saarbrücken, die sich vielleicht auch wegen der gemeinsamen Heimat ein wenig Esther verbunden fühlte, sorgte für sie. Esther erkannte in ihr eine Frau, die anders war als die meisten ihrer Kolleginnen. Sie schrie nicht, sie schlug nicht, ja, Esther empfand ihr Verhalten geradezu als human. Diese Frau brachte Esther ins jüdische Krankenrevier von Birkenau, weil Esther ja Jüdin war. Nun wusste jeder in Birkenau, dass man aus dieser Baracke nicht mehr lebend herauskam.

In dem zweiten Krankenrevier, dem christlichen, wurde

man versorgt. Hintergrund war, dass christliche Häftlinge Pakete aus der Heimat empfangen durften. Und mit diesen Schätzen, vorwiegend Lebensmitteln, wurden Häftlingsärzte und Häftlingspfleger bestochen.

Der Arbeitsführer Otto Moll, der bei den Gefangenen im Lager als »Der Henker von Auschwitz« bezeichnet wurde, Frauen und Kinder persönlich erschoss und die Leitung des Sonderkommandos in den Birkenauer Krematorien innehatte, bekam irgendwann mit, dass Esther im jüdischen Krankenrevier lag. Er befahl, Esther ins christliche Revier zu verlegen, weil sie als Akkordeonspielerin dringend gebraucht werde. Das war allerdings noch keine Gewähr dafür, nun besser versorgt zu werden, denn Esther durfte als jüdische Gefangene ja von außen keine Päckchen mit Lebensmitteln bekommen, mit denen sie Ärzte hätte bestechen können. So ging es ihr in der ersten Zeit von Tag zu Tag schlechter, sie bekam erneut hohes Fieber und in einem solchen Zustand im Krankenrevier zu liegen, bedeutete, sich im Vorraum zur Gaskammer zu befinden. Als der Arbeitsführer Otto Moll von Esthers Zustand erfuhr, befahl er der tschechischen Häftlingsärztin unter Androhung der Todesstrafe, Esther alle notwendigen Medikamente und jedwede Pflege zukommen zu lassen, damit sie wieder gesund werde. Er werde die Ärztin persönlich erschießen, sollte sie sich seinen Anweisungen widersetzen.

Nach vier Wochen war Esther gesund. Sie konnte es kaum glauben, als sie hörte, wem sie das zu verdanken hatte. Aber sie konnte wieder spielen.

Durch die Krankheit war sie sehr geschwächt und bekam irgendwann auch noch Keuchhusten und später, bedingt durch den Vitaminmangel, am ganzen Körper Furunkel. Eine

Krankenschwester von der Erste-Hilfe-Station kümmerte sich um sie, legte ihr Verbände an.

An einem Morgen wurde beim Appell verkündet, dass alle, die noch arisches Blut in den Adern hätten, sich bei den Blockältesten melden sollten. Sie würden in ein anderes Lager verlegt, das kein Vernichtungslager sei.

Was sollte Esther tun? Ihre Großmutter war christlich, damit war sie ein Viertel arisch.

Doch auch andere Fragen gingen ihr durch den Kopf. Sollte sie hierbleiben, weiter im Orchester mitspielen? Als Funktionshäftling war sie relativ sicher. Oder würde man irgendwann auch sie ins Gas schicken? Sollte, ja, durfte sie ihre Freundinnen in Auschwitz zurücklassen?

Die Freundinnen waren es, die ihr zuredeten, sich auf den Transport einzulassen. Sie solle überleben, sagten sie. Später, wenn alles vorbei sei, solle sie darüber reden, was in Auschwitz geschehen sei.

Sie meldete sich für den Transport an.

Vorher mussten sich alle einer Untersuchung bei Josef Mengele unterziehen. Esther hatte Angst, er könne sie aussondern, ins Gas schicken, weil sie durch die Krankheiten so abgemagert war. Sie hatte Avitaminose, ihr ganzer Körper war übersät mit Furunkeln. Nackt stand sie vor dem Herrn über Leben und Tod und musste sein Urteil abwarten. Doch sie hatte Glück. Mengele hatte nichts zu beanstanden.

Mit siebzig weiteren Frauen ging die Fahrt in einem Zug los. Ihr Ziel war Ravensbrück, das größte Frauenkonzentrationslager auf deutschem Gebiet.

Ravensbrück

Die siebzig Frauen wurden die ersten vier Wochen in Ravensbrück unter Quarantäne gestellt. Das half ihnen, sich von all den Qualen in Auschwitz wenigstens ein wenig zu erholen. Auch Esters Furunkel heilten in dieser Zeit ab, nur einige Narben blieben zurück.

Nach vier Wochen mussten sie arbeiten. Esther wurde wieder eine körperlich extrem anstrengende Arbeit zugeteilt. Sie musste, zusammen mit anderen Häftlingsfrauen, Kohlen in Loren füllen, diese an einen festgelegten Ort schieben und wieder ausladen.

Die Arbeit war schwer. Zu schwer für die junge zierliche Frau. Lange würde sie das nicht durchstehen.

Doch dann hatte sie die Gelegenheit – oder das Glück –, sich bei den Siemens-Werken, die dort im Lager Zwangsarbeiterinnen beschäftigten, zu bewerben, und nach einer Prüfung wurde sie genommen.

Die Arbeit war leicht. Die Firma Siemens war zu jener Zeit ein bedeutendes Unternehmen in der deutschen Rüstungsindustrie. In Ravensbrück mussten die Gefangenen in Halle 4, wo Esther arbeitete, Schalter für U-Boote zusammenbauen.

Auf Vorschlag ihrer Vorarbeiterin, Frau Hintze aus Berlin, mit der sie sich gut verstand und die öfter mal Briefe von ihr mit aus dem Lager nahm, um sie unterwegs in einen Briefkasten zu werfen, lernte sie zumindest die Grundbegriffe ihrer Tätigkeit in russischer Sprache zu erklären. So konnte sie Vorarbeiterin am Arbeitstisch der russischen Zwangsarbeiterinnen werden. Aber auch die Russinnen drängten sie, die Position zu übernehmen. Sie lernte die Sprache mithilfe der russischen Frauen, sie verstand sich mit ihnen gut, und sie wusste von ihnen, dass sie besser Deutsch konnten, als sie an ihrer Arbeitsstelle in Gefangenschaft zugeben wollten.

Esthers Aufgabe an dem Arbeitstisch war es, Schalter nach einem bestimmten Muster zusammenzustecken, und die Arbeiterinnen mussten ihn nachbauen. Das jeweilige Muster wurde von der Vorarbeiterin, Frau Hintze, kontrolliert und die Vorlage auf einem Formular mit ihrem Namenskürzel »H« abgezeichnet. Frau Hintze kontrollierte aber nicht immer alles ganz genau, und so gelang es ihnen einmal, die Schalter nach einem falschen System zusammenzustecken. Tausende Schalter kamen als Reklamation zurück, ohne dass dafür jemand zur Rechenschaft gezogen wurde. Die Frauen freuten sich über den winzigen Sieg, die die Sabotageaktion bedeutete.

Eineinhalb Jahre vergingen, als Anfang 1945 eine Nachricht von Block zu Block weitergegeben wurde: »Frauen, zieht euch Zivilsachen unter eure Häftlingskleidung. Wir werden in ein paar Stunden evakuiert, denn die Sowjets sind bereits in der Nähe.«

Alle, die gesund waren und laufen konnten, bildeten eine lange Kolonne und zogen auf ihrem Todesmarsch durch Dörfer und Städte, über Felder und durch Wälder, immer bewacht von SS-Männern. Wenn eine der Frauen nach stundenlangem Marsch erschöpft zusammenbrach, wurde sie erschossen. Der Weg war gesäumt mit Toten.

Im Konzentrationslager Malchow, in dem sie Station machten, traf Esther auf einige Freundinnen, die mit ihr in Auschwitz gewesen waren. Zu siebt nebeneinander setzten sie ihren Weg fort.

Nach einigen Tagen hörten sie, wie sich zwei SS-Männer unterhielten.

»Es darf nicht mehr geschossen werden«, sagte der eine zum andern.

Das war ein Zeichen. Die sieben jungen Frauen beschlossen, die Kolonne bei der nächsten Gelegenheit zu verlassen. Die kam schon bald, als sie durch einen Wald liefen. Sie versteckten sich hinter Bäumen und warteten, bis alle anderen vorbei waren.

Dann warfen sie ihre Häftlingskleidung weg und irrten noch einige Zeit durch den Wald. Auf einer Landstraße trafen sie auf eine große Gruppe von Flüchtlingen, die ihre Habe in Koffern trugen oder auf Leiterwagen hinter sich herzogen, und liefen mit ihnen.

In einem Dorf fragten sie einen Bauern, ob sie etwas zu essen bekommen könnten. Er gab ihnen einen Eimer gekochte Kartoffeln. Welch ein Festmahl für die jungen Frauen! Wie lange hatten sie schon keine Kartoffeln mehr gegessen?

Die Nacht verbrachten sie in der Scheune und am nächsten Morgen fuhren Amerikaner mit Panzern vor. Sie nahmen die Frauen in Empfang, fuhren mit ihnen nach Lübsch und luden sie dort zum Essen ein. Esther und eine Freundin, die auch Englisch konnte, mussten den Soldaten von Ravensbrück und Auschwitz erzählen. Kurz nachdem Esther erwähnt hatte, dass sie dort im Mädchenorchester Akkordeon spielen musste, hatte einer der Soldaten eines besorgt, und nun begannen sie gemeinsam Lieder zu singen und Esther spielte Akkordeon dazu.

Am gleichen Tag trafen sie im Ort auch noch auf die Rote Armee, die dort einmarschierte. Amerikaner und Russen fielen sich in die Arme, lachten und klopften sich auf die Schultern. Sie freuten sich, dass der Krieg nun endlich vorbei war.

Ein russischer Soldat hatte irgendwo ein riesengroßes Bild von Adolf Hitler organisiert und brachte es zum Marktplatz, wo man sich versammelt hatte. Ein Amerikaner und ein Russe zündeten gemeinsam das Bild an. Alle standen drum herum, lachten, klatschten, sangen Lieder und tanzten. Die sieben jungen Frauen, die russischen Soldaten und die amerikanischen Soldaten. Und Esther spielte dazu auf dem Akkordeon.

Welch ein eindrucksvolles Kriegsende, dachte sie. Es war für sie wie eine zweite Geburt.

Was danach kam

1945 ging Esther Loewy nach Palästina und traf dort ihre ältere Schwester Tosca wieder. Sie machte eine Gesangsausbildung, lernte ihren Mann Nissim Bejarano kennen, die beiden heirateten und bekamen zwei Kinder.

1960 ging die Familie nach Deutschland. Sowohl das meteorologische als auch das politische Klima in Palästina konnte die Familie nicht ertragen. Esther war in der Hoffnung ins Heilige Land gegangen, um dort einen Staat mit Israelis und Palästinensern zu schaffen und in Frieden miteinander zu leben. Diese Vorstellung von einer Zukunft sahen sie in Palästina nicht wahr werden, und Nissim, Esthers Mann, wollte auf keinen Fall als Soldat in einen Krieg ziehen.

Sie gingen nach Hamburg und bauten sich dort eine Existenz auf. Zunächst war es eine kleine Wäscherei, später eröffnete Esther eine Boutique und ihr Mann arbeitete als Feinmechaniker.

Esther war zwar wieder in ihrem Heimatland, es war aber

auch das Land der Täter. Ihre ersten Begegnungen mit Polizisten ließen sie zusammenzucken, die letzten deutschen Polizisten hatte sie während der Nazi-Diktatur gesehen.

Was habe ich meiner Familie angetan, warum war ich wieder bereit, nach Deutschland zu gehen?, fragte sie sich. Aber auch im Alltag, wenn sie durch die Stadt lief oder in Geschäften war und Menschen in ihrem Alter oder etwas älter sah, fragte sie sich oft, was sie damals gemacht hatten, damals während der Zeit, als Esther im KZ war. Hatten sie geschwiegen? Wussten sie etwas? Hatten sie nicht mitbekommen, wie man Menschen aus ihrer Nachbarschaft abholte und sie nicht wieder zurückkamen? Hatten sie mitgemacht, zumindest mitgejubelt in den Massen? Waren unter den Menschen, an denen sie jetzt vorbeilief, auch potenzielle Täter, Männer, Frauen, die in Konzentrationslagern gearbeitet hatten? Oder solche, die andere denunzierten?

Fragen, auf die sie keine Antwort fand.

1979, nach dem Vorfall mit dem Stand der NPD vor ihrer Boutique, wurde Esther Bejarano aktiv. Sie hielt sich nicht mehr länger zurück. Sie hatte lange genug geschwiegen. Sie mischte sich ein. Sie ging an Schulen, sie hielt Vorträge. Sie wurde Mitglied in der Vereinigung der Verfolgten des Nazi-Regimes. Sie wurde Mitglied des Auschwitz-Komitees, dessen Vorsitzende sie heute ist.

Eines hat sich wie ein roter Faden durch ihr ganzes Leben gezogen: die Musik.

Als Kind hatte sie Klavier gelernt und dieser Umstand hat ihr wahrscheinlich das Leben gerettet. Denn in Auschwitz wurde sie nur ins Mädchenorchester aufgenommen, weil sie

Esther Bejarano während eines Konzerts mit der Hip-Hop-Band »Microphone Mafia«

ein Instrument spielen konnte. Mit einer Notlüge behauptete sie, sie könne Akkordeon spielen, denn die Tastatur, fand sie, sei vergleichbar mit der eines Klaviers.

In den Achtzigerjahren war sie musikalisch aktiv, sie gab Konzerte mit ihrer Gruppe »Siebenschön«. In den Neunzigerjahren gründete sie zusammen mit ihren Kindern und anderen die Band »Coincidence« und sowohl in Vorträgen als auch in ihren Musikprogrammen setzte sie sich für ein großes Ziel ein: Frieden.

2009 wurde sie Mitglied der Rapper-Band »Microphone Mafia«. Das kam so: Die Musiker dieser Gruppe sollten im Auftrag der Gewerkschaft eine CD aufnehmen, die sich gegen den aufkeimenden Rechtsextremismus wandte. Eine CD als Gegenstück zu den Schulhof-CDs der Neonazis. Der Bandleader Kutlu Yurtseven wollte die CD gerne mit entsprechenden Inhalten füllen, und man riet ihm, sich mit Esther Bejarano in Verbindung zu setzen. Er rief sie einfach an. Der Ablauf des Telefonats wird bei jeder Gelegenheit wie folgt widergegeben:

»Guten Tag, hier spricht die ›Microphone Mafia‹.«

»Waas? Mafia? Ich möchte mit der Mafia nichts zu tun haben!«

»Wir sind nicht *die* Mafia, wir heißen nur so.«

»Einen schöneren Namen habt ihr nicht gefunden? Was ist das für ein beknackter Name?«

So redeten sie miteinander und so fanden sie zueinander. Esther Bejarano und die »Microphone Mafia«. Zuerst war es nur die CD, die sie gemeinsam produzierten, danach kamen Konzerte. Konzertreisen. Konzerte mit Lesungen. Lesungen mit Musik. Denn Esther Bejarano hat angefangen zu reden und zu singen. Über ihre Vergangenheit, vor allem aber für Frieden in der Zukunft.

Aus dem Leben des Zeitzeugen
Edward Paczkowski

„Wir sind alle Menschen!
Wir wollen leben!“

Er hatte nicht geahnt, welche Folgen diese eine Frage an seinen Bruder für ihn haben würde. Der große Bruder Benek, der stets ein Vorbild für Edward war, trug seit einiger Zeit eine Uniform. Edward fand es nicht ganz ungewöhnlich, eine Uniform zu tragen. Aber es war ein Risiko in jener Zeit. Und Risiken mussten vermieden werden, das hatten die Eltern ihren Kindern klargemacht. Das Risiko kam daher, dass Deutschland Polen binnen Wochen erobert hatte und seither von der polnischen Bevölkerung unbedingten Gehorsam erwartete. Da konnte eine Uniform, auch wenn sie bloß eine Pfadfinder-Uniform war, schon lebensgefährlich sein. Denn die Pfadfinder – das war unter den Polen bekannt – unterstützten auch die Armia Krajowa, die polnische Heimatarmee.

Aber daran dachte Edward in dem Augenblick nicht, als er seinen Bruder fragte, ob er auch so eine Uniform haben könne. Es war einfach der Wunsch eines Jungen, der sich Abenteuer ausmalte, sich nach Abwechslung sehnte, so wie früher, bevor die Nazis kamen.

Als Edward Paczkowski am 20. März 1930 in der polnischen Kleinstadt Grabow geboren wurde, gehörte die Roma-Familie noch zum fahrenden Volk. Nicht der Geburtsort, sondern das ganze Land war ihre Heimat. Besonders angetan hatte es ihnen das Gebiet um Lodz.

Nur in den Wintermonaten mieteten sie sich irgendwo auf dem Land eine Wohnung und einen Stall für ihre Pferde. Doch die Familie konnte es kaum abwarten, dass es endlich wieder Frühling wurde, denn sie liebten es, unterwegs zu sein, in ihren Wagen zu schlafen, tagsüber draußen in der Natur zu leben. So zogen sie spätestens im März eines jeden Jahres wieder los.

Doch 1938 hatte dieses Nomadenleben ein Ende. Die Familie wurde in Tomaszów Mozowiecki sesshaft. Es wurde immer schwerer, die größer werdende Familie auf der Wanderschaft durchzubringen. Fünf Kinder waren es nun schon und das sechste war unterwegs. Der Vater besann sich darauf, dass er nach seiner Schulzeit eine Lehre als Schmied gemacht hatte, und in diesem Beruf wollte er arbeiten.

Er gründete einen Betrieb und konnte schon bald Männer einstellen, die in seiner neuen Firma Mähmaschinen für die Getreideernte produzierten. Die Auftragslage war gut, die Familie hatte dadurch ein gesichertes Einkommen. Die Mutter kümmerte sich um den Haushalt und die Erziehung der Kinder. Damit hatte sie alle Hände voll zu tun. Ein anderes Leben konnte sie sich nicht vorstellen.

Edward wie auch seine schulpflichtigen Geschwister besuchten zu jener Zeit die Volksschule in ihrer neuen Heimatstadt.

Der Krieg, der seit einigen Monaten im Land tobte, hatte alles verändert. Edward hörte, wenn die Familie abends zusammensaß, wie der Vater von der Zerstörung polnischer Städte durch die Deutschen erzählte und auch von den vielen Toten, besonders unter der Zivilbevölkerung. Verstehen konnte Edward das allerdings nicht, dafür reichte die Fantasie des neunjährigen Jungen nicht aus. Was er aber in diesen Monaten mitbekam, war, dass in ihrer Stadt, in der Stadt, die sie sich zum Leben ausgesucht hatten, ein Ghetto eingerichtet wurde. Nach und nach wurden alle jüdischen Familien dort interniert.

Und in dieser Situation tauchte nun Edwards drei Jahre älterer Bruder Benek in der neuen Uniform auf.

»Wo hast du die gekauft?«, fragte Edward. »Ich will auch so eine schöne Uniform!«

»Die kann man nicht kaufen!«, entgegnete Benek scharf und schaute Edward so von oben herab an, als wollte er sagen: Werde du erst mal erwachsen, bevor du dich für Uniformen interessierst!

Aber Edward wäre nicht Edward gewesen, wenn er sich mit der Antwort abgefunden hätte. Also bohrte er weiter: »Wo bekommt man die denn sonst, wenn nicht in einem Laden?«

»Wenn du auch so eine Uniform willst, musst du dich unserer Gruppe anschließen«, antwortete Benek und tat dabei furchtbar wichtig.

»Und was ist das für eine Gruppe?« Edwards Neugierde war jetzt nicht mehr zu bremsen.

Benek nahm den kleinen Bruder zur Seite und tat sehr geheimnisvoll. Er schaute sich zuerst nach allen Seiten um, dann flüsterte er Edward ins Ohr: »Ich bin in der Pfadfindergruppe und wir haben dort geheime Einsätze.«

Benek machte eine kleine Pause, schaute Edward an, um zu sehen, ob der Bruder auch alles verstand. »Wir unternehmen etwas gegen die Deutschen! Aber das darfst du niemandem sagen, hörst du? Niemandem!«

»Auch nicht den Eltern?«, fragte Edward, denn vor denen hatte er noch nie ein Geheimnis gehabt.

»Nein!«, sagte Benek etwas lauter als beabsichtigt. »Denen schon gar nicht! Die würden sich Sorgen machen! Das, was ich dir gerade gesagt habe, muss unser Geheimnis bleiben, verstehst du? Kann ich mich auf dich verlassen?«

Edward nickte und schaute den Bruder mit großen Augen an. Das hatte er nicht erwartet. Nein, unter diesen Umständen wollte er lieber doch keine Uniform. Zumindest jetzt noch nicht. Lieber war er zu Hause, bei der Mutter, bei den Geschwistern. Das schien ihm sicherer.

Das kurze Gespräch mit dem Bruder ging Edward aber nicht mehr aus dem Kopf. Wieder und wieder dachte er darüber nach, was Benek ihm anvertraut hatte. Seine anfängliche Zurückhaltung, seine Bedenken gab er immer mehr auf. Das Neue, das Abenteuer, als das er das Ganze sah, begann ihn zu reizen.

Kurz nach seinem zehnten Geburtstag hatte er endgültig alle Vorbehalte beiseitegeräumt. Edward wurde Mitglied der Pfadfinder. Dafür kamen extra drei Männer zu ihm an die Schule. Bevor er seine Uniform erhielt, musste er vor dem Heiligenbild in der Klasse einen Schwur ablegen und versprechen, dass er seine Heimat liebe und sie verteidigen werde, was auch immer geschehe. Verstanden hatte er das nicht, aber die Aussicht auf die Uniform ließ ihn die Wörter nachsprechen, die ihm einer der drei Männer vorsagte.

Auf der Toilette zog er seine Uniform an und stellte sich damit der Klasse vor.

Einige Wochen nach Edwards großem Tag sprach Benek ihn an.

»Jetzt bist du schon eine Zeit lang bei den Pfadfindern, nun könntest du auch noch unserer Gruppe beitreten. Da reden wir nicht mehr bloß über die Verteidigung unserer Heimat, da tun wir was«, sage er geheimnisvoll.

Edward zögerte. Was war das für eine andere Gruppe, zu der Benek gehörte. Warum wusste er nichts davon? Warum hatte Benek ihm nie etwas darüber erzählt? Also fragte er ihn.

»Ich bin noch in der Armia Krajowa, der polnischen Heimatarmee. Das heißt, ich bin natürlich Pfadfinder, aber mit unserer Gruppe gehören wir zur Armee und unterstützen sie im Kampf gegen die Deutschen.«

Edward brauchte Bedenkzeit. Mitglied bei den Pfadfindern zu sein, das fand er in Ordnung, und die Uniform trug er auch gern. Aber kämpfen? Würde er dazu in der Lage sein? Er war doch erst zehn?

Doch Benek war sein Vorbild. Dem konnte, dem wollte er keinen Wunsch abschlagen. Einige Tage später sagte er ihm, er habe es sich überlegt, er wolle dabei sein.

Auch für die Aufnahme in diese Gruppe traf er wieder die drei Männer, dieses Mal an einem geheimen Ort, den Edward bislang nicht kannte. Und wieder musste er einen Schwur ablegen. Der war allerdings viel klarer und schärfer als der erste. Es lief ihm kalt den Rücken hinunter, als er nachsprechen musste, dass bei Verrat der Gruppe sein Elternhaus mitsamt der Familie in Flammen aufgehen würde.

Doch nun hatte er geschworen, nun war er dabei.

Nach dem Schwur bekam er eine Pistole, die er bei jedem Einsatz tragen müsse. Das war ein Befehl. Sollte man vom Feind gefasst werden, so hatte man die Pistole, um sich selbst das Leben zu nehmen. Denn die Verhörmethoden des Feindes, sagte man ihm, seien furchtbarer als der Tod.

In den folgenden Tagen und Wochen brachte Benek ihm bei, wie sie ihre Anschläge verübten.

»Zuerst musst du die Benzinflasche auf den Panzer werfen, dann die Granate entsichern, bis drei zählen und sie hinterherwerfen. Und dann müssen wir ganz schnell wegrennen, damit uns niemand fasst!«

Mit Attrappen versuchten sie, solche Situationen durchzuspielen. Dosen waren ihre Benzinflaschen, Steine die Granaten, ein Steinhaufen, einige Schritte entfernt, der Panzer. Aber auch mit echten Gegenständen übten sie.

Edward hörte zu, nickte zu allem, es war ja der große Bruder, der mit ihm sprach, der musste es wissen. Selbst verstand er aber nichts.

Das sollte sich allerdings bald ändern. Schon nach zwei Wochen bekamen sie einen Einsatzbefehl, bei dem auch Edward eingesetzt wurde. Der Anschlag sollte in der Stadt Piotrków stattfinden. Vier Panzer und zwei Panzerwagen sollten sie in Piotrków zerstören.

Es war sein erster Einsatz. Alles klappte. Benek hatte ihn gut vorbereitet. Sie konnten rechtzeitig fliehen. Edward war stolz, mit dabei gewesen zu sein. Und es gab ihm Selbstvertrauen. Denn auch bei den nächsten Angriffen in Kielce und Radom sollte er mit dabei sein.

Edward fühlte sich in der Gruppe gebraucht. Von Mal zu Mal wurde er sicherer und im Laufe des ersten Jahres hatten sie zwanzig Panzer und zwölf Panzerwagen des Feindes zerstört.

Dann kam ein neuer Einsatzbefehl. In Kielce sollten sie von Neuem aktiv werden.

Zunächst verlief alles wie immer. Sie warteten ab, bis die deutsche Patrouille vorbei war. Die Späher gaben ihnen ein Zeichen, dass die Luft rein war, doch offenbar hatten sie sich nicht gründlich genug umgeschaut.

Wie aus heiterem Himmel war auf einmal die Gestapo da und verhaftete sie. Es ging so schnell, dass sie nicht einmal mehr in der Lage waren, ihre Pistolen zu ziehen, um sich zu erschießen.

Mit auf dem Rücken gefesselten Händen wurden sie in die bereitstehenden Autos gezerrt.

Sie waren zu fünft und man brachte sie direkt in Kielce ins Gefängnis. Dort wurden sie in Einzelzellen gesperrt. Niemand sollte von dem andern etwas mitbekommen, niemand sollte erfahren, ob einer der andern bei den Verhören, die bald anstehen würden, geredet hatte.

Am dritten Tag wurden sie zu den ersten Vernehmungen abgeholt. Einzeln. Hinter einem Schreibtisch saßen drei SS-Offiziere. Die Häftlinge mussten sich auf einen eisernen Stuhl setzen. Die Beine bis zu den Knien zusammengebunden, die Hände auf dem Rücken gefesselt, so saßen sie da, während ihnen die Fragen entgegengeschmettert wurden.

Der erste der Offiziere fragte: »Wo sind deine Eltern?«

»Meine Eltern sind tot!«, antwortete Edward.

»Du lügst!«

Dann fragte der zweite SS-Offizier noch mal: »Wo sind deine Eltern?«

»Sie sind tot. Sie sind bei einem Bombenangriff ums Leben gekommen!«

»Du lügst! Du lügst!«, brüllte der SS-Offizier.

Und schließlich fragte der dritte: »Woher hast du die Waffen?«

Edward wurde etwas verlegen, aber er fand eine Antwort.

»Die habe ich gefunden, draußen, auf einem Feld.«

Auch jetzt wurde er wieder angebrüllt. »Du lügst! Das glaub ich dir nicht! Man findet nicht einfach irgendwelche Waffen. Und dann auch noch Waffen, mit denen immer wieder Anschläge verübt wurden!«

Aber Edward blieb bei seiner Aussage, er habe die Waffen

gefunden und seine Eltern seien bei einem Bombenangriff ums Leben gekommen.

Weil er auf einem Metallstuhl saß, glaubte er, er würde nun umgebracht. Mit einem kräftigen Stromschlag werde man ihn hinrichten.

Er wurde zwar nicht hingerichtet, aber man verabreichte ihm Stromschläge, immer wieder. Sie waren schmerzhaft, Edward schrie, doch wenn sie ihm sagten, sie würden mit den Stromschlägen aufhören, sobald er die richtigen Antworten gebe, blieb er trotz allem bei dem, was er gesagt hatte.

Einmal wurde er nach einem Verhör von dem Dolmetscher und einem der Offiziere in seine Zelle zurückgebracht. Der Offizier wollte seine Hand an der Tür einquetschen. Edward schrie auf vor Angst. Ein Pistolenschlag traf ihn am Kopf, er blutete, dann spürte er den Schmerz in seiner Hand. Der Offizier hatte es geschafft. Seine Hand steckte zwischen Tür und Rahmen und der SS-Mann drückte die Tür zu. Es waren unerträgliche Schmerzen, Edward verlor die Kontrolle und machte sich in die Hose.

Grinsend ging der SS-Mann fort.

Die Verhöre in Kielce dauerten drei Monate. Und weil keiner aus der Gruppe redete, bekamen sie Nacht für Nacht wechselweise Stromschläge oder Prügel.

Drei Monate später brachte man die fünf Jugendlichen, die Hände auf dem Rücken zusammengebunden, ins Gefängnis nach Tomaszów. Auch hier wurden sie wieder verhört. Doch sie gaben nichts preis.

Nach einem Monat wurden eines Morgens ihre Namen durch den Zellentrakt gebrüllt. Sie wurden vorgeführt, man band ihnen die Hände auf den Rücken, Säcke wurden ihnen über den Kopf gestülpt und im Gefängnishof mussten sie sich nebeneinander aufstellen. In wenigen Minuten sollten sie erschossen werden.

Sprichwörtlich im letzten Augenblick traf im Gefängnis ein Telegramm ein, das sie retten sollte. Einer aus der Gruppe, Erwin, lebte mit seiner Familie in Schlesien, einem Landesteil, der etwa zur Hälfte von Deutschen bewohnt war. Erwin hatte jedoch viele polnische Freunde, fühlte sich mehr als Pole denn als Deutscher, wohingegen sein Vater Karriere in der deutschen Wehrmacht machte. Als er von der anstehenden Hinrichtung seines Sohnes erfuhr, setzte er sich sofort per Telegramm mit dem Gefängnis in Verbindung und ordnete an, die Hinrichtung auszusetzen.

»Nicht schießen! Nicht schießen!«, rief jemand in den Hof hinunter.

Die Gewehre, die bereits angelegt waren, senkten sich. Die Schützen schauten nach oben. Sie erhielten den Befehl, wegzutreten. Den Häftlingen wurden die Säcke vom Kopf gezogen, die Fesseln gelöst und sie wurden zurück in ihre Zellen gebracht.

Dort sollten sie zwei Wochen bis zu ihrem Transport nach Auschwitz bleiben.

Auschwitz

Es war Ende September 1942, als die Gruppe in Auschwitz ankam. Sie mussten die übliche Aufnahmeprozedur über sich ergehen lassen: In der »Sauna« mussten sie sich ausziehen, danach wurden ihnen am ganzen Körper die Haare entfernt, sie mussten duschen, bekamen ihre Häftlingskleidung und in

Edward Paczkowski zeigt das Symbol, das er auf seiner Häftlingskleidung tragen musste.

ihren rechten Unterarm wurde ihre Häftlingsnummer eintätowiert. Von diesem Moment an waren sie namenlos – nur noch eine Zahl.

Edward Paczkowski bekam die Häftlingsnummer 66485.

Zu ihrer Häftlingskleidung bekamen sie noch zwei kleine Stoffrechtecke, auf denen ihre Nummer stand. Jeweils eines davon musste an die Häftlingsjacke und -hose genäht werden. Zusätzlich zu der Nummer gab es noch einen dreieckigen farbigen sogenannten Winkel. Der Winkel von Edward war rot und wies ihn als politischen Häftling aus. In der Mitte des Winkels stand ein großes »P«, mit dem seine Nationalität kenntlich gemacht wurde: »P« stand für Pole.

Edward musste, wie die meisten Männer, die einigermaßen

gesund waren, arbeiten. Morgens nach dem Morgenappell wurden die Arbeitskommandos durch das Tor geführt. Dazu spielte die Lagerkapelle Marschmusik. Sie spielte auch abends, wenn sie nach zwölfstündiger schwerer Arbeit wieder ins Lager zurückkamen.

Gefangene bekamen täglich ein Kilogramm Brot, das sie sich zu viert teilen mussten. Mittags gab es eine Suppe mit wenigen Rübenstückchen und ein paar Brennnesselblättern. Hunger war ein ständiger Begleiter der Häftlinge, besonders bei den jungen, heranwachsenden.

Einmal, als sie von der Arbeit ins Lager zurückkamen und den Abendappell hinter sich gebracht hatten, entdeckte Edward vor dem Vorratsmagazin einige Laibe Brot.

Der Hunger ließ ihn unvorsichtig werden und er griff nach dem Brot. Ein SS-Mann entdeckte ihn.

»Dafür wirst du tanzen!«

Kaum hatte er den Satz ausgesprochen, zog er seine Pistole und schoss auf Edwards Füße. Edward hüpfte, versuchte, den Kugeln auszuweichen. Aber irgendwann merkte er, dass es in seinen Holzschuhen feucht wurde. Feucht von Blut. Der SS-Mann hatte mehrmals getroffen und ihm die Zehen verletzt. Zwei Wochen lang musste er in den Häftlingskrankenbau, damit die Wunden ein wenig heilen konnten, danach ging es wieder hinaus zur Arbeit.

Nach dem Morgen- und Abendappell wurden von den SS-Wachmännern regelmäßig zehn bis fünfzehn Häftlingsnummern verlesen. Diese Häftlinge mussten sich melden und wurden entweder für besondere Arbeiten eingeteilt oder kamen in Strafzellen. Auch Edwards Nummer wurde öfter aufgerufen. Nur reagierte er nicht. Wenn er von einem SS-

Mann entdeckt wurde, wurde er aus der Reihe gezerrt und, meistens mit einem Knüppel, verprügelt. Oft bekam er auch noch Fußtritte. Edward verstand den Grund nicht, warum er bestraft wurde. Ein Mithäftling klärte ihn irgendwann auf:

»Du musst deine Häftlingsnummer in deutscher Sprache lernen, und wenn sie aufgerufen wird, musst du vortreten.«

Das war es also. Seine Nummer wurde aufgerufen und er verstand sie nicht. Er sprach ja nur Polnisch. Es dauerte noch einige Wochen, bis er die Nummer verstehen und richtig aussprechen konnte.

Sonntags wurden die Häftlinge zum Duschen in die »Sauna« geführt. Dazu mussten sie sich in ihrer Baracke ausziehen und danach die knapp zweihundert Meter zum Saunagebäude nackt durch die Lagerstraße laufen. Anschließend mussten sie in ein Wasserbecken tauchen.

In den warmen Sommermonaten war das kein Problem, fand Edward. Aber die SS-Männer forderten es auch im Winter. Schon bei zwanzig Grad minus durch die Lagerstraße zu laufen, war kaum erträglich, aber nach dem Duschen im Freien in kaltes Wasser zu tauchen, war eine Qual.

»Bitte nicht«, bat Edward an einem Sonntag den SS-Mann, der sie beaufsichtigte. »Ich kann nicht!«

Aber der SS-Mann blieb hart, er bestand darauf. Als Edward das Wasserbecken verlassen hatte, bildete sich eine dünne Eisschicht auf seinem Körper.

Ähnlich erging es ihnen mit den Appellen. Wenn sie zum Strafappell antreten mussten, konnte der sich über Stunden hinziehen. Bei der Sommerhitze, die selbst abends noch über dem Platz brütete, wurden manche Häftlinge durch das stundenlange Stehen und weil sie die ganze Zeit nichts trinken durften, ohnmächtig. In den Wintermonaten erfroren viele.

An irgendeinem Tag fanden – wieder einmal – Hinrichtungen statt. An dem Massengalgen auf der Stirnseite des Appellplatzes waren zwölf Stricke befestigt, darunter standen zwölf Hocker. Edward hatte Angst, es könne auch ihn treffen, denn bei den Bestrafungen herrschte reine Willkür. Die Hinrichtungen fanden während des Appells statt. Die Häftlinge sollten zusehen, wie ihre Kameraden starben. Edward wollte das nicht ertragen. Sein Blick war zwar nach vorne gerichtet, aber in Gedanken schweifte er ab.

Benek. Es war gut, dass auch sein Bruder im Lager war. Wann immer sie die Möglichkeit hatten, trafen sie sich, redeten kurz miteinander, machten sich gegenseitig Mut. Edward fühlte sich dann nicht so allein, konnte, auch wenn sie nicht zusammen waren, in Gedanken vor der Willkür des Lageralltags bei seinem großen Bruder Zuflucht suchen. Das half ihm, die vielen furchtbaren Dinge, die er tagtäglich erlebte, besser zu ertragen.

An einem Tag nach dem Abendappell wollten sie sich wieder treffen. Edward suchte Benek, doch er fand ihn nicht. Nicht an diesem Abend und auch nicht an den folgenden Tagen. Immer unruhiger wurde er, bekam Angst, Panik machte sich in ihm breit. Was war mit Benek? Wo steckte er? Warum gab er ihm kein Zeichen?

Dann erfuhr er den Grund. Vor wenigen Tagen hatte die SS aus jedem Block zehn Gefangene ausgewählt, die vergast werden sollten. Benek war dabei. Edward weinte lange.

Mit SS-Männern machte Edward Paczkowski ganz unterschiedliche Erfahrungen. Die meisten waren brutal, schossen nach ihm oder schlugen ihn.

Als er einmal mit einer Gruppe weiterer Häftlinge Kartoffeln sortieren musste, befahl ihnen der SS-Mann, der sie beaufsichtigte, schneller zu arbeiten.

»Wir arbeiten schon so schnell wir können«, sagte Edward. »Wenn wir noch schneller machen, geraten die faulen Kartoffeln zu den guten.«

Das war für den SS-Mann zu viel an Widerspruch. Zwei Häftlinge mussten Edward festhalten und er bekam fünfundzwanzig Schläge mit einem Schaufelstil auf den Hintern. Irgendwann wurde er ohnmächtig, man brachte ihn hinaus und ließ ihn einfach liegen. Nach einigen Stunden wachte Edward auf. Er besann sich, wo er war. Die ersten Blicke reichten, um zu erkennen, dass er sich im Konzentrationslager befand. Er schaute an sich herab, und als er das Blut sah, das seine Hose durchtränkt hatte, fiel ihm alles wieder ein.

Drei Wochen musste er im Häftlingskrankenbau auf dem Bauch liegen und von Häftlingspflegern gefüttert werden.

Zu einem anderen Zeitpunkt arbeitete er draußen in der Nähe der SS-Küche. Tiefe Gräben sollten dort ausgehoben werden. Um die Mittagszeit gingen die SS-Männer nacheinander zur Kantine. Edward arbeitete während dieser Zeit etwas langsamer, machte kleine Ruhepausen, wenn er sich unbeaufsichtigt fühlte. Ein SS-Mann legte in der Nähe von Edward ein Stück Brot und fünfzehn Zigaretten ab. Sollte das alles für ihn sein? Oder war es nur eine Falle? Konnte es sein, dass dieser SS-Mann Mitleid mit ihm hatte?

Edward nahm die Kostbarkeiten an sich. Und es passierte nichts. Der SS-Mann hatte wohl wirklich alles für ihn dort hingelegt. Solche Gesten freuten ihn, ließen ihn hoffen, dass es doch noch menschliche Regungen gab.

Irgendwann nach seinem 14. Geburtstag wurden aus verschiedenen Blocks Häftlingsnummern aufgerufen. Die von Edward war mit dabei. Sie waren etwa siebzig Häftlinge, die von SS-Männern zum Güterbahnhof Auschwitz getrieben wurden. Sie wurden in Waggons verfrachtet und der Zug fuhr Richtung Buchenwald.

Buchenwald

Die ersten vier Wochen verbrachten sie dort in Quarantäne. Danach wurde er in eines der Außenlager von Buchenwald verlegt. Die Häftlinge mussten dort vor allem im Bergwerk arbeiten und die Stollen tiefer in die Erde treiben. In diesen Stollen befanden sich schon die Werksanlagen der Mittelwerk GmbH, wo die sogenannten Vergeltungswaffen produziert wurden.

Dort musste Edward den ganzen Tag am Ende des Tunnels Steine aus der Wand schlagen und sie auf einen Wagen laden. Viele Monate arbeitete er dort tagaus, tagein, bis er Anfang 1945 in ein weiteres Außenlager von Buchenwald, nach Harzungen, verlegt wurde. Dieses Lager bestand aus vier Baracken, in denen jeweils hundert Häftlinge untergebracht waren.

Auch hier musste Edward, wenn auch nur für kurze Zeit, im Ausbau von Stollen arbeiten. Die Junkers Flugzeug- und Motorenwerke sollten untertage verlegt werden. Die Firma Junkers war eine der bedeutendsten der deutschen Rüstungsindustrie vor und während des Zweiten Weltkriegs. Hier wurden unter anderem Kampfflugzeuge und Flugzeugteile produziert.

Schon nach wenigen Wochen wurden eines späten Abends von einem SS-Mann Häftlingsnummern verlesen. Die von Edward war dabei. Jeder sollte seine Decke zusammenrollen und unter den Arm nehmen. In Reihe hintereinander mussten sie zum Güterbahnhof gehen und sich auch dort dicht hintereinander in den Güterwaggons auf den Boden setzen. Zum Abschied gab es von den SS-Männern Brot und Prügel, dann setzte sich der Zug in Bewegung.

Befreiung in Bergen-Belsen

Eine ganze Woche waren sie unterwegs, ohne weitere Verpflegung bis auf das halbe Brot, und ohne irgendetwas zu trinken. Ab und zu hielt der Zug, die Häftlinge schrien nach Wasser. Doch es passierte nichts.

Schließlich kamen sie in Bergen-Belsen an. Von den hundert Männern, die bei der Abfahrt im Waggon waren, hatten siebzig überlebt.

So kurz die Zeit in Bergen-Belsen für Edward und die anderen Gefangenen auch war, so furchtbar war die Arbeit, die sie dort machen mussten. Es gab viele Leichen in Bergen-Belsen, ganze Leichenberge. Zu zweit zogen sie einen Toten nach dem andern in eine nahe gelegene Grube.

Dann kam der 17. April 1945, der Tag ihrer Befreiung. Die Amerikaner rückten mit Panzern an, befahlen den Häftlingen aber, im Lager zu bleiben, weil sie fürchteten, SS-Männer könnten sich im Wald versteckt haben und die befreiten Gefangenen doch noch erschießen.

Nach einigen Tagen verließ Edward zusammen mit ein paar weiteren Häftlingen das Lager. Sie liefen einfach los, ohne zu wissen, wohin. Schließlich kamen sie nach Celle. Edward ging dort in ein Krankenhaus und bat um Hilfe. Er war schwach, er war am Ende seiner Kräfte. Weil man ihn zunächst gar nicht beachtete, fiel er in Ohnmacht.

Kaltes Wasser brachte ihn wieder zu sich, er wurde auf Polnisch gefragt, aus welchem Lager er komme, und nach seiner Antwort wurde er stationär aufgenommen. Wie im Paradies fühlte er sich in dem Bett mit den weißen Laken und in dem Nachthemd, das man ihm angezogen hatte.

Die Diagnose, die die Ärzte stellten, war allerdings alles andere als paradiesisch. Durch die Mangelernährung über lange Zeit hatte er in der linken Körperhälfte ein Loch. Zwei Monate musste er in der Klinik bleiben, danach kam er zur Kur in ein Sanatorium. Im Herbst 1945 verließ er das Sanatorium auf eigene Verantwortung, schloss sich einer Gruppe Roma an und so sind sie zwei Jahre kreuz und quer durch Deutschland gezogen.

1947 wollte Edward wieder nach Polen zurück. Dafür musste er die deutsch-deutsche Grenze passieren. Er wurde festgenommen, kam zunächst in eine Arrestzelle und anschließend in ein Gefängnis am Alexanderplatz in Berlin. Man verurteilte ihn zu drei Jahren Haft, weil er angeblich ein Spion war. Als er vor Gericht seine Geschichte erzählte, seine Häftlingsnummer aus Auschwitz zeigte, glaubte man ihm nicht. Er habe zu viel Fantasie und die Nummer habe er sich selbst tätowiert.

Von Berlin aus wurde er irgendwann nach Breslau verlegt, und erst 1950, nachdem er dort drei Jahre in einem Gefängnis zugebracht hatte, wurde er entlassen. In Warschau erfuhr er, dass von seiner Familie niemand den Holocaust überlebt hatte.

Edward Paczkowski trauert auch heute noch über den Tod seiner Familie. Besonders über den seiner kleinen Schwestern.

»Sie waren doch erst vier und fünf Jahre alt, sie hatten keinem etwas getan! Warum?«

Edward Paczkowski ist aber auch ein Mann, der redet. Er verschweigt nichts, selbst wenn ihn die Erinnerungen schmerzen. Oft wird er eingeladen, vor Gruppen zu sprechen, meistens vor jungen Leuten. Und er nimmt die Einladungen an, wann immer es seine Zeit erlaubt. Mit seinen Vorträgen will er die Erinnerung an jene Zeit wachhalten. Doch gleichzeitig sind es auch Mahnungen an seine Zuhörer, für die Zukunft wachsam zu sein. Wenn er an Krücken den Raum betritt, wird es ruhig. Alle hören gespannt zu, wenn er erzählt. Und hinterher beantwortet er Fragen.

Edward Paczkowski im August 2011 während einer Gedenkfeier in Auschwitz-Birkenau, wo der größte Teil seiner Familie ermordet wurde

»Wir müssen alle aufpassen, dass es keine neuen Hitlers, Himmlers, Göhrings und Goebbels mehr gibt«, sind meist seine letzten Worte nach einem Vortrag. » Wir alle können dafür sorgen! Denn wir sind alle Menschen! Wir wollen leben!«

Aus dem Leben der Zeitzeugin
Erna de Vries

„Ich wollte noch einmal
die Sonne sehen.“

Sie hatte es gewusst! Sie alle hatten es gewusst! Alle! Alle Frauen in diesem Block! Einige waren schon seit Wochen da und täglich kamen neue hinzu. Bei den Selektionen in ihren Arbeitskommandos wurden sie als krank, als nicht mehr arbeitsfähig ausgesondert. Sie mussten sich nackt ausziehen und mit ihren zusammengefalteten Kleidern auf dem Kopf an einem Arzt vorbeigehen. Alle hatten Angst vor den Selektionen, Angst vor den Entscheidungen des Arztes. Sie bemühten sich, gesund zu wirken, fügten sich kleine Wunden zu, um mit dem Blut, das sie im Gesicht verrieben, eine frische Hautfarbe vorzutäuschen. Sie nahmen noch einmal alle Kraft zusammen, um zumindest halbwegs aufrecht an dem Arzt vorbeigehen zu können. Der musterte sie jedoch nur mit einem flüchtigen Blick von oben bis unten und durch eine Handbewegung entschied er, wer in die eine Richtung gehen durfte und wer in die andere musste. Vor dieser anderen Richtung fürchteten sie sich alle. Dorthin mussten die Schwachen, die Kranken, die, von denen der Arzt durch einen Blick meinte, sie seien nicht mehr arbeitsfähig. Diese Richtung führte sie in den Block 25. Alle wussten, was das bedeutete. In Auschwitz-Birkenau war er bekannt. Es war der Todesblock. Wer dorthin kam, hatte nur noch einen Weg, den letzten Weg vor sich: den zu einer der Gaskammern. Der Block 25 war durch hohe Mauern vom Rest des Lagers abgetrennt. Niemand sollte die Möglichkeit haben, von dort zu fliehen, zurück ins Lager. Und von außen sollte niemand sehen können, was sich in dem Block und auf dem Platz davor abspielte. Wenn der Block voll war, wurden die Häftlinge zu den Gaskammern transportiert und ermordet.

Erna Korn war eine der Letzten, die in diesen Block 25 kam. Es war an einem späten Nachmittag Mitte September

Block 25, der Todesblock, in Auschwitz-Birkenau. Auf den Pritschen mussten die Frauen liegen, meist fünf bis sechs pro Etage. Auch der Fußboden war belegt.

1943. Sie betrat das Backsteingebäude und… sie hatte keine Vorstellung, was sie dort vorfinden würde. Das, was sie sah, war weitab von allem, was sie für möglich gehalten hätte. Überall auf den Pritschen lagen Frauen, fünf bis sechs mussten sich eine Liegefläche teilen, andere hockten oder lagen auf dem Fußboden. Es gab kaum einen freien Platz. Erna Korn versuchte, sich zu orientieren, eine Stelle zu finden, wo sie sich niederlassen konnte. Doch es war alles belegt. Unzählige Augenpaare starrten sie an, andere Blicke wirkten schon leblos. Wie viele Frauen waren hier wohl? Zweihundert? Dreihundert? Vierhundert? Nein, es mussten mehr sein! Zu viele für den Raum! Kranke Frauen, schwache Frauen, jammernde, klagende Frauen, apathische Frauen. Frauen jeden Alters. Frauen, die nur noch eines vor sich hatten: den Tod.

Einige junge Frauen kannte Erna Korn oder hatte sie zumindest im Lager schon mal gesehen.

»Morgen sind wir dran!« Erna Korn verstand zunächst nicht, was damit gemeint war, als eine der Frauen sie ansprach. Doch dann erfuhr sie Näheres. »Wir bekommen nichts mehr zu essen und auf die Latrinen dürfen wir auch nicht mehr! Das bedeutet, dass wir morgen ins Gas kommen!«

Damit die Frauen noch ihre Notdurft verrichten konnten, stellte man im Block ein paar Blecheimer auf. Und warum sollte man Frauen, die am nächsten Tag sterben würden, noch etwas zu essen geben. Das konnte man sich sparen.

Erna Korn wusste nicht, wie sie die Nacht durchstehen sollte. Zusammengekauert hockte sie auf dem Fußboden unter einer Pritsche. Angst überkam sie, machte sich in ihr breit, überwältigte sie. Am nächsten Tag würde es keinen Abend mehr für sie geben. Sie würde mit all den anderen Frauen irgendwann sterben, Flammen würden im Krematorium ihre Körper erfassen und sie in Rauch und Asche verwandeln.

Der Morgen kam. Er begann wie jeder Morgen mit einem Zählappell. Auch im Innenhof von Block 25. Ab und zu ging das Tor auf. Tote oder fast tote menschliche Körper wurden abgelegt. Sie wurden aus den umliegenden Blocks hergebracht. Auch sie sollten zu den Krematorien abtransportiert werden. »Blockreinigung« wurde diese tägliche Prozedur in der Lagersprache genannt.

Dann wurde das Tor ganz geöffnet. Ein Lastwagen fuhr herein, der die Frauen zur Gaskammer bringen sollte. Panik brach aus. Die Frauen schrien, jammerten, versuchten, sich in die hinterste Ecke des Innenhofs zu verkriechen, sie rauften sich die Haare, sofern sie überhaupt noch Haare hatten, und flehten um ihr Leben. Niemand wollte freiwillig auf den Lastwagen steigen. Aber es war keiner da, der ihre Angst ernst genommen hätte, keiner, der ihnen beschützend zur Seite gestanden hätte. Der Stubendienst und die Blockälteste trieben sie vorwärts. Erna Korn war mitten unter ihnen. Sie wurde von allen Seiten gestoßen, sie wurde umgerannt, sie versuchte, sich aufzurappeln, schaffte es nur kurz und ließ sich dann einfach fallen. Füße trampelten über sie hinweg, traten auf ihre Hände, gegen ihren Kopf, gegen ihren Körper. Füße verzweifelt schreiender Frauen.

Erna Korn war zu schwach, um wieder aufzustehen, sie konnte nicht mal mehr denken. Auch nicht an ihre Mutter. Sie lag auf dem Innenhof, betete: »Lieber Gott, ich möchte leben, aber wie du willst!«, und schaute zum Himmel. Sie hatte nur einen letzten Wunsch: »Ich möchte noch einmal die Sonne sehen!« Und für einen kurzen Augenblick riss die Wolkendecke tatsächlich auf. Erna Korn wurde auf einmal ganz ruhig. Sie war nicht mehr aufgeregt, sondern ganz in sich versunken.

In diesem Moment hörte sie, wie ihre Nummer aufgerufen wurde. Sie schaute hoch und sah, dass am Eingang von Block 25 ein SS-Mann stand. Er hielt einen Karteikasten unter dem Arm und eine Karteikarte in der Hand.

Langsam stand Erna Korn auf. Sie wusste, dass es ein Befehl war, wenn man mit der Nummer aufgerufen wurde. Sie ging auf den SS-Mann zu. Er verglich ihre Häftlingsnummer auf dem Arm mit der auf seiner Karteikarte.

»Mensch, du hast mehr Glück als Verstand!«, sagte der SS-Mann, schob sie zurück in den Block und schloss die Tür. Stille. Das Flehen und Schreien der letzten Frauen, die noch im Innenhof standen, war ausgesperrt. Warum war sie jetzt wieder hier? Was würde jetzt mit ihr geschehen?

Kindheit

Am 21. Oktober 1923 wurde sie in Kaiserslautern geboren. Ihr Vater, Jakob Korn, war Protestant, die Mutter, Jeanette, geborene Löwenstein, Jüdin. Der Vater war Teilhaber einer Spedition am Ort. Das Einkommen war ausreichend, die Familie konnte Geld sparen, es fehlte an nichts. Erna erlebte glückliche erste Kinderjahre.

1931 starb der Vater an einer Herzerkrankung, die Mutter musste nun allein für den Familienunterhalt sorgen. Mit dem anderen Teilhaber der Spedition führte sie die Geschäfte zunächst weiter. Als 1933 die Nationalsozialisten an die Macht kamen, wurden jüdische Betriebe mehr und mehr aus dem Wirtschaftsleben ausgeschlossen. Das hatte auch Konsequenzen für die Firma, die Ernas Mutter mit dem Teilhaber führte. 1935 musste Jeanette Korn ihren Anteil an ihn abtreten. Von nun an lebten Mutter und Tochter von ihrem Ersparten.

Auch Erna Korn bekam in diesen Jahren die Veränderungen zu spüren. Kinder, mit denen sie befreundet war, durften auf einmal nicht mehr mit ihr spielen. Sie wurde ausgegrenzt, verspottet. »Jude« wurde sie von ehemaligen Freundinnen beschimpft.

Erna Korn besuchte zunächst die Volksschule, doch ihre Lehrer rieten ihr, die Schule zu wechseln. Im Frühjahr 1935 wurde sie am Lyceum der Franziskanerinnen in Kaiserslautern aufgenommen. Diese Schule empfand sie, mitten in all den Anfeindungen, die sie außerhalb ertragen musste, wie

Karneval 1928, Erna Korn als Rotkäppchen verkleidet

eine Oase. Hier fühlte sie sich wohl, hier wurde niemand verspottet, hier lernte sie gerne und wurde eine gute Schülerin.

Was Erna Korn nicht wusste und nicht ahnte – die Ersparnisse der Mutter wurden knapper, sie konnte das Schulgeld nicht mehr bezahlen.

»Wir können uns das nicht mehr leisten«, eröffnete die Mutter eines Tages ihrer Tochter. »Wer weiß, wie lange das mit den Nazis noch so weitergeht?«

Schon nach einem Jahr, 1936, musste Erna das Lyceum also verlassen und besuchte fortan eine jüdische Sonderklasse in Kaiserslautern. Achtundzwanzig Schülerinnen und Schüler von der ersten bis zur achten Klasse wurden im selben Raum von einem einzigen Lehrer unterrichtet. Einerseits waren die Bedingungen, unter denen sie dort lernen mussten, sehr schwierig. Der Lehrer, der jeden Morgen über 30 Kilometer von Zweibrücken nach Kaiserslautern zu fahren hatte, musste seinen Unterricht sehr detailliert planen. Andererseits war die Atmosphäre in der Klasse aber angenehm. Es waren ausschließlich jüdische Kinder dort, sodass niemand angefeindet wurde.

Dafür wurden die Anfeindungen außerhalb der Schule schärfer. Nicht nur von Kindern wurde Erna Korn beleidigt, als Jüdin beschimpft. Eine erwachsene Frau, die sie nicht näher kannte, pöbelte sie jedes Mal an, wenn sie sich zufällig begegneten, und spuckte vor ihr aus.

Auch ihre Mutter Jeanette erlebte eine herbe Enttäuschung. Eine langjährige Freundin, die sie abends oft besuchen kam, erklärte ihr eines Abends, sie könne nicht mehr kommen. Man habe herausgefunden, dass sie Kontakt zu einer Jüdin habe, und damit gedroht, ihrem Mann die Arbeitsstelle zu kündigen.

Pogromnacht

Am 10. November 1938 endete die Kindheit von Erna Korn völlig abrupt. Im Frühjahr hatte sie nach der achten Klasse die Schule verlassen und in einer Wäschenäherei, die einen jüdischen Besitzer hatte, eine Arbeitsstelle als Volontärin gefunden. Weiterhin eine Schule zu besuchen, das Abitur zu machen, zu studieren, das blieb der Jüdin Erna Korn verwehrt. Ärztin wäre sie gern geworden, diese Idee hatte sich schon früh in ihren Gedanken eingenistet.

Um nicht ganz untätig zu sein, nahm sie die Stelle an.

Am Morgen des 10. November klopfte jemand schon sehr früh an die Wohnungstür. Das war ungewöhnlich, ja vielleicht sogar gefährlich. Ob es SS-Männer waren?

Ganz zögerlich öffnete die Mutter zunächst nur einen Spaltbreit und schaute nach. Draußen stand ein Mitarbeiter ihrer ehemaligen Spedition. Er erzählte schließlich, was sich in der letzten Nacht in der Stadt zugetragen hatte. Grölende Horden hätten mit Knüppeln und Eisenstangen Schaufenster jüdischer Geschäfte zertrümmert und die Auslagen zum Teil auf die Straße geworfen. Sie seien in die Wohnungen jüdischer Familien eingedrungen und hätten Möbel aus den Fernstern geworfen. Und er erzählte von Menschen, die sich raffgierig über die Dinge hermachten und einfach mitnahmen.

Erna Korn ging auch an diesem Morgen zur Arbeit. Auf dem Weg dorthin merkte sie nichts von den Verwüstungen, doch ihr Weg führte sie auch nur durch kleine Seitenstraßen. In der Näherei herrschte allerdings eine angespannte Stimmung. Die meisten Frauen hatten von den Zerstörungen etwas mitbekommen oder sie selbst gesehen. Nun erzählten sie davon.

Doch schon bald begann wie gewohnt der Arbeitstag. Die Nähmaschinen wurden eingeschaltet und alle gingen ihren Aufgaben nach. Gut eine Stunde später mussten die Maschinen jedoch wieder abgeschaltet werden. Sämtliche Mitarbeiterinnen wurden nach draußen gerufen und mussten sich auf einer Treppe aufstellen.

»Juden raus! Juden raus!«, riefen ein paar Männer von unten. Erna Korn kannte sie nicht, ahnte aber nichts Gutes.

Die sieben jüdischen Angestellten, die im Betrieb arbeiteten, traten vor und gingen die Treppe hinunter. So auch Erna. Sie dachte an ihre Mutter, hatte Angst um sie, fürchtete, ihr könnte etwas passiert sein, gerade nach dieser Nacht. Unten an der Treppe angekommen, rannte sie einfach los. Sie wollte nur noch nach Hause. Sie wollte zu ihrer Mutter, sie nicht allein lassen.

Die Mutter war noch in der Wohnung. Verängstigt starrte sie vor sich hin. Im Radio hatte sie gehört, was nicht nur in der Stadt, sondern überall im Land passiert war. Ratlosigkeit und Verzweiflung machten sich breit. Sie musste etwas tun, um ihre Tochter und sich selbst in Sicherheit zu bringen. Aber was? Alle jüdischen Freunde waren in der gleichen Situation. Und nicht-jüdische Freunde? Gab es die überhaupt noch? Würden sie helfen oder ihnen aus Angst um ihr eigenes Leben die Tür nicht öffnen?

Gerade da kam auch noch der kleine Cousin von Erna Korn weinend angelaufen. Schluchzend erzählte er, dass ältere Schüler in die Klasse eingedrungen seien und alle Kinder samt dem Lehrer die Treppe hinuntergejagt hätten. Und auf dem Schulhof skandierten sie: »Wir wollen keine Juden hier! Wir wollen keine Juden hier!«

Was konnten sie tun? Erna Korn fürchtete, dass jeden Augenblick Nazi-Anhänger in der Wohnung auftauchen und alles zerschlagen könnten. Das würde sie nicht ertragen!

Sie hofften, vielleicht auf dem Friedhof, dem christlichen Friedhof, am Grab von Erna Korns Vater, Ruhe und Schutz zu finden. Aber Erna hielt es dort nicht lange aus – vielleicht eine Stunde, vielleicht etwas mehr. Sie konnte die Ungewissheit nicht mehr ertragen. Sie wollte nach Hause, wollte sehen, ob etwas passiert war. Schon auf dem Weg hörte sie Gegröle, ihr Magen krampfte sich zusammen, doch sie wollte stark sein, keine Schwäche zeigen. Der Hof stand voller Menschen. Und besonders die Frau fiel ihr auf, die sie bei jeder Gelegenheit beschimpft und vor ihr ausgespuckt hatte. Selbstherrlich baute sie sich vor Erna Korn auf. Jetzt nur nicht heulen, dachte Erna. Und doch liefen ihr Tränen über die Wangen.

Erst dann schaute sie zu ihrer Wohnung hinüber. Die Haustür war eingetreten, die Fenster waren zerstört. Und als sie hineinging, sah sie entsetzt, wie die gesamte Einrichtung kurz und klein geschlagen wurde. Das Mittagessen, das die Mutter vorbereitet hatte, klebte an der Wand.

Erna Korns Mutter brach förmlich zusammen, als sie später die Zerstörung sah. Sie war am Ende ihrer Kräfte.

Wir sind vogelfrei, dachte Erna, da kommen einfach Leute, Nazi-Anhänger, zertrümmern alles, was man hatte, und niemand ist da, der ihnen Einhalt gebietet, sich dagegen stellt, sie beschützt, geschweige denn, die Täter anzeigt, damit sie zur Rechenschaft gezogen werden können. Doch Gesetze, die Juden schützten, existierten ja schon lange nicht mehr.

Aber dann gab es doch noch einen kleinen Lichtblick an diesem Tag. Eine Nachbarin brachte ihnen etwas zu essen und etwas Heißes zu trinken. Sie sagte nicht viel, brachte nur die Dinge und ging gleich wieder. Erna Korn wusste, was das bedeutete. Die Nachbarin hatte sich durch die kleine Geste selbst in Gefahr gebracht.

Offenbar gibt es auch in dieser Zeit noch so etwas wie Menschlichkeit, dachte Erna.

Ausbildung in Köln

Noch am Abend des 10. November 1938 bekamen sie und ihre Mutter von der Kriminalpolizei die Aufforderung, Kaiserslautern unverzüglich zu verlassen. Die Aufforderung betraf nicht nur die Korns, sondern alle Juden im Gau Saar-Pfalz. Die Region sollte »judenfrei« gemacht werden.

Aber wohin? Erna Korn rief kurz entschlossen ihren Onkel, den Bruder der Mutter, in Köln an. Selbstverständlich könnten sie kommen und bei ihnen wohnen, sagte der Onkel.

Die Mutter, Jeanette Korn, kehrte jedoch, trotz Verbot, bereits Anfang Dezember noch einmal nach Kaiserslautern zurück, brachte die Wohnung in Ordnung und kurz vor Weihnachten war alles fertig. Erna kam für kurze Zeit zu ihrer Mutter. Gemeinsam verbrachten sie die Feiertage in der notdürftig hergerichteten Wohnung.

Erna Korn fuhr aber kurz darauf wieder nach Köln, denn dort gab es für sie die Möglichkeit, in einem Altersheim eine Ausbildung als Hauswirtschafterin zu beginnen. Auch das war nicht ihr Traumberuf, doch in dem jüdischen Altersheim bekam sie einen tiefen Einblick in ihre Religion. Dadurch, dass der Vater Christ war und die Mutter Jüdin, hatte man in der Familie keinen besonderen Wert auf religiöse Traditionen und Bräuche gelegt. Erna Korn wurde jetzt mehr und mehr mit ihrer Religion vertraut, konnte sich mit ihr identifizieren – trotz all der Anfeindungen, die von außen auf sie einströmten. Sie musste, wie alle anderen Mädchen und Frauen, den Namen »Sarah« ihrem eigenen Vornamen beifügen, Juden durften keine öffentlichen Verkehrsmittel mehr benutzen, sie durften nicht mehr einkaufen, wo sie wollten, sondern bekamen bestimmte Geschäfte zugewiesen, und durften auch nur noch zu festgelegten Zeiten einkaufen, um Kontakte zu »Ariern« zu vermeiden.

In dem Altersheim arbeitete sie ein Jahr.

In Köln gab es ein von Juden gut geführtes und bis 1933 von allen sehr begehrtes Krankenhaus. Es war das »Israelische Asyl für Kranke und Altersschwache«. Weil Erna Korn sich mehr zum medizinischen als zum hauswirtschaftlichen Dienst in dem Altersheim hingezogen fühlte, nahm sie Kontakt zur Oberin des Krankenhauses auf.

Sie sei noch keine achtzehn, erst dann könne sie eine Ausbildung als Krankenschwester beginnen, eröffnete ihr die Oberin. Aber sie wurde trotzdem genommen und sollte, so wurde ihr nahegelegt, durch die Pflege einer alten Dame prüfen, ob der Beruf tatsächlich für sie der richtige sei.

Erna Korn stürzte sich in die Arbeit, und mit der Zeit war sie nicht nur die Pflegerin der Frau, sondern auch ihre Gesellschafterin. Und nach der Bewährungszeit konnte sie wirklich ihre Ausbildung als Krankenschwester beginnen. Sie liebte die Arbeit, auch unter den schweren Bedingungen jener Zeit, war es doch das, was ihrem Traumberuf am nächsten kam.

Obwohl man in Köln noch nichts direkt davon mitbekam, hatte der Krieg bereits begonnen. Für das jüdische Krankenhaus und deren Mitarbeiterinnen und Mitarbeiter zeigten sich die Einschränkungen jedoch im Alltag. Dadurch, dass Juden keine öffentlichen Verkehrsmittel benutzen durften, mussten alle Besorgungen zu Fuß erledigt werden. Das galt auch für die Krankenschwestern des Krankenhauses. Oft hatten sie weite Wege zurückzulegen, um dringend benötigte Dinge zu besorgen. Dazu kam, dass sie verpflichtet waren, gut sichtbar den Judenstern an ihrer Kleidung zu tragen. Dadurch waren

Erna Korn als Schwesternschülerin 1941 in Köln

sie sofort zu identifizieren und ständig Beleidigungen und Beschimpfungen ausgesetzt.

Aber eines Tages machte Erna Korn mit diesem Stern auch eine sehr verblüffende Erfahrung. Sie musste in einem Geschäft etwas für das Krankenhaus abholen. Als sie wieder auf die Straße trat, fasste eine Frau sie am Handgelenk und sagte zu ihr: »Schwesterchen, tragen Sie den Stern mit Stolz!« Verblüfft schaute sie der Frau hinterher. Doch dann kam Freude in ihr auf, im tiefsten Inneren. Es gibt doch noch Menschen, die wie Menschen denken, die menschlich geblieben sind, sagte sie sich.

In Kaiserslautern begannen 1941 die Deportationen nach Gurs in Südfrankreich. Erna Korn hatte Angst, ihre Mutter könne auch abgeholt werden. Aber sie blieb verschont – vorerst. Trotzdem wollte Erna zu ihr fahren, sie hatte einfach kein gutes Gefühl; wollte bei ihr sein, ihre Mutter sollte nicht allein sein, wenn sie abgeholt würde. Wenn sie deportiert würden, dann nur zusammen. Aber sie wollte mit ihr auch besprechen, wie es weitergehen könnte, ob sie zurück nach Kaiserslautern oder die Mutter nach Köln kommen solle. Erna wollte auf jeden Fall ihren Lehrvertrag erfüllen.

Sie sprach die Oberin an und bat um Erlaubnis, die Mutter zu besuchen. Ihr Wunsch wurde jedoch abgelehnt. Alle Kräfte würden mehr denn je gebraucht. Hintergrund war, dass auch von Köln aus Deportationen stattfanden und sich viele Menschen dem Weg ins KZ entziehen wollten, indem sie versuchten, sich das Leben zu nehmen. Und so kamen mehr und mehr Menschen ins Krankenhaus, die mit ihrem Suizidversuch gescheitert waren.

Erna Korn war das Schicksal ihrer Mutter aber wichtiger, und so besorgte sie sich bei der Gestapo eine Erlaubnis, für vier Wochen nach Kaiserslautern fahren zu dürfen. Ihrem Wunsch wurde stattgegeben. Damit stellte sie die Schwester Oberin vor vollendete Tatsachen und begab sich auf den Weg zu ihrer Mutter.

Deportation

Dass Erna Korn nicht mehr nach Köln zurückkehrte, lag daran, dass das Krankenhaus nach einem Bombenangriff auf die Stadt geschlossen, die Patienten und Mitarbeiter im Fort Müngersdorf interniert und von dort in Konzentrationslager, überwiegend nach Auschwitz, deportiert wurden.

Aus Mangel an Möglichkeiten, ihre Ausbildung doch noch

irgendwo zu beenden, nahm Erna Korn eine Arbeit in einer Eisengießerei in Kaiserslautern an. Ein Jahr lang dauerte die Anstellung dort, es war eine schmutzige, stupide Arbeit, doch eine in der Nähe ihrer Mutter.

Am 6. Juli 1943 wurde sie im Betrieb vom Vorarbeiter angesprochen.

»Geh mal raus, draußen ist jemand, der dich dringend sprechen möchte!«

Es war ihr Nachbar.

»Die wollen deine Mutter deportieren!«, sagte er ganz aufgeregt und überließ ihr sein Fahrrad, damit sie schneller nach Hause kam. Vor dem Haus standen zwei Männer von der Gestapo Saarbrücken. Sie sagten, ihre Mutter müsse mitkommen. Von ihr, Erna, war nicht die Rede.

In der Wohnung holte sie die beiden Koffer aus dem Kleiderschrank. Die waren schon seit einiger Zeit gepackt, weil sie ständig damit rechneten, abgeholt zu werden.

»Nein, nein, Sie nicht, nur Ihre Mutter soll deportiert werden«, sagte einer der Männer.

Erna flehte ihn an, man solle sie doch wenigstens bis Saarbrücken mitnehmen. Unterwegs redete sie auf den Gestapo-Beamten ein, es sei ja nur eine Frage der Zeit, bis auch sie abgeholt würde, und so wären sie wenigstens zusammen. Als sie am Gefängnis in Saarbrücken ankamen, willigte der Beamte ein.

Zwei Tage später wurde Erna Korn zu einem Verhör der Gestapo gerufen.

»So, Sie wollen also mit Ihrer Mutter?«, fragte der Gestapo-Beamte.

»Ja!«

»Wissen Sie denn, wo Ihre Mutter hinkommt?«

»Nein, das weiß ich nicht!«

»Ihre Mutter kommt nach Auschwitz!«

Das war wie ein Schlag in den Magen. Erna Korn wusste, was das bedeutete. Obwohl Juden kein Radio besitzen durften, hatte die Mutter ihres nie abgegeben. So konnte Erna gelegentlich und heimlich »Feindsender« hören. Über BBC London erfuhr sie, was in Auschwitz passierte. Eine Meldung war ihr noch genau in Erinnerung: »Heute kam ein Zug an der Rampe in Auschwitz an. Der Zug kam aus Polen, war fünf Tage unterwegs in der glühenden Sonne. Die Leute bekamen weder Wasser noch etwas zu essen, noch konnten sie sich entleeren. Als man in Auschwitz die Waggontüren öffnete, fielen die Leichen heraus. Und die wenigen, die noch lebten, wurden auf der Rampe erschossen.«

Nach solchen Meldungen wusste Erna Korn, was auf sie zukommen würde. Trotzdem beantwortete sie die nächste Frage des Gestapo-Manns, ob sie immer noch mit ihrer Mutter zusammen gehen wolle, mit einem klaren »Ja!«

Also sollte sie aus der Wohnung in Kaiserslautern ihren Koffer holen. Noch am gleichen Tag fuhr sie mit dem Zug hin. Die Mutter hatte ihr aufgetragen, verschiedene Dinge mitzubringen. Vom Bahnhof aus lief sie quer durch die Stadt zur Wohnung, die aber versiegelt war. Sie musste zur Kripo, die ihr Büro in der Nähe des Bahnhofs hatte. Dort war man ihr behilflich. Ein Beamter fuhr sie nach Hause und öffnete ihr die Tür. In der Zwischenzeit hatten sich auch drei neugierige Nachbarinnen eingefunden. Erna packte die Sachen, die sie ihrer Mutter mitbringen sollte. Die Nachbarn standen hinter ihr, fragten, was mit ihr und der Mutter geschehe, und

Erna Korn sagte es ihnen. Sie würden nach Auschwitz deportiert.

Mit dem schweren Koffer jetzt um diese Zeit noch einmal durch die Stadt zu laufen, war nicht mehr möglich. Sie würde nicht rechtzeitig hinkommen und damit den Zug verpassen. Öffentliche Verkehrsmittel durfte sie als Jüdin nicht mehr benutzen. Mit einem Schwung klappte sie den Kofferdeckel zu und rannte ohne Gepäck los. Sie musste den Zug erwischen. Unbedingt! Sonst würde ihre Mutter allein deportiert werden.

Wenige Minuten vor der Abfahrt kam sie am Bahnhof an und konnte es nicht fassen, als sie ihren Namen hörte. Die Nachbarinnen kamen mit einem Handwagen und brachten ihr den Koffer. Sie weinten, als sie sich verabschiedeten und auch Erna liefen Tränen über die Wangen.

Zwei Tage später ging der Gefangenentransport Richtung Auschwitz los. Die Häftlinge wurden in einen Personenzug mit Abteilen verfrachtet. Die Fenster waren von außen mit Holz verkleidet, damit niemand hinausschauen konnte. Die Abteiltüren waren mit Ketten verschlossen. Häftlingsfrauen, die auf den Fluren hin und her gingen, führten die Gefangenen zu bestimmten Zeiten zur Toilette.

Jeden Abend machte der Zug in einer anderen Stadt halt, jeden Abend wurden die Häftlinge in ein Gefängnis gesperrt. Dort konnten sie sich waschen, dort bekamen sie etwas zu essen, dort bekamen sie Verpflegung für den nächsten Tag – ein Stück Brot. In dem Zug befanden sich überwiegend Menschen, die kleinere oder größere Delikte begangen hatten. So war ein Mädchen in dem Transport, das in einer Fabrik Fallschirme genäht hatte. Irgendwann war sie erwischt worden, wie sie ein kleines Stückchen Fallschirmseide hatte mitgehen lassen. Das war für die Nationalsozialisten ein schweres Verbrechen.

Sechs Tage später traf der Transport in Auschwitz ein.

Auschwitz-Birkenau

Auf Lastwagen wurden die Häftlinge von der Rampe ins Lager Auschwitz-Birkenau gebracht. Das erste Haus, das sie im Lager von innen sahen, war die sogenannte »Sauna«.

Dort standen Frauen hinter Tischen – Häftlingsfrauen in Zivilkleidung. Die Koffer, die die Neuankömmlinge mitbrachten, mussten sie auf die Tische legen und öffnen. Dann wurden Fragen gestellt:

»Haben Sie den Koffer gepackt?«

»Ja!«

»Sind das alles Ihre Sachen?«

»Ja!«

Die Koffer wurden zugeklappt und weggestellt. Was würde mit ihnen passieren? Würden sie sie wiederbekommen? Würden sie die Sachen anziehen können, die sie eingepackt hatten?

Dann mussten sie sich nackt ausziehen, alle behaarten Körperstellen wurden rasiert, anschließend wurden sie tätowiert. Erna Korn war nicht mehr Erna Korn. Sie war jetzt Häftlingsnummer 50462.

Aus den Duschköpfen, unter die sie sich stellen mussten, kam lediglich eine etwas trübe Brühe und im letzten Raum wurden sie eingekleidet. Sie bekamen keine gestreiften Anzüge wie die Männer, die sie gesehen hatten, sondern Zivilkleidung, allerdings mit einem großen schwarzen Kreuz auf dem Rücken, damit sie bei einer Flucht sofort zu identifizieren waren.

Erna hatte etwas Glück bei ihrer Einkleidung. Niemand hatte bemerkt, dass sie noch ihre Schuhe trug. Sonst hätte sie auch solche groben Holzpantinen bekommen, in denen man nicht richtig laufen konnte, sondern sich nur die Füße und Knöchel aufschürfte. Und offene Wunden heilten im Lager nicht. Das lag an der Mangelernährung, aber auch an dem Ungeziefer, das sich überall in den Baracken, besonders aber unter den Decken, unter denen sie schliefen, vermehrte.

Erna Korn und ihre Mutter kamen ins Frauenlager von Auschwitz-Birkenau. Die ersten vier Wochen waren sie im Quarantäneblock. Abgeschieden von den anderen Häftlingen sollte vermieden werden, dass Neuankömmlinge Krankheiten ins Lager einschleppten. Das war die offizielle Version der Lagerführung. In Wirklichkeit diente die Zeit dazu, die Gefangenen für das Lager gefügig zu machen. Den ganzen Tag über hatten sie nichts zu tun, waren geplagt von der Ungewissheit, was auf sie zukommen würde. Wenn sie auch von den Vergasungen direkt nichts mitbekamen, so qualmten doch die Kamine der Krematorien. Wurden hier wirklich massenweise Menschen verbrannt?

Ihre Zeit mussten sie auf einer sogenannten Wiese verbringen, auf der aber kein Gras mehr wuchs. Es war Sommer. Es war heiß. Es gab nichts zu trinken. Lediglich morgens gab es einen Becher mit – ja, was war das, was sie da bekamen? Grashalme schwappten manchmal oben auf der Brühe und Blattläuse hatte Erna auch schon entdeckt. Das war's. Mehr nicht. Mittags gab es ausgekochte Kartoffelschalen. Hunger und Durst waren ihre ständigen Begleiter.

Nach den vier Wochen waren die Quarantänehäftlinge dann sogenannte »Verfügbare«. Sie wurden in Arbeitskommandos eingeteilt.

Erna und ihre Mutter wurden dem »Arbeitskommando Fischerei« zugeteilt. Die Fischteiche lagen außerhalb des Lagers in Harmense. Harmense war mit seinen weiteren Arbeitsbereichen »Kaninchenzucht«, »Geflügelzucht« und »Wirtschaftskommando« ein Außenlager von Auschwitz. Das Arbeitskommando musste jeden Morgen den Weg zu seinem Einsatz zu Fuß gehen. In über hundert Teichen rund um den Ort wurden Karpfen, Schleie und Hechte gezüchtet. Die Häftlinge mussten die Teiche säubern, Dämme ausbessern, den Wasseraustausch regulieren und vieles mehr.

Erna, ihre Mutter und einige andere mussten den Schilf, der schon abgemäht war, aus dem Teich holen. Bis zum Bauch standen sie dabei im Wasser und arbeiteten mit Harken. Erna bekam Entzündungen an den Beinen, weil sie sich die Haut nach den Floh- und Wanzenbissen wund gekratzt hatte und nun in dem schmutzigen Wasser stand. Unter diesen Bedingungen heilten die Entzündungen natürlich nicht, sie wurden nur noch schlimmer.

Erna Korn und ihre Mutter verbrachten ihre Nächte in einem der Blocks des Frauenlagers. Der Block war voll, bis zu sechs Frauen mussten sich eine Pritsche teilen. Bequem liegen konnte niemand auf einer Etage, und wenn sich eine umdrehen wollte, mussten sich alle anderen auch umdrehen. Die Decke, mit der sie sich zudeckten, war einmal eine Steppdecke gewesen, aber überall aufgerissen. An allen Seiten quoll die Wolle heraus und war voller Ungeziefer. Im Schlaf kratzte sich Erna von Neuem die Beine wund. In einem solchen Zustand zum Krankenblock zu gehen, war unmöglich. Man wäre sofort als arbeitsunfähig ausgesondert und bei nächster Gelegenheit vergast worden.

Selektionen wurden aber regelmäßig durchgeführt. Und bei der nächsten konnte Erna ihre Entzündungen an den Beinen nicht verbergen. Nackt musste sie, wie alle anderen, an dem SS-Arzt vorbeilaufen. Mit einer Handbewegung deutete er an, dass sie ins Gas musste.

Ravensbrück

Erna Korn stand im Block 25. Was machte sie hier? Warum wurde sie nicht mit den anderen Frauen ins Gas transportiert? Sie verstand nichts mehr. Sie konnte nicht mehr denken.

»Kommst du auch nach Ravensbrück?« Eine junge Frau mit schneeweißem Gesicht sprach sie an.

»Lass mich in Ruhe!«, hätte sie am liebsten gesagt, aber sie brachte kein Wort heraus. Und mit dem Namen »Ravensbrück« konnte sie nichts anfangen.

»Ich komme nach Ravensbrück!«, sagte die junge Frau. Sie hatte also die ganze Nacht in dem Block zugebracht, wissend, dass sie nicht sterben musste, während sie, Erna Korn, in dem Bewusstsein die Zeit verbracht hatte, dass es die letzte Nacht ihres Lebens sei.

Dann ging alles ganz schnell. Der Blockdienst kam herein und befahl den beiden Frauen, die immer noch nackt dastanden, sich von den Kleidungsstücken der Toten, die noch aufgehäuft dalagen, etwas anzuziehen. Sie bekamen ein Stück Brot zu essen und mussten den Block reinigen.

Und dann wendete sich das Blatt doch noch einmal, zumindest nach Ernas Empfinden. Die beiden Frauen bekamen den Befehl, in den Krankenblock zu gehen. Das bedeutete nie etwas Gutes. Aber es passierte ihnen nichts.

Im Krankenblock traf Erna auf eine Frau aus dem Block, in dem sie mit ihrer Mutter gelegen hatte.

»Was? Du lebst noch?«, rief die Frau erstaunt aus. »Deine Mutter mussten wir festhalten, damit sie nicht in den elektrisch geladenen Draht ging!« Da erst wurde Erna bewusst, wie verstört sie war, dass sie nicht einmal mehr an ihre Mutter gedacht hatte.

Damit die Mutter Gewissheit haben sollte, schrieb Erna ihr eine Nachricht auf einen Zettel, den die Frau ihr überbringen sollte.

»Ich lebe noch!«

Einen Tag später kam Erna Korn mit weiteren Frauen, die nach Ravensbrück verlegt werden sollten, in einen separaten Block. Am nächsten Tag sollte der Transport stattfinden.

Erna hatte nur noch einen Gedanken im Kopf: Sie wollte noch einmal ihre Mutter sehen, mit ihr reden, schauen, wie es ihr ging.

Die Blockälteste versuchte, ihr das auszureden. »Du kannst nicht einfach durch das Lager laufen!«

»Ich kann! Ich werde es auf jeden Fall versuchen!«, sagte Erna entschieden.

Und dann ging sie los, zum Block, in dem ihre Mutter war. Sie trafen sich, sie hielten sich in den Armen, sie freuten sich, dass sie sich wenigstens in diesem Augenblick hatten. Viel Zeit blieb ihnen nicht miteinander. Beide, Mutter und Tochter, hatten das Gefühl, dass sie sich nie wieder sehen würden.

»Wir drehen uns nicht mehr um, wenn wir uns verabschiedet haben«, vereinbarten sie, als sie am Ende der Lagerstraße ankamen, die sie nebeneinander entlanggegangen waren.

»Du wirst überleben und erzählen, was man mit uns gemacht hat!« Das war der letzte Satz, den die Mutter an Erna richtete. Blind vor Tränen gingen beide ihren Weg.

Später erfuhr Erna Korn, warum nur sie und nicht auch ihre Mutter nach Ravensbrück verlegt wurde. Bei den Frauen in dem Transport handelte es sich um »Mischlinge«. Himmler hatte, ganz aktuell, einen Erlass herausgegeben, dass »Halbjuden« in der Rüstungsindustrie einzusetzen seien.

Mehrere Tage waren sie unterwegs. Nachts schliefen sie auf dem Boden. Alles im Zug war schmutzig und die Entzündungen an Ernas Beinen wurden schlimmer. Es war Abend, als sie in Ravensbrück ankamen. Hier erfolgte eine ähnliche Prozedur wie in Auschwitz. Wieder mussten sie sich ausziehen, wieder kamen sie in eine »Sauna«, wieder standen sie vor Tischen, hinter denen Häftlingsfrauen ihren Dienst verrichten mussten. Und vor ihnen, auf den Tischen, lagen Koffer. Erna erkannte ihren sofort wieder. Wie kam der hierher? War das die deutsche Gründlichkeit, die sich sogar in Auschwitz zeigte?

Es war ihr Koffer mit ihren Sachen, die ihre Mutter zum Teil für sie gemacht hatte. Ob sie sich etwas davon nehmen konnte? Ob sie danach fragen durfte? Wie würde die Häftlingsfrau reagieren? Würde Erna Prügel bekommen, wie es in Auschwitz sicher der Fall gewesen wäre? Sie riskierte es. Sie wollte ein Andenken an ihre Mutter. Zunächst wies die Häftlingsfrau ihre Bitte zurück und wurde barsch. »Das geht nicht! Das darf ich nicht machen!«

Aber Erna bettelte, flehte sie an, nur ein Stück wolle sie, ein Andenken an ihre Mutter, die in Auschwitz sei. Schließlich griff die Häftlingsfrau in den Koffer und gab ihr den Waschlappen, der obenauf lag.

Die 85 Frauen wurden zu ihrem Block geführt. In der Mitte des Baus war der Tagesraum, rechts und links davon lagen die Schlafräume. Leise mussten sie sein, damit sie die anderen nicht störten. Betten wurden ihnen zugewiesen, Betten, die mit karierter Wäsche bezogen waren.

Auch hier in Ravensbrück mussten sie die erste Zeit in Quarantäne verbringen.

Schon am ersten Tag traf sie eine Bekannte, die im Lager Auschwitz eine Pritsche über ihr und ihrer Mutter gelegen hatte. Lebusé Ingróva. Erna freute sich, sie zu sehen, und auch Lebusé freute sich, nahm sie in den Arm und drückte sie an sich. Jetzt hatte Erna wenigstens jemanden, mit dem sie reden konnte. Gerade auch über ihre Mutter. Lebusé hatte ihr schon in Auschwitz oft beigestanden, hatte sie immer wieder ermutigt, durchzuhalten, wenn sie am Ende ihrer Kräfte war und sich aufgeben wollte. Aber hier in Ravensbrück wurde sie für Erna Korn zu einer ganz wichtigen Freundin. Lebusé gab ihr jede Woche eine extra Ration Brot. Und reden konnten sie miteinander. Immer wieder reden. Erna tat das gut, es half ihr, die Tage zu überstehen. Erna wollte sich auch Lebusé gegenüber erkenntlich zeigen. Die Frau sollte sich nicht schämen müssen, wenn sie zusammensaßen, redeten oder sich irgendwo trafen. Deswegen bemühte sie sich, einen guten Eindruck zu machen. Sie achtete verstärkt auf ihr Äußeres, wusch sich gründlich, schrubbte sich die Hände, entfernte Flecken aus ihrer Kleidung, und schließlich tauschte sie Brot gegen Lederriemen und Schnalle, die man in der Effektenkammer organisierte, und machte sich daraus einen Gürtel, damit sie nicht mehr mit einem Strick um den Bauch herumlaufen musste.

In den ersten Monaten in Ravensbrück zählte Erna Korn zu den »Verfügbaren«. Diese Häftlinge konnten täglich zu ganz unterschiedlichen Arbeiten herangezogen werden, Arbeiten, die niemand gern machte, Arbeiten, die auch gefährlich waren.

Eine dieser Arbeiten war das Ziehen einer Walze, um Straßen zu planieren. Die Betonwalze war schwer, kaum zu bewegen mit ständig hungrigem Bauch. Und man konnte sich leicht verletzen.

Auch Erna Korn wurde einmal dazu verpflichtet, die Walze zu ziehen. Es war ihr 20. Geburtstag. Den wollte sie gebührend begehen. Wenigstens an diesem Tag wollte sie ein bisschen mehr satt sein als an den anderen Tagen. So steckte sie ihre Brotration vom Vorabend in einen Beutel, in dem sie ihr Essgeschirr und ihre Zahnbürste verwahrte. Am nächsten Morgen wollte sie das Brot genüsslich essen.

Als sie morgens in den Beutel griff, war das Brot weg. Gestohlen. Jemand musste es gesehen haben, wie sie ihre Brotration versteckte. Sie fand nie heraus, wer es war.

»Nein!«, beschloss sie, »heute werde ich keine Walze ziehen, nicht an diesem Tag!« Aber sie wusste noch nicht, wie sie es anstellen sollte. Und so kam es, dass sie zunächst einmal vor die Walze musste. Dann ergab es sich aber, dass eine Gruppe von Häftlingsfrauen an ihnen vorbeigeführt wurde. Kurz entschlossen reihte sich Erna bei ihnen ein und lief mit ihnen zu dem Block, in dem sie arbeiten mussten. Frauen, die nicht als »Verfügbare« zu besonderen Aufgaben verpflichtet wurden, mussten Strümpfe stricken. Soldatenstrümpfe. Und so strickte Erna den Rest des Tages – ihres Geburtstags – Soldatenstrümpfe. Wäre sie erwischt worden, hätte man sie verraten, sie wäre bestraft worden. Der Prügelbock wäre ihr sicher gewesen.

Erst Anfang 1944 wurde sie zu Arbeiten für die Firma Siemens eingeteilt. Wie viele Industriebetriebe nutzte auch Siemens die billigen Arbeitskräfte in den Konzentrationslagern aus. Aus Bauteilen, die zum Teil mit Schiffen angeliefert wurden, sollten sie Telefone und Mikrofone für U-Boote zusammensetzen. Um ihre Geschicklichkeit nachzuweisen, mussten sie vorher eine Prüfung ablegen, aber niemand war durchgefallen.

Es war keine körperlich schwere Arbeit, die sie zu verrichten hatten. Die Verpflegung war etwas besser, es gab eine Scheibe Brot mehr pro Woche. Und sie konnten im Siemens-Lager wohnen, mussten nicht mehr täglich den Weg vom Stammlager zur Arbeitsstelle laufen.

Doch auch trotz dieser zusätzlichen Brotration hatten sie Hunger. Hunger, der von Tag zu Tag unerträglicher wurde. In dieser Situation begannen die Frauen, vom Essen zu träumen. Sie sagten sich gegenseitig Koch- und Backrezepte auf, überlegten sich nicht nur raffinierte, sondern vor allem gehaltvolle Zutaten. Ein Kuchen mit weniger als zwölf Eiern hätte als Rezeptvorschlag nicht standgehalten. Alles wollten sie ausprobieren, nachkochen, nachbacken. Draußen. Aber draußen waren sie noch nicht und bei Siemens in Ravensbrück mussten sie hungern.

Im März 1944 wurde eine Gruppe von zweiundzwanzig Frauen, darunter auch Erna Korn, zur Kommandantur gerufen. Zwanzig von ihnen wurden Todesnachrichten von Familienangehörigen übermittelt. Erna Korn erfuhr an diesem Tag, dass ihre Mutter bereits am 8. November in Auschwitz verstorben sei. Welch eine Nachricht, welch eine Formulierung! Verstorben!

Erna konnte es nicht glauben, wollte es nicht wahrhaben. Sie wusste zwar, dass man in Auschwitz, gerade im Alter ihrer Mutter, nicht lange überleben konnte. Aber stimmte das wirklich, was man ihr gesagt hatte? Waren die Worte des SS-Manns verlässlich? Sie hatte nichts schriftlich, nichts, was den Tod der Mutter hätte belegen können. Keine Urkunde, kein Grab, nichts! Sie konnte es nicht begreifen.

In Ravensbrück war es, anders als in Auschwitz, möglich, dass die Frauen sich abends zusammensetzten. Um geistig fit

Die Originalkleidung von Erna de Vries, ausgestellt im Museum Ravensbrück. Über der Schulter hängt ein Tuch mit den Namen der Frauen, mit denen sie in Ravensbrück war. Das Tuch hatte sie aus einer Lumpenkiste. Die Frauen schrieben ihre Namen darauf und Erna Korn organisierte Nadel und Faden, um die Namenszüge einzusticken.

zu bleiben, sagten sie sich Gedichte auf, die sie kannten, und wenn einzelne Verse fehlten, so wussten andere auszuhelfen. Sie sangen Lieder, die sie von früher, aus besseren Zeiten, erinnerten. Beinahe jede konnte etwas zu diesen gemeinsamen Abenden beitragen und so ließ sich wenigstens für kurze Zeit die grausame Realität vergessen.

Die Firma Siemens löste am 14. April 1945 ihre Produktionsstätte in Ravensbrück auf. Erna Korn wie auch alle anderen Frauen mussten zurück ins Stammlager Ravensbrück.

Häftlinge aus anderen Konzentrationslagern, die in der Nähe der Kriegsfront lagen, wurden evakuiert und auf andere Lager verteilt. Auch in Ravensbrück wurden neue eingeliefert. Die Front rückte näher und schon bald war auch das Lager Ravensbrück nicht mehr zu halten.

An einem Morgen, es war Ende April 1945, hieß es für die Frauen: »Holt eure Sachen aus dem Block, ihr werdet in Marsch gesetzt!«

Befreiung

In Kolonnen von jeweils achthundert Frauen wurden sie auf mehreren Routen in Richtung Neustrelitz und Malchow getrieben. Frauen, die krank und zu schwach waren für diesen Marsch, ließ man zum Sterben im Lager zurück.

Vor dem Aufbruch bekam jede etwas Proviant mit. Es würde nicht ausreichen, nicht für eine längere Strecke. In ihrer dünnen Häftlingskleidung mussten sie Ende April auf den mit Kopfstein gepflasterten Straßen durch das verregnete, kalte Mecklenburg ziehen. Nachts legten sie sich zum Schlafen in Straßengräben. Der Hunger war ihr ständiger Begleiter.

Viele brachen vor Erschöpfung zusammen oder wurden von der SS erschossen. Tote säumten ihren Weg.

Ab und zu trafen sie unterwegs auf Bauern, die für ihre Schweine in großen Kesseln Kartoffeln gekocht hatten. In unbeobachteten Momenten gaben sie den Frauen davon welche ab, obwohl die SS-Bewacher das ausdrücklich verboten hatten.

Erna Korn war mit Esther und Ruth Weiß zusammen, zwei Schwestern, die ein paar Jahre jünger waren als sie. Sie schleppten sich mehr, als dass sie gingen. Sie waren am Ende ihrer Kräfte. Wie viele Tage waren sie nun schon unterwegs?

An irgendeinem Tag befahl gegen Abend ein SS-Mann: »Legt euch hin! Hier könnt ihr liegen bleiben bis morgen früh um fünf!«

Sie ließen sich fallen. Sie streckten sich aus. Es regnete in Strömen. Das Wasser lief ihnen den Nacken hinunter. Aber wenigstens mussten sie nicht mehr laufen.

Erna Korn zog ihre Schuhe aus. Die Füße waren voller Blasen, die sich jetzt, befreit von den Schuhen, in voller Größe ausbreiteten.

Es war noch keine Stunde vergangen, als die SS wieder zurückkam und befahl: »Los, los, aufstehen! Schnell, der Russe ist im Anmarsch!«

»Wir können nicht mehr«, flehten die Frauen, »wir schaffen es nicht mehr!« Aber alles Klagen half nichts, sie mussten aufstehen und weiterlaufen.

Erna Korn wollte aufgeben. Ihre Füße schmerzten, sie konnte ihre Schuhe nicht mehr anziehen. Zu ihren beiden Freundinnen sagte sie: »Ich geh nicht mehr weiter. Ich kann nicht mehr!«

Sie sah einfach keinen Sinn mehr darin, weiterzulaufen. Es

war eine einzige Qual. Und wohin sollte sie denn laufen? Und für wen? Ihr Vater war lange tot. Ihre Mutter in Auschwitz ermordet. Geschwister hatte sie keine. Also für wen sollte sie sich jetzt noch quälen?

Auch ihre beiden Freundinnen waren schwach, konnten sich kaum noch auf den Beinen halten. Aber sie packten Erna am Ellenbogen und zogen sie mit.

»Du hast so lange durchgehalten«, redeten sie auf sie ein, »du darfst jetzt nicht aufgeben!«

So nahm Erna Korn noch einmal all ihre Kraft zusammen. Mit hängenden Köpfen schleppten sie sich weiter. Weiter, immer weiter, immer weiter …

Auf einmal geriet an der Spitze ihrer Kolonne alles in Bewegung. Rufe, Schreie, Lachen, Weinen, Erna hörte es. Sie schaute auf. Sie sah Menschen, die sich umarmten. Sie sah Menschen vor Freude springen, sah, wie sie ihre Arme in die Luft reckten und winkten, und dann hörte sie die Geräusche von Fahrzeugen, schweren Fahrzeugen. Es waren Panzerwagen, amerikanische Panzerwagen, die angefahren kamen. Jetzt verstand sie die Ausgelassenheit der Menschen da vorne: Sie waren frei!

Die neue Zeit

Nach dem Krieg lernte Erna Korn ihren späteren Mann Josef de Vries, einen Juden, kennen. Im Februar 1947 heirateten sie und in den folgenden Jahren kamen drei Kinder zur Welt.

Für Josef de Vries war es die zweite Ehe. Seine erste Frau und der gemeinsame Sohn wurden deportiert und erst nach seinem Tod stellte sich heraus, dass Frau und Sohn in Auschwitz ermordet worden waren. Auch seine Eltern waren dort ums Leben gekommen. Josef de Vries war selbst sechs Jahre in verschiedenen Konzentrationslagern gewesen, je zwei in Neuengamme, Sachsenhausen und Auschwitz-Birkenau. Ein Nachbar aus seinem Heimatort hatte ihn verleumdet.

Erna und Josef de Vries haben sich immer wieder ihre Erinnerungen aus den Konzentrationslagern erzählt. Das half ihnen, vieles zu verarbeiten, besser mit den unvorstellbaren Erfahrungen zurechtzukommen.

Trotzdem gab es immer wieder Momente, in denen die Erinnerungen hochkamen, sie packten und zu zerreißen drohten. Noch heute, erzählte Erna de Vries, gebe es fast jeden Tag eine Begebenheit, die sie an Auschwitz denken lasse. Kleinigkeiten. Oft waren und seien es Kleinigkeiten. Mit Lebensmitteln würde sie sehr behutsam umgehen, könne nichts wegwerfen. Die Ursache dafür sei die Erinnerung an ihren Hunger. Hunger, das sei heute nicht mehr nachvollziehbar in unseren Breiten, was der für sie bedeutet habe. Heute könne man etwas essen, wenn man hungrig sei. Aber diesen schmerzhaften Hunger über lange Zeitstrecken und dazu noch die schwere körperliche Arbeit, das alles habe ihre Einstellung zum Essen, zu Lebensmitteln, stark geprägt. Selbst Krümel landeten bei ihr nicht im Abfall, sondern dienten als Vogelfutter.

Aber Erna de Vries ist nicht verzagt. Die Erfahrungen im Lager hätten sie stark gemacht, ihr gezeigt, wie wertvoll das Leben sei. Gerade so, als sei es ihr neu geschenkt worden. Und damit müsse man sehr bedacht und sorgsam umgehen, beschreibt sie ihre Gefühle.

Seit 1998 geht sie immer, wenn sie eingeladen wird, an Schulen und Bildungsstätten, um ihre Geschichte zu erzählen.

Erna de Vries, geboren am 21. Oktober 1923 in Kaiserslautern, lebt heute in Niedersachsen

»Die Vergangenheit soll nicht vergessen werden«, erklärt sie. »Die Erinnerung ist wichtig, damit sich das Grauen nicht noch einmal wiederholt!«

Sie freut sich jedes Mal über ihre jungen Zuhörerinnen und Zuhörer. Und über die Fragen, die sie stellen.

Einmal habe ein Schüler sie gefragt: »Haben Sie denn nie Hass empfunden?«

Erna de Vries musste nicht lange über eine Antwort nachdenken. Sie war dem Schüler sehr dankbar für diese Frage.

»Hass«, sagte sie, »Hass habe ich nie empfunden. Und darüber bin ich ganz froh. Denn Hass ist etwas Zerstörerisches. Er zerstört nicht den, den man hasst, sondern einen selbst. So ist das mit dem Hass!«

Aus dem Leben des Zeitzeugen
Josef Königsberg

„Erinnerung ohne Hass“

Mit fünfzehn Jahren in die Hölle

»Alle Juden jeglichen Alters müssen ab sofort am linken Arm eine weiße Binde tragen, auf der der Davidstern abgebildet ist! Bei Verweigerung des Befehls droht die Todesstrafe!«

»Juden müssen ihre Besitztümer wie Gold, Schmuck, Pelze, Waffen, Radios, Funkgeräte, Werkzeuge sowie Fahrräder an die deutschen Behörden übergeben! Bei Verweigerung des Befehls droht die Todesstrafe!«

Mit solchen und ähnlichen Befehlen der deutschen Besatzer wurde nicht nur das Leben der Familie Königsberg in Kattowitz, sondern das aller in Polen lebenden Juden Tag für Tag immer mehr eingeschränkt.

Den ersten Bedrohungen ging die Familie noch mehr oder weniger freiwillig aus dem Weg. Als sich in den Sommermonaten 1939 ein Krieg mit Deutschland abzeichnete, beschloss sie, von Kattowitz in die dreißig Kilometer weiter östlich gelegene Stadt Chrzanów zu ziehen. Dort lebte die Schwester der Mutter in einem großen Haus, in dem zunächst die beiden Kinder Josef und Irina Platz fanden. Im August konnte Josef mit seinem Cousin noch die Ferien genießen. Sie machten Radtouren, besuchten das Schwimmbad, trafen sich mit Freunden.

Die Eltern kamen etwas später nach. Die Familie vertraute der Propaganda der polnischen Staatsführung, dass die Armee im Falle eines Krieges die deutsche Wehrmacht vernichtend schlagen werde. Trotzdem wollten sie vorsichtig sein, nichts riskieren, denn Kattowitz lag in der Nähe der Grenze und konnte womöglich in Kampfhandlungen verwickelt werden. Das aber war das Äußerste, was man befürchtete.

Doch dann kam alles anders. Binnen weniger Wochen war Polen besiegt und von den Deutschen besetzt.

Josef Königsberg mit seiner Mutter im Jahr 1928

Josef Königsberg in Kattowitz, 1929

Chrzanów, wo die Familie Zuflucht gefunden hatte, wurde im Zuge der deutschen Besatzung zunächst in Krenau umbenannt und später in zwei Zonen aufgeteilt. Das größere Gebiet durften Juden fortan nicht mehr betreten, es sei denn, sie arbeiteten dort bei Behörden. Dann bekamen sie Passierscheine. Der kleinere Teil der Stadt wurde zu einem jüdischen Ghetto.

Was dem 14-jährigen Josef Königsberg anfänglich alles wie ein großes Abenteuer vorkam, empfand er nun mehr und mehr als Bedrohung.

Sein Vater hatte sich, zusammen mit anderen jüdischen Männern, aus Angst vor den Deutschen schon Wochen zuvor weiter in den östlichen Teil Polens abgesetzt. Obwohl er ihn vermisste, begriff Josef nach und nach, dass der Vater richtig gehandelt hatte, denn gerade jüdische Männer wurden in der Stadt von den Deutschen festgenommen und verschleppt. Keiner von ihnen war jemals wieder zurückgekehrt.

Die Wohnung der Tante mussten sie aufgeben. Um fünf Uhr morgens klopften zwei SS-Männer an die Tür: »Sie bekommen zwanzig Minuten Zeit, eine Tasche und einen kleinen Koffer zu packen und dann die Wohnung zu verlassen!« Das war ein Befehl!

Im Ghetto von Chrzanów, dem kleineren Teil der von den Deutschen geteilten Stadt, bekamen sie ein kleines Zimmer und mussten dort um ihr Überleben kämpfen. Nichts war mehr so wie vorher. Josef musste als Fünfzehnjähriger die Rolle des Familienernährers übernehmen. Es gab einige Gelegenheiten, Geld zu verdienen. Mal arbeitete er bei einer polnischen Baufirma, bis man ihr verbot, Juden zu beschäftigen. In einem ehemaligen Schulgebäude, das als Kaserne umfunktioniert wurde, musste er als Heizer arbeiten. Jede Nacht hatte er ununterbrochen Kohlen in den Brenner zu schaufeln, damit das Feuer nicht ausging. Später arbeitete er für einen SS-Mann, der mit seiner Frau ein großes Haus bezog. Dieses Haus musste er in Ordnung halten. Das war, verglichen mit seinen bisherigen Arbeiten, vergleichsweise angenehm. Niemand kommandierte ihn herum, niemand schrie ihn an.

Doch auch diese Zeit sollte bald ein Ende haben. Am 18. Februar 1942 änderte sich alles.

Deportation

Schon um sechs Uhr morgens war an diesem Tag die Stadt voller SS-Männer. Josef Königsberg hatte eine dunkle Vorahnung, als er das Haus verließ. Bereits nach wenigen Schritten wurde er festgenommen. SS-Männer brachten ihn in die Wohnung zurück und forderten die Familie auf, Koffer zu packen. Später wurden er, seine Mutter und seine Schwester Irina zum Marktplatz geführt, wo man schon Tausende Menschen zusammengetrieben hatte. Bewacht von SS-Männern, mussten sie sich in Reihen aufstellen. Ein SS-Mann mit Peitsche, auf den sie zugetrieben wurden, entschied per Handbewegung, wer nach links und wer nach rechts gehen musste. Nach links wurden die Mütter mit ihren Kindern sowie die älteren Menschen geschickt, nach rechts die jungen Leute, die arbeitsfähig waren.

Zu Josefs Mutter sagte ein SS-Mann: »Du bist eigentlich noch zu jung, du solltest auch arbeiten! Du kannst nach rechts gehen, aber deine Tochter geht nach links!«

»Ohne meine Tochter gehe ich nicht!«, entgegnete die Mutter entschieden.

»Bubi, mein Kind, mein Sohn!« Das war alles, was die Mutter noch zu Josef sagen konnte, bevor er nach rechts in die Gruppe gezerrt wurde. Kein Abschiedsgruß, keine Umarmung mehr. Nur diese Worte der Mutter, die noch lange in ihm nachhallten.

Josef Königsberg kam in eine Gruppe von Männern, in der er zwei Freunde aus seiner Kattowitzer Schulzeit traf – Dago und Stefan. Trotz oder gerade wegen der Umstände freuten sie sich über das Wiedersehen. Sie waren nicht mehr allein, sie konnten ihre Ängste, wenn sie schon nicht darüber sprachen, doch zumindest in Gedanken den anderen anvertrauen.

Mit Stockhieben, Peitschenschlägen und lautem Gebrüll wurde die Gruppe zu den bereitstehenden Waggons getrieben. Da die Güterwaggons bereits alle voll waren, wurde Josef mit seinen beiden Freunden und vielen anderen, die man hergetrieben hatte, in Personenwaggons verfrachtet, in denen sie wenigstens die Fahrt über sitzen konnten.

Viele Stunden war der Zug unterwegs. Sie alle, die hier mitfahren mussten, hatten Hunger, Durst, waren erschöpft und viele von ihnen in Gedanken bei ihren Familien. So auch Josef.

Werde ich meine Mutter und meine Schwester je wiedersehen? Was ist mit meinem Vater? Ob er noch lebt? Wo ist er? Ob er auch verhaftet und abtransportiert wurde? Fragen, die ihm durch den Kopf gingen und auf die er keine Antwort fand.

Manchmal hielt der Zug an. Niemand wusste, für wie lange. Niemand wusste, wo sie waren. Manchmal hielt er an einem Bahnhof. Manchmal auf freiem Gelände. Bei einem dieser Stopps sahen zwei junge Leute, kaum älter als Josef, die Chance zu fliehen. Sie öffneten ein Fenster, sprangen hinaus und rannten los. Kurze Zeit später waren Schüsse zu hören.

Ob man die beiden getroffen hat? Ob sie eine Überlebenschance haben, wenn sie durchkommen? Wieder Fragen, die ohne Antwort blieben.

Einen Tag später um die Mittagszeit kamen sie an. Alle mussten aussteigen und sich auf dem Bahnsteig aufstellen. Aus einem Lautsprecher ertönte die Ansage: »Ihr seid in einem Zwangsarbeitslager! Jeder Fluchtversuch wird mit Tod durch Erschießen bestraft!«

Erst spät in der Nacht erreichten sie ihren eigentlichen Zielort: ein Außenlager des Konzentrationslagers Groß-Rosen in der Nähe von Breslau.

Sie wurden in Holzbaracken untergebracht, immer zwölf Personen in einem kleinen Raum, in dem es ein paar Betten und einen Ofen gab, den die Häftlinge aber nicht eigenständig befeuern durften. Dazu brauchten sie eine Erlaubnis.

Das ganze Lager war, wie Josef Königsberg bei Tageslicht feststellte, durch einen hohen Stacheldrahtzaun von der Außenwelt abgetrennt.

Lageralltag

Nachdem man ihnen im Lager gleich am ersten Tag eine Glatze geschoren hatte, bekamen sie Besen und Schaufel in die Hand und mussten die Gänge zwischen den Baracken fegen. Josef trauerte zwar seiner lockigen Haarpracht nach, aber die würde ja wieder nachwachsen.

So kann man ein Arbeitslager überleben, dachte er, als er mit seinen Geräten im Einsatz war, denn es war leichte Arbeit.

Doch schon am nächsten Tag nach dem Morgenappell wurden verschiedene Handwerker gesucht.

»Wir melden uns bei den Elektrikern«, entschied Dago, »denn davon verstehe ich was, in dem Bereich habe ich schon mal gearbeitet!«

»Aber ich habe keine Ahnung davon«, entgegnete Josef. »Wenn das rauskommt, ist das mein Ende!«

»Wir schaffen das gemeinsam«, ermutigte ihn sein Freund.

Und sie schafften es. Ihr Arbeitsplatz war ein Werk der Firma Hagenuk, wo Radiogeräte hergestellt wurden. Der Vorarbeiter, ein Zivilist namens Neumann aus Berlin stellte schnell fest, dass Josef kein Fachmann war. Er verriet ihn jedoch nicht bei der SS, sondern sagte ihm, er solle seinem Freund Dago zur Hand gehen.

»Ich bin kein Nazi«, erklärte Herr Neumann hinter vorgehaltener Hand, »ich bringe auch niemanden um.« Er habe seine Familie in Berlin und für sie müsse er sorgen.

Bei Hagenuk hatte Josef neben Herrn Neumann noch zwei weitere Gönner. Einmal bekam er den Auftrag, eine Wand in einem Raum für eine Elektroinstallation vorzubereiten. In dem Raum arbeitete ansonsten nur ein junger Mann mit einer Fußprothese. Bereits am zweiten Tag eröffnete der ihm, in seiner Manteltasche am Kleiderständer habe er etwas Proviant für ihn. Er solle aber vorsichtig sein, sonst würde man sie beide bestrafen. Und in der Tat fand Josef in der Tasche eine Scheibe Brot, dick bestrichen mit Marmelade. Wann hatte er zuletzt so etwas Köstliches gegessen? Er teilte die Scheibe später mit seinen Freunden Stefan und Dago.

Der dritte Wohltäter war der Koch in der fabrikeigenen Küche. Der gab ihnen die Essensreste, die die Belegschaft auf ihren Tellern hatte liegen lassen. Viel war das nie, aber immerhin sehr köstlich und nahrhafter als die wässrige Suppe, die sie sonst bekamen.

Dieses vergleichsweise angenehme Leben im Lager war aber nach kurzer Zeit vorbei.

»Ihr nichtsnutzigen Juden arbeitet viel zu langsam!«, brüllte eines Tages Kurt Schmilke. Er war ihr Vorarbeiter und ein glühender Nazi-Anhänger, das merkten Josef und seine Freunde schnell.

»Ihr seid alle dreckig und verlaust!«, brüllte er weiter.

Nachdem die Arbeiten für die Firma Hagenuk abgeschlossen waren, wurden Josef, Dago, Stefan und zwanzig weitere Häftlinge in eine Ziegelei abkommandiert. Der Besitzer der Ziegelei lief ständig mit einer Peitsche herum und trieb die Häftlinge an.

Den ganzen Tag mussten sie mit großen Schaufeln schweren nassen Lehm auf Loren laden. Das war nicht nur eine ungewohnte Arbeit für Josef Königsberg, er fühlte sich auch von Tag zu Tag schwächer. Er hatte Hunger, er fror, er war müde, er würde es nicht mehr lange aushalten, da war er sich sicher. Und außer dem Besitzer waren ständig auch SS-Männer um sie herum, die sie antrieben. Wer nicht schnell genug arbeitete, bekam ihre Stöcke zu spüren.

Sobald sich die SS-Männer von dem Arbeitskommando entfernten, um eine Pause einzulegen, übernahm der Kapo Siegfried die Aufsicht.

»Ruht euch ein paar Minuten aus, Jungs«, sagte er ihnen, denn er sah, dass alle erschöpft und am Ende ihrer Kräfte waren. Sobald die SS-Aufseher wieder auftauchten, brüllte er jedoch: »Macht voran, ihr Faulpelze!«

Das war zu seinem eigenen Schutz; er wollte die Wachposten von seiner Strenge überzeugen.

Neben den wenigen guten menschlichen Erfahrungen wie mit dem Kapo Siegfried war der Umgang zwischen Vorgesetzten – egal ob SS-Männer, Lagerälteste oder Kapos – und den Häftlingen sehr brutal. Selbst Menschen, von denen Josef Königsberg gehofft hatte, sie würden seine Not erkennen, ihm zur Seite stehen, ihn unterstützen, enttäuschten ihn.

Einen dieser Männer kannte er seit seinen Kindertagen. Es war der Friseur Stiebel, der im Parterre seines Elternhauses in einem Friseurladen arbeitete. Der Vater von Josef hatte sich dort regelmäßig rasieren lassen und einmal im Monat hatte Herr Stiebel auch Josef die Haare geschnitten. Dabei war er immer gut gelaunt gewesen und hatte mit dem Jungen Scherze gemacht.

Josef Königsberg war schon zwei Jahre im Arbeitslager. Er war schwach geworden von der harten Arbeit, sein Körper war ausgezehrt vom ständigen Hunger. Eines Abends glaubte Josef einen Lichtblick zu sehen. Nach dem Abendappell wurde ihnen mitgeteilt, dass sie einen neuen Lagerältesten bekämen, einen Herrn Stiebel aus Kattowitz.

Josef glaubte seinen Ohren nicht zu trauen. Herr Stiebel aus Kattowitz? *Der* Herr Stiebel, der ihm früher die Haare geschnitten hatte? Wie viele Stiebels mochte es in Kattowitz geben? Wenn das wirklich der Herr Stiebel war, und davon ging Josef Königsberg aus, dann würde es ihm sicher bald besser gehen. Als Lagerältester hatte Stiebel die Macht, ihm eine leichtere Arbeit zuzuteilen, und vielleicht konnte Josef über Herrn Stiebel ja auch etwas mehr Verpflegung bekommen.

Bereits am nächsten Abend sah er ihn nach dem Appell. Es war tatsächlich der Friseur aus Kattowitz, den er kannte. Er ging auf ihn zu, doch noch ehe er etwas sagen konnte, wurde er von dem Lagerpolizisten, der Herrn Stiebel begleitete, zur Seite gestoßen.

Josef Königsberg musste eine neue Gelegenheit abwarten, die sich nach drei Tagen ergab. Die Häftlinge standen in einer Schlange vor der Suppenausgabe, als sich Herr Stiebel der Gruppe näherte. Josef war ganz aufgeregt, als er ihn ansprach: »Guten Tag, Herr Stiebel! Kennen Sie mich noch? Ich bin es, der Josef Königsberg aus Kattowitz.«

Josef hatte den Satz kaum ausgesprochen, da landete die Faust von Herrn Stiebel in seinem Gesicht. Blut lief ihm aus der Nase, die Lippen waren aufgesprungen. Aber Josef wollte nicht aufgeben. Vielleicht hat er mich nicht erkannt, dachte er, so verändert, wie ich aussehe. Deswegen sprach er ihn gleich noch einmal an.

»Erkennen Sie mich denn nicht mehr, Herr Stiebel, Sie haben doch auch meinen Vater rasiert!«

Der Lagerälteste Stiebel schaute Josef an, holte aus, aber bevor die Faust ihn ein zweites Mal treffen konnte, duckte sich Josef und rannte davon.

Zu der menschlichen Brutalität, unter der alle Häftlinge zu leiden hatten, kamen noch andere Dinge, die ihr Leben erschwerten. Läuse und Wanzen hatten sich sowohl in ihrer Kleidung als auch in den Matratzen und Decken der Betten eingenistet. Besonders nachts wurden sie zur Plage, wenn alle nach einem harten Arbeitstag, nach dem Appell und einem dürftigen Essen nur noch schlafen wollten. Doch an eine ruhige Nacht war nicht zu denken, denn die Läuse und Wanzen bissen sich in ihrer Haut fest. Es juckte, es schmerzte, sie kratzten sich und fanden keinen Schlaf.

Eine andere Sache war die mit den Schuhen. Josef besaß nur die Schuhe, die er bei seiner Festnahme an den Füßen getragen hatte. Mit der Zeit lösten sich die Nähte auf, Steine und Dreck drangen ein. Er konnte kaum noch in ihnen laufen. Manchmal gelang es Josef Königsberg, ein Stück Kordel aufzutreiben, um sie notdürftig zu reparieren. Aber das hielt nur kurz. An neue, andere Schuhe war nicht zu denken.

Das Schlimmste im Lager war für alle ihr ständiger Begleiter, der Tod. Täglich gab es Opfer durch die Brutalität der Aufseher, täglich verhungerten Gefangene, täglich starben viele an Entkräftung und wurden in Massengräbern verscharrt.

Josef Königsberg sah es und hatte Angst, eines Tages selbst dort zu landen. Aber er hatte einen eisernen Willen.

Ich bin jung, sagte er sich, ich will noch nicht sterben! Ich habe noch mein ganzes Leben vor mir!

Im Arbeitslager eine Krankheit zu bekommen, konnte lebensbedrohlich sein. Schwere Krankheiten wie Flecktyphus waren für Tausende von Häftlingen das Ende.

Josef Königsberg merkte irgendwann, dass seine Kräfte nachließen. Es war nicht wie sonst, wenn er einfach von der vielen und schweren Arbeit erschöpft war; diesmal war es anders. Mehrmals während der Arbeit fiel ihm die Schaufel aus der Hand. Sein Kopf wurde heiß, und nachdem er sich abends noch bis zur Baracke geschleppt hatte, verlor er das Bewusstsein. Freunde fanden ihn, brachten ihn zur Krankenstation, wo er mit den dürftigen Mitteln, die zur Verfügung standen, gepflegt wurde. Nach einer Woche wachte er aus seinen Fieberträumen auf und erkannte Alek, einen ehemaligen Schulfreund aus Kattowitz, der neben seinem Bett stand. Mit dabei waren auch Aleks Freundin Tamara sowie Ruth, eine Cousine seines Freundes Dago. Alle waren sie in dieses Lager deportiert worden und es war ein Glück für Josef, dass sein Freund hier als Sanitäter eingesetzt war. Ohne seine Hilfe hätte er die Krankheit – es war Fleckfieber – nicht überstanden. Alek war es dann auch, der dafür sorgte, dass Josef nach seiner Genesung nicht mehr in der Ziegelei arbeiten musste, sondern zum Stubendienst eingesetzt wurde und zusätzliche Verpflegung bekam, damit er wieder kräftiger wurde.

Doch auch diese Zeit ging leider schnell vorbei. Eines Nachts wurden sie zum Appell geweckt. In einer Marschkolonne verließen sie das Lager. Niemand wusste, wohin sie marschierten. Nach einigen Stunden bekamen sie den Befehl, sich in einem Gebäude, an dem sie vorbeikamen, schlafen zu legen. Im Morgengrauen ging es weiter. Stunde um Stunde marschierten sie und erreichten schließlich das Konzentrationslager Faulbrück, ein weiteres Außenlager des KZ Groß-Rosen.

Die Häftlinge wurden in einer Baracke untergebracht, die einige hundert Quadratmeter groß war. Vierstöckige Etagenbetten standen an den Wänden entlang aufgereiht. Mit Stroh gefüllte Säcke dienten ihnen als Matratze. Morgens mussten die Säcke ganz glatt sein. Wenn der Kapo irgendwelche Unebenheiten entdeckte, gab es Prügel. Josef, Dago und Stefan lagen nebeneinander auf der untersten Ebene.

Das Essen bestand aus einem Stück Brot von etwa zwanzig Gramm, einem Teelöffel Käse oder einer entsprechenden Portion Marmelade. Dazu gab es einen halben Liter ungesüßten Getreidekaffee.

Nach einem solchen Frühstück mussten sie schleunigst zum Appellplatz laufen. Wer zu spät kam, erhielt eine Prügelstrafe.

Die Mittagspause dauerte fünfzehn Minuten. Auf den Baustellen oder in den Fabrikhallen wurde entweder Bennnessel- oder Kohlrübensuppe ausgeteilt. Manchmal entdeckte man darin auch Ungeziefer oder Sand. Die Suppe war immer stark gesalzen, sodass es die Gefangenen Überwindung kostete, sie zu essen. Aber der Hunger ließ ihnen keine Wahl.

Der Arbeitstag dauerte zehn bis zwölf Stunden, die Arbeitswoche sieben Tage. Auch an Feiertagen mussten sie schuften.

In diesem Lager wurde Josef einem Arbeitskommando zugeteilt, das im Steinbruch arbeiten musste.

Für Josef bedeutete das wieder harte Knochenarbeit. Sein einziger Lichtblick war, dass Ruth, die Cousine seines Freundes, in der Küche eingeteilt war und ab und zu eine zusätzliche Brotration oder etwas Suppe organisieren konnte. Und

Dago arbeitete im Bestandslager. Seine Aufgabe bestand darin, getragene Kleidungsstücke nach der Reinigung zu sortieren und einzulagern. Diese Kleidungsstücke waren Spenden der deutschen Bevölkerung und sollten den Soldaten an der Front weitergegeben werden. Durch seine Arbeit war es ihm aber möglich, gelegentlich ein Kleidungsstück aus dem Bestandslager zu schmuggeln und es entweder für sich zu behalten oder an die Freunde weiterzugeben. Doch irgendwann fiel er auf. Der Wachposten entdeckte bei ihm ein paar Socken. Daraufhin wurde er zu fünfundzwanzig Peitschenhieben verurteilt. Josef Königsberg schleppte den Freund, der aus mehreren Wunden an Gesäß und Rücken blutete, in die Baracke. Dago weinte lange Zeit. Nicht nur wegen der Schmerzen, er hatte für sie etwas riskiert und dafür wurde er bestraft. Tagelang redete er kein Wort mit ihnen.

Die Arbeit im Steinbruch wurde für Josef Königsberg immer unerträglicher. Mit einem schweren Hammer musste er große Gesteinsbrocken aus der Felswand schlagen und sie zu einer Sammelstelle schleppen. SS-Männer mit Schäferhunden beaufsichtigten sie ununterbrochen. Kurz innezuhalten, durchzuatmen, Kräfte zu sammeln war da nicht möglich.

Einmal, als Josef mit einem schweren Stein zur Sammelstelle unterwegs war, wurde er von einem SS-Mann angebrüllt: »Hey, du bist ein großer starker Junge, du kannst noch größere Steine auf deiner Schulter tragen!« Dabei zeigte er auf einen dicken Steinbrocken.

Josef sah sich den Stein an, hob ihn hoch und trug ihn taumelnd davon. Seine Muskeln schmerzten, die Beine drohten zu versagen, er kam nur langsam vorwärts.

»Willst du mich verarschen, du Dreckskerl?«, fluchte der

SS-Mann, stürzte auf Josef Königsberg zu und schlug ihn mit seiner Peitsche. Der Schäferhund fing an zu bellen, riss an der Leine, Josef bekam Angst vor dem Tier, der schwere Stein glitt ihm aus den Händen und dem Hund auf die Vorderpfoten. Der jaulte kurz auf, und einen Augenblick später schnappte er zu, biss ihm in den Unterschenkel und riss ein großes Stück Fleisch heraus.

Die Wunde blutete, Josef schrie vor Schmerzen und halb ohnmächtig wurde er in die Krankenstube gebracht. Wieder einmal hatte er Glück im Unglück. Sein Freund Alek versorgte ihn erneut. Er gab ihm Schmerzmittel, zwar nur Aspirin, weil es sonst nichts gab, doch er hoffte, es würde den Schmerz zumindest ein bisschen lindern. Drei Tage Genesungszeit wurden Josef eingeräumt, dann musste er wieder arbeiten. Alek hatte nicht genügend Einfluss, um Josefs Aufenthalt in der Krankenstation zu verlängern.

Josef musste wieder zurück in den Steinbruch. Die Wunde konnte kaum richtig heilen. Die Bandage war bald mit Blut durchtränkt. Mit Lappen, die er irgendwo auftreiben musste, legte er sich selbst einen neuen Verband an. Mit einer Kordel befestigte er die Lappen, die zu kurz waren, um sie um das Bein zu wickeln.

Auch in diesem Lager war der Tod täglich präsent. Tag für Tag mussten die, die über Nacht oder im Laufe des Tages gestorben waren, eingesammelt und zu einer Grube gebracht werden.

Eines Morgens nach dem Appell donnerte der Kapo den Häftling Josef Königsberg an: »Du gehst heute mit der Totenkolonne!«

Damit hatte Josef nicht gerechnet. Wie froh war er gewesen, bislang von dieser Aufgabe verschont geblieben zu sein. Doch nun hatte es ihn erwischt. Liebend gern wäre er an diesem Tag in den Steinbruch gegangen. Doch es blieb ihm nichts anderes übrig, er musste die Arbeit machen. Zusammen mit einem weiteren Häftling schob er die Karre, auf die sie die Toten aufluden, durchs Lager. Beim Aufladen versuchte er, den Toten nicht ins Gesicht zu schauen. Wenn die Karre voll war, mussten sie sie zu einem ausgehobenen Graben schieben, wo die Toten einfach abgekippt wurden. Josef wünschte sich, man würde den Menschen wenigstens im Tod mit etwas Respekt begegnen, aber sie wurden wie Müll entsorgt.

Ihm wurde übel und er musste sich übergeben. Der Kapo, der ihn beobachtet hatte, sagte bloß: »Meine Güte, bist wohl einer von der zart besaiteten Sorte. Hau schon ab! Bist hier nicht zu gebrauchen!«

Josef Königsberg war froh, dass er für diese Arbeit nicht zu gebrauchen war.

Anfang 1944 wurden Josef Königsberg und seine beiden Freunde Dago und Stefan zusammen mit einer größeren Gruppe von Häftlingen auf LKWs in das Konzentrationslager Langenbielau-Sportschule Reichenbach gebracht. Auch dieses Lager war eine Außenstelle des KZ Groß-Rosen.

Josef Königsberg und andere Häftlinge mussten dort in der Textilfabrik arbeiten, Josef in der Färberei. Die Luftfeuchtigkeit in dem Raum war hoch, das Atmen fiel schwer. In großen Kesseln musste er Stoffbahnen färben. Für einen allein war es kaum zu schaffen, die nassen Bahnen wieder herauszuholen.

An den Sonntagen brauchten sie nicht in die Fabrik. Sonntags wiesen ihnen die SS-Männer andere Arbeiten zu. Dabei gab es beliebte und unbeliebte Aufgaben. Unbeliebt war das Leeren der Latrinen, aber auch das Putzen der Baracken mochte niemand gern.

Beliebt dagegen waren Arbeiten, bei denen die Häftlinge nebenbei ein paar Lebensmittel organisieren konnten.

Eines Sonntags hatte Josef das Glück, eine solche Aufgabe zu bekommen. Aus einem Bunker, der sich außerhalb des Lagers befand, sollte er mit einer Schubkarre Kartoffeln holen.

In einem unbeobachteten Augenblick steckte er sich einige ein. Er wurde trotzdem erwischt und dem Lagerführer vorgeführt.

»Für einen solchen Diebstahl solltest du hängen!«, brüllte der Lagerführer ihn an.

Josef gefror das Blut in den Adern.

»Haben wir nicht heute den heiligen Sonntag?«, fragte der Lagerführer den Kapo, der ihn hereingebracht hatte.

»Jawohl, Herr Sturmbannführer, wir haben heute Sonntag!«

»Na, Sonntag ist der Tag des Herrn. Da werden wir uns diese Arbeit nicht machen. Wir sind schließlich fromme Katholiken! Und der da ist zwar nur Jude, aber was soll's!«

Und zu dem Kapo gewandt fragte er: »Wie viele Kartoffeln hat der Jude denn geklaut?«

»Dreizehn, Herr Sturmbannführer!«

»Also Hosen runter, dreizehn Schläge auf seinen dreckigen Arsch, aber nicht mit dem Stock, der bricht zu schnell. Es wäre doch schade um den Stock, am Arsch eines Juden zu zersplittern. Du nimmst die Peitsche, Kapo. Sollte ich merken, dass du den Juden schonst, musst du für ihn herhalten. Also los, ich liebe es, wenn die Peitsche so richtig knallt!«

Josef biss die Zähne zusammen, er wollte vor dem SS-Mann

weder jammern noch schreien. Das brachte ihm sechs zusätzliche Hiebe ein.

Stefan und Dago versuchten später in der Baracke, seine Schmerzen mit kalten Umschlägen zu lindern. Josef konnte nur auf dem Bauch liegen, und der Kapo erlaubte ihm, sich drei Tage lang in der Baracke zu erholen.

Später, als er wieder arbeitsfähig war, wurde er zum Schienenbau abkommandiert. Hier machte Josef erstmals positive Erfahrungen mit SS-Männern. Er beobachtete, wie Gefangene die Tornister und manchmal sogar Gewehre der Wachleute trugen. Auch Josef wurde von einem SS-Mann gebeten, seinen Tornister zu tragen. Es war kein Befehl, sondern eine ganz gewöhnliche Frage. So etwas hatte er schon lange nicht mehr erlebt.

»Natürlich, Herr Wachtmeister«, antwortete er.

Und kurze Zeit später hörte er, wie der Wachtmeister zu ihm sagte: »Im Tornister findest du ein halbes Brot. Sei aber bitte sehr vorsichtig!«

Irgendwann bekam er sogar mal ein Stück Kuchen. Wann hatte er zuletzt Kuchen gegessen? Eine Köstlichkeit!

Das waren wichtige Erfahrungen für den jungen Häftling, denn er hatte schon nicht mehr damit gerechnet, dass es unter diesen Leuten auch solche mit humanitären Einstellungen gab. Kleine Gesten waren es vonseiten dieser SS-Männer, aber mit einer großen Wirkung.

Monate später fuhr ein LKW auf den großen Platz, und alle Häftlinge, die in den Krankenstuben waren, sollten abtransportiert werden. Einer von ihnen war Stefan. Als Josef ihn sah, wie er auf dem LKW saß und weinte, entschloss er sich, den Freund nicht allein zu lassen. Er rannte auf den LKW zu und sprang auf.

Das Ziel der Fahrt war Dörnau, ebenfalls ein Außenlager von Groß-Rosen. Dörnau war aber kein Arbeitslager, hier brachte man die Gefangenen aus den umliegenden Lagern zum Sterben hin.

Die Häftlinge, die dort waren, konnten sich kaum noch bewegen und, wenn überhaupt, nur noch leise reden. Es war eine unheimliche Situation für Josef. Würde auch er hier sterben? Er fühlte sich schwach, doch er konnte sich und den anderen noch helfen.

Nicht mehr zu helfen war Stefan.

»Nimm das Stückchen Brot«, bat der seinen Freund, »ich kann es nicht mehr essen.« Wenige Augenblicke später starb er.

Es war schon Frühling, als eines Morgens in aller Frühe die Eingangstür von außen aufgetreten wurde. Russische Soldaten stürmten mit Maschinengewehren im Anschlag in den Raum. Sie waren entsetzt, als sie die Gefangenen sahen. Was hatten sie erwartet? Deutsche Soldaten? SS-Männer?

»Krieg ist aus!«, rief einer, »Hitler kaputt! Kommt alle raus!«

Die, die noch gehen konnten, gingen. Auch Josef Königsberg, fassungslos über die Nachricht, war dabei.

Nach dem Krieg

Die Mutter von Josef Königsberg und seine jüngere Schwester Irina waren in Auschwitz ermordet worden.

Der Vater überlebte den Krieg. In einem Brief an Josef schrieb er, dass er in russischen Wäldern arbeite. Das machte Josef Hoffnung, den Vater wiederzusehen. 1947 kamen sie endlich zusammen. Sie trafen sich in Reichenbach, wo Josef wohnte.

Sein Freund Alek heiratete seine Freundin Tamara und ging mit ihr nach Palästina.

Josef Königsberg arbeitete eine Zeit lang für den polnischen Rundfunk. Er konnte, weil man ihn für begabt hielt, eine journalistische Ausbildung machen.

Die Arbeit beim Rundfunk gefiel ihm, bis er irgendwann nicht mehr das schreiben und senden durfte, was er dachte. Seine Beiträge wurden zensiert.

Er wollte sich nicht bevormunden lassen, er wollte als Journalist die Möglichkeit haben, frei über alles zu berichten, was ihm wichtig war.

Weil das unter der kommunistischen Regierung nicht mehr möglich war, entschied er sich, nach Deutschland zu gehen.

Josef Königsberg, geboren am 27. Oktober 1924 in Kattowitz, lebt heute in Nordrhein-Westfalen

Ob er Hass empfunden habe, als er wieder im Land der Täter war, wurde er hier von einem Journalisten gefragt.

»Nein, Hass habe ich nie empfunden«, gestand Josef Königsberg.

Im Alter von 90 Jahren blickte Josef Königsberg – schreibend – auf sein Leben zurück. Er erinnerte sich, vielfach unter Tränen, an die Zeit im Arbeitslager, an die Trennung von seiner Mutter und seiner Schwester.

Aufgeschriebene Erinnerungen sind Mitteilungen an die Lebenden. Josef Königsberg ist ein Lebender, ein Überlebender.

Er redet und schreibt gegen das Vergessen.

Aus dem Leben der Zeitzeugin
Philomena Franz

„Wenn wir hassen,
verlieren wir.
Wenn wir lieben,
werden wir reich!“

»Als die Welt noch in Ordnung war«

Philomena wird am 21. Juli 1922 in Biberach in eine Sinti-Familie geboren.

Die Eltern wie auch schon die Großeltern sind renommierte Musiker, der Vater ist Cellist, die Mutter Sängerin und das Streichquartett, in dem der Großvater Johannes Haag Cello spielt, geht 1906 bei einem internationalen Musikwettbewerb als Sieger hervor.

Die Familie lebt, wenn sie nicht mit ihren Pferdewagen unterwegs ist, im oberschwäbischen Rohrdorf. Es sind aber im Laufe der Zeit immer weiter entfernt liegende Orte, in die die Musikerfamilie eingeladen wird. Dazu zählen die Liederhalle in Stuttgart, der Wintergarten Berlin, das Lido in Paris. Selbst in New York interessiert man sich für sie.

Philomena ist fast immer dabei, nicht nur als Begleiterin. Schon sehr früh tanzt sie in einem ungarischen Kostüm Csardas oder singt Balladen. In Paris steht sie sogar einmal mit Josephine Baker auf der Bühne.

Doch nicht nur die Musik prägt ihre Kindheit. Der christliche Glaube, der ihr in der Familie nicht theoretisch vermittelt wird, sondern immer im Zusammenhang der sie umgebenden Natur gesehen wird, ist in ihrem Leben eine zentrale Stütze.

Insbesondere der Großvater zeigt ihr die Vielfalt der Natur und deutet sie als Gottes Schöpfung, die es zu schonen und zu wahren gelte. Philomena lernt auf diese Art, vieles zu begreifen, und später in der Schule wundern sich die Lehrer, dass sie schon so viel weiß.

»Wir haben es eben erlebt«, ist Philomenas lapidare Feststellung.

»Veränderte Zeiten«

Die Zeiten ändern sich mit der Machtergreifung Hitlers, aber Philomena und ihre Familie bekommen das zumindest in der ersten Zeit noch nicht zu spüren.

Nur der Großvater begreift den Ernst der Lage. »Dieses Hitlerzeichen, das Hakenkreuz, es heißt nicht umsonst Kreuz. Daran bleibt jeder hängen, der nicht für dieses Zeichen ist. Es wird viel Kummer, Elend und Chaos über die Welt bringen.«

Und weiter befürchtet er, dass gerade auch die Zigeuner »ihr blaues Wunder erleben werden«, wie er sich ausdrückt.

Bis ins Jahr 1938 verläuft das Leben der Familie aber recht unbeschwert. Sie haben viele Engagements, machen kleine und große Reisen zu den Städten, in die sie eingeladen werden. Der Vater hat extra ein Auto gekauft, um so schneller an entfernte Orte zu kommen.

Doch dann nimmt dieses Leben ein jähes Ende. Alle Sinti werden erfasst, müssen Fragebögen ausfüllen, bei der Kriminalpolizei werden sie vermessen und als »Zigeuner« kategorisiert. Ihre Reisefreiheit wird durch den sogenannten »Festsetzungserlass« Himmlers so weit eingeschränkt, dass sie ihren Wohnort nicht mehr verlassen dürfen. Auto, Pferde und Wagen müssen sie für wenig Geld verkaufen.

Das betrifft auch Philomenas Familie. Als sie nach einem Auftritt im Pariser Lido wieder nach Deutschland zurückreisen wollen, werden sie an der Grenze von der SS festgehalten. Geld, Papiere, Schmuck und Uhren werden ihnen abgenommen. Ihren Musikerberuf dürfen sie nicht mehr ausüben.

Philomena muss die Schule verlassen, sie wird zur Zwangsarbeit in eine Munitionsfabrik geschickt.

Bevor sie im März 1943 selbst nach Auschwitz deportiert

wird, muss sie miterleben, wie ihr Vater, ihre Brüder und der Onkel mit seinen fünf Kindern abgeholt und in ganz unterschiedliche Konzentrationslager verschleppt werden.

»Im Konzentrationslager«

»Ich hab da draußen die Bäume gesehen und ich wollte hier raus. Ich hab es einfach nicht mehr ausgehalten. Wie gerne wollte ich da draußen mal in einen Apfel beißen, frisch vom Baum. Einmal noch einen Apfel essen, dann bin ich auch bereit, zu sterben.«

Philomena ist am Ende ihrer Kräfte. Seit einigen Wochen arbeitet sie in Schlieben, einem Außenlager des KZ Buchenwald. Bevor sie hierherkam, war sie schon zwei Monate in Auschwitz-Birkenau, wo sie in einem Steinbruch arbeiten musste.

Hier in Schlieben trifft sie auch ihre Schwester wieder. Sie erkennt sie kaum, so dünn ist das Mädchen geworden.

Das KZ Schlieben ist eine kriegswichtige Fabrik. Die HASAG Hugo Schneider AG, zu jener Zeit der drittgrößte Rüstungsbetrieb, produziert hier Faustpatronen und Panzerfäuste für den Krieg. Damit das Unternehmen sein Monatssoll von 1,5 Millionen Panzerfäusten erfüllen kann, verlangt es von den dort zugewiesenen Zwangsarbeitern – überwiegend Juden, Sinti und Roma – extreme Akkordleistungen.

Ganz ohne Schutzmasken arbeiten die Menschen. Philomena wird nach kurzer Zeit krank, ihre Augen verfärben sich gelb, ebenso ihre Haut. Täglich bis zu vierzehn Stunden Sprengbomben gießen und sie mit Dynamit füllen, das bleibt nicht ohne gesundheitliche Folgen. Sie schafft den Akkord nicht mehr.

»Du gottverdammtes Mistvieh! Wir müssen doch unseren Soll erfüllen!«, wird sie von einer Aufseherin angebrüllt und bekommt dazu noch Schläge ins Gesicht.

Spätestens seit diesem Zeitpunkt kreist ständig ein Gedanke in ihrem Kopf. »Wenn ich hier nicht sterben will, muss ich fliehen.«

Abends dürfen sich die Gefangenen außerhalb der Baracke im Freien aufhalten. Philomena hockt unter ein paar Tannen und macht eine für ihre Pläne bedeutungsvolle Beobachtung. Ein Wachposten geht mit einem Schäferhund am Zaun entlang. Sie sieht, wie der Hund sich dem Zaun nähert, und denkt, gleich wird er einen Schlag bekommen und tot umfallen. Aber es passiert nichts. Der Hund läuft weiter, schnuppert am Draht, der sonst mit Starkstrom geladen ist.

Philomena schaut sich den Zaun an. Er ist zwar hoch, aber er müsste zu bezwingen sein, überlegt sie. Ich kann das schaffen, ich war im Ballett, ich bin trainiert.

Gern hätte sie ihre Schwester überredet, mit ihr zu kommen, es zu wagen, endlich hier rauszukommen, noch einmal die Freiheit zu genießen. Aber alles Zureden hilft nichts, ihre Schwester lehnt ab, sie schaffe das nicht. Sie ist älter als Philomena und nicht so trainiert. Aber Philomena will es schaffen, trotz Krankheit. Sie will raus und bereitet die Flucht in Gedanken vor, wobei sie sich besonders auf die »Hürde« des Zauns konzentriert.

Eines Abends legt sie ihrer Schwester einen Zettel unter ihr Kopfkissen. »Liebe Schwester, verzeih mir, ich kann nicht mehr, sonst muss ich sterben.«

Draußen schaut sie sich um. Sie wartet, bis der Wachposten mit dem Hund ein Stück entfernt ist, dann nimmt sie Anlauf, springt bis in die halbe Höhe des Zauns, hangelt sich das letzte Stück nach oben, überwindet ihn und lässt sich auf der anderen Seite einfach fallen. Sie weiß nicht, wo sie landen wird, doch es ist weicher Sand, in den sie fällt.

Sie steht auf, läuft los, rennt über Wiesen und Felder, hinter sich im Lager hört sie schon die Sirenen, sie will durchhalten, sie muss durchhalten, jetzt, wo sie draußen ist. Nur nicht aufgeben, sagt sie sich, ich bin frei, ich bin frei, ich habe es geschafft. Immer weiter rennt sie, bis hin zu dem Wald. Erschöpft lässt sie sich auf den Boden fallen. Nur ein bisschen ausruhen will sie. Aber wo soll sie jetzt hin? Die Frage geht ihr durch den Kopf und sie findet schnell eine Antwort. Sie will zu ihrer Mutter. Sie schaut an sich herab. Sie befühlt ihren Kopf. Mit der Sträflingskleidung und dem kahl geschorenen Kopf wird sie nicht weit kommen. Den Gedanken, ihre Mutter zu treffen, gibt sie bald auf. Man wird sie sicher auch schon abgeholt haben, überlegt sie.

Ziellos streift sie durch den Wald, nachts kriecht sie zum Schlafen in Heuhaufen. Einige Tage ist sie unterwegs, sie hat das Gefühl, in der Nähe einer großen Stadt zu sein, sieht aber tagsüber nur einzelne Höfe und Felder.

Eines Abends wird sie im Wald gefasst. Plötzlich stehen zwei Männer vor ihr!

»Hände hoch!«

Sie sieht, dass es keine SS-Leute sind, sie sind vom Volkssturm. Einer der beiden, der ältere, sagt:

»Komm, lass sie laufen.«

Der jüngere ist jedoch hartnäckig. Philomena meint, einen

strammen Jungen von der Hitlerjugend vor sich zu haben. Er streift ihr den Jackenärmel hoch, sieht die Nummer, schließt daraus, dass sie aus einem Lager geflüchtet sein muss, und so wird Philomena von den beiden Männern zum Bürgermeister des nächsten Dorfes gebracht.

In Ermangelung eines Gefängnisses sperrt sie der Bürgermeister, der im Hauptberuf Landwirt ist, in der Milchküche ein. Dort soll sie bleiben, bis man von höherer Stelle entschieden hat, was mit ihr geschehen soll.

Die Frau des Bauern hat Mitleid mit Philomena, bringt ihr Decken, täglich frische Milch, Brot und manchmal sogar ein Stück Schokolade.

Nach einer Woche wird Philomena abgeholt. Wortlos wird sie auf einen Lastwagen verfrachtet und ins Lager zurückgebracht.

Dort muss sie Prügel über sich ergehen lassen, eine Scheinhinrichtung und mehrere Tage Stehbunker. Der Strick, der immer noch an ihrem Hals hängt, hat tiefe Fleischwunden hinterlassen. In dieser Zeit denkt sie ständig an ihre Schwester, fühlt sich schuldig, weil man sich wegen Philomenas Flucht an ihr gerächt hat. Sie malt sich aus, wie die Schwester am Galgen hing, auch wenn sie dort nicht sterben, sondern nur sagen sollte, wohin Philomena geflüchtet sei.

Eine jüdische Ärztin im Lager renkt Philomena den rechten Arm wieder ein, der seit der Scheinhinrichtung ausgekugelt war. Nun kann sie ihn wieder bewegen.

Von Schlieben wird sie ins Konzentrationslager Oranienburg verlegt. Man wirft ihr vor, sich auf ihrer Flucht mit anderen getroffen zu haben, um ihnen von den Zuständen im Lager zu berichten.

Drei Tage und drei Nächte verbringt sie dort in einer Dunkelzelle. Nur eine kleine Ritze unter der Tür lässt etwas Licht durch. Sie muss mit den Händen die Wände, den ganzen Raum abtasten, damit sie sich zurechtfindet.

Nach drei Tagen wird sie zum Verhör geführt. Man will von ihr wissen, mit wem sie draußen über das Lager gesprochen hat.

»Ich wollte einfach nur raus, ich hatte Sehnsucht nach meiner Mutter«, sagt Philomena. »Können sie das nicht verstehen?«

Sie wird zusammengeschlagen, verliert das Bewusstsein und kommt langsam in der Dunkelzelle wieder zu sich. Am ganzen Körper hat sie Schmerzen. Ihr Nasenbein ist gebrochen, ihr Mund ist voller Blut, geronnenem Blut …

Das, was mit Philomena geschehen ist, liegt weit außerhalb jedes menschlichen Vorstellungsvermögens. Und doch waren es Menschen, die ihr das angetan haben.

Sechs Wochen muss Philomena in der Dunkelzelle verbringen. Am Ende ihrer Kräfte, fängt die gläubige Katholikin an zu beten. Sie bittet die Heilige Madonna, ihr zu helfen. Sie möchte sterben, sie ist am Ende, ganz ohne Hoffnung.

Doch sie stirbt nicht.

Trotz ihrer Erschöpfung bekommt sie mit, dass jemand etwas durch den Schlitz in der Tür ihrer Zelle wirft. Sie tastet danach. Es ist eine Zigarette, ein Streichholz und ein Stück einer Reibfläche. Für wenige Augenblicke Licht im Dunkel. Aber das, was sie sieht, entsetzt sie. Wände und Decke sind voller Blut.

Da draußen ist ein Mensch, der mich nicht vergessen hat, denkt Philomena. Das macht ihr Mut. Später werden Butterbrote durch den Schlitz gesteckt. Sie fallen ihr in den Schoß, als sie gegen die Tür gelehnt dasitzt.

»Wer bist du?«, fragt sie irgendwann durch den Schlitz, als wieder jemand ein Brot hindurchwirft.

»Ich bin Jude«, entgegnet ihr eine Männerstimme.

Nach Wochen wird ihre Zellentür aufgerissen.

»Los, los, raus hier!«, wird sie angebrüllt.

Wieder soll sie auf Transport gehen, wieder in ein anderes Lager. Sie erfährt, dass sie für einen Krankentransport nach Auschwitz-Birkenau vorgesehen ist. In einem Raum wird sie dafür registriert. Sie muss sich etwas vorbeugen, damit der Häftlingsschreiber ihre Nummer auf dem Arm ablesen kann.

»Hat es geschmeckt?«, fragt er leise.

Philomena antwortet mit einem knappen Nicken. Dieser Mann war also ihr Retter. Dankbar lächelt sie ihn an.

Und nun soll sie wieder auf Reise gehen. Mit einem Krankentransport nach Birkenau. Sie weiß, was das bedeutet. Kranke werden nach ihrer Ankunft auf der Rampe nicht mehr in irgendwelchen Blocks untergebracht, sie kommen direkt ins Gas.

»Sterben in Auschwitz-Birkenau?«

Fast zwei Wochen sind sie unterwegs. Viele sterben auf der Fahrt.

Das, was Philomena in Auschwitz-Birkenau wiederfährt, lässt sich kaum in Worte fassen. Aber sie selbst hat diese Geschichte schon oft erzählt und wird sie immer wieder erzählen, bei Vorträgen in Schulen, in Kirchen, im Rundfunk oder Fernsehen. Deswegen soll sie auch hier selbst zu Wort kommen:

»Auf der Rampe wurden wir ausgeladen. Überall standen

SS-Männer mit Schäferhunden. Als ich mich umschaute, sah ich erst, wie viele Menschen im Zug waren. Wir wurden alle in Richtung Gaskammer und Krematorium getrieben. Alle wussten oder ahnten, was auf sie zukommen würde. Es war ein unvorstellbares Geschrei. Noch heute habe ich es in den Ohren, wenn ich daran denke. Ich war ziemlich weit hinten und vor mir waren polnische Zigeunerfrauen mit ihren Kindern. Eine der Mütter war auf einmal weg, zurück blieb ihre kleine Tochter. Sie war vielleicht fünf oder sechs Jahre alt, wirkte aber jünger. Das kleine Mädchen versteckte sich unter meinem Rock. Ich habe sie festgehalten, habe gedacht, sie braucht Schutz. Das kleine Mädchen, ich sehe es noch vor mir, den Kopf geschoren, mit schönen großen dunklen Augen. Wenn die Mutter nicht mehr da ist, wird sie mit mir da reingehen. Das waren meine Gedanken.

Kurz bevor wir die Gaskammer erreicht hatten, kam ein SS-Mann auf einem Motorrad angefahren. Ich erkannte ihn sofort. Es war der Lagerleiter.

›Herr Lagerleiter‹, sprach ich ihn an, ›wir sind doch Deutsche! Sie können uns noch zur Arbeit einsetzen. Und außerdem bin ich Wehrmachtsangehörige. Mein Bruder kämpft an der Front!‹

Ohne etwas zu sagen, drehte er mit seinem Motorrad eine Runde. Ob er noch einmal zurückkommen würde? Ich wusste es nicht, hatte aber so eine Vorahnung. Deshalb sagte ich den Frauen, die noch vor der Gaskammer standen, sie sollten da jetzt nicht reingehen, vielleicht gäbe es ja noch eine Rettung. Fünfzehn Frauen waren wir noch. Und tatsächlich kam der Lagerführer zurück, fragte, wer deutsch spreche. Natürlich alle. Und er befahl: »Abtreten!«

Alle standen wir am Abgrund zur Hölle und durften noch einmal einen Schritt zurücktreten. Fünfzehn Frauen und das kleine Mädchen.

Wir wurden weggeführt in Richtung der Verbrennungsöfen, und dort sahen wir Asche, Ascheberge, Ascheberge so hoch wie die Häuser, in denen wir gewohnt haben.

Wir bekamen Schaufeln in die Hände gedrückt und mussten die Asche auf Lastwagen schaufeln. Das kleine Mädchen half mit seinen Händen. Es wollte sich sicher ganz instinktiv nützlich machen, um nicht auch ins Gas zu müssen. Die ganze Nacht haben wir geschaufelt, dann durften wir ins Frauenlager.«

Auschwitz-Birkenau wird aufgelöst, Philomena und das kleine Mädchen kommen ins Stammlager. Nur noch kurze Zeit bleiben sie dort zusammen, bis Philomena nach Wittenberge an der Elbe, einem Außenlager von Neuengamme, abtransportiert wird. Das kleine Mädchen darf nicht mit, sie muss in Auschwitz bleiben. Lange, lange noch hat Philomena das ängstliche Gesicht der Kleinen vor Augen, als sie gewaltsam getrennt werden.

»Verlegung und Flucht«

In Wittenberge, ihrer letzten Station, muss Philomena wieder arbeiten. Flugzeugteile werden hier von Gefangenen zusammengelötet.

Aber sie haben das Gefühl, dass der Krieg bald zu Ende ist. Schon ist Kanonendonner zu hören.

SS-Männer haben ein strenges Auge auf die arbeitenden Häftlinge. Ob sie immer noch an den Endsieg glauben?

Es gibt aber einen Mann, den Meister, der anders ist. Philomena fällt das auf. Sie reden mit den Augen. Er will ihr wohl helfen. Und tatsächlich liegt eines Tages ein Stück Brot mit Speck unter ihrem Tisch. Das wiederholt sich in der folgenden Zeit.

Dieser Mann wird ihr auch für ihren Plan eine große Hilfe werden.

Philomena weiß, dass sie noch einmal eine Flucht riskieren wird. Dazu muss sie aber irgendwie den Zaun durchtrennen, und das schafft sie nur mit einer Isolierzange. Der Mann, dessen Namen sie nicht kennt, besorgt sie ihr, obwohl er damit sein eigenes Leben aufs Spiel setzt. Mit der Zange hat er ihr auch noch einen Zettel zukommen lassen. »Ab 12 Uhr ist kein Strom im Stacheldraht!«

Philomena ist nicht die Einzige, die sich mit Fluchtgedanken trägt. Sechs weitere Frauen folgen ihr in das Wagnis. Kurz nach Mitternacht schneidet sie mit der Zange ein Loch in den Zaun und kriecht hindurch. Die sechs Frauen kommen sofort hinterher. Sie laufen einen Hang hinunter bis zu der Straße, die an der Elbe entlangführt. Während Philomena ein klares Ziel vor Augen hat, wirken die anderen Frauen auf sie recht kopflos.

»Lauft nicht in die Stadt!«, ruft Philomena ihnen hinterher. »Dort werdet ihr geschnappt. Lasst uns zu der Insel da drüben in der Elbe schwimmen!«

Aber die Frauen reagieren nicht, laufen einfach drauflos. Und wie Philomena befürchtet hat, in Richtung Stadt.

Philomena sucht sich eine geeignete Stelle, an der sie in die Elbe springen kann, und nimmt Kurs auf die Insel. Sie hört schon die Sirenen im Lager heulen und kurz darauf klatschen Schüsse in die Elbe. Doch irgendwann ist es still, offensichtlich sind die Schützen abgerückt. Oder sie haben zu diesem Zeitpunkt bereits die sechs Frauen eingefangen. Viel später erfährt Philomena, dass sie alle hingerichtet wurden.

Philomena hat es geschafft. Sie erreicht die Insel.

Sie schafft es, sich auf die Insel hochzuziehen. Vögel fliegen auf und Philomena befürchtet, man habe das vom Lager aus beobachtet und werde sie gleich holen. Aber alles bleibt ruhig.

Sie entdeckt Nester mit Vogeleiern, und weil sie großen Hunger hat, holt sie sich welche und schlürft sie aus.

Bevor sie am nächsten Tag aufbricht, schaut sie sich noch einmal um, ob auch alles ruhig ist, stärkt sich noch einmal mit Vogeleiern, taucht dann in das eiskalte Wasser der Elbe und schwimmt zum anderen Ufer. Wieder an Land, wringt sie zuerst ihre Kleidung aus und rennt dann los, weniger aus Angst als vielmehr, um sich aufzuwärmen. Zwei Tage ist sie unterwegs, immer noch in ihrer Häftlingskleidung, zwei Tage immer wieder in der Angst, entdeckt zu werden. Zwischendurch legt sie sich hin, ruht sich aus.

Als sie nach einer solchen Ruhepause aufwacht, stellt sie mit Entsetzen fest, dass vor ihr zwei Stiefel stehen. Sie schaut weiter nach oben und erkennt, dass die Stiefel zu einem SS-Mann gehören.

Panik überkommt sie. Sie kniet vor dem SS-Mann und fleht ihn an: »Bitte töten Sie mich nicht, bitte töten Sie mich nicht, ich möchte noch leben!«

Der Mann beruhigt sie. »Ich will Sie nicht töten. Ich weiß, wo Sie herkommen. Das lässt sich ja nicht verbergen. Und jetzt kommen Sie mit mir nach Hause, dort können Sie sich ein bisschen erholen.«

Am Stadtrand hat er ein Haus. Damit sie nicht entdeckt werden, nehmen sie den Hintereingang. Noch am ersten Abend kümmert sich die Tochter des Mannes, eine Rot-Kreuz-Schwester, um sie. Sie bereitet ihr ein Bad und tut ihr ein Entlausungsmittel auf den Kopf. »Die werden dich morgen nicht mehr plagen«, meint sie lächelnd.

Philomena bekommt das Gästezimmer und macht sich in den folgenden Wochen im Haushalt nützlich.

An einem Sonntagmorgen stehen zwei russische Offiziere an der Haustür. Ein sichtbares Zeichen dafür, dass der Krieg vorbei ist. Philomena öffnet ihnen. Sie identifizieren sie schnell als ehemaligen KZ-Häftling. Der geschorene Kopf und die Häftlingsnummer sind dafür eindeutige Beweise. So kann Philomena sich für ihre Retter nützlich machen. Sie erklärt den beiden Männern, dass in diesem Haus keine SS-Leute seien. Im Gegenteil: Die Familie habe ihr Schutz gegeben und sei damit ein großes Risiko eingegangen.

Nachkriegszeit

Seit Jahren hat Philomena keine Nachricht mehr von ihrer Familie bekommen. Ob sie noch leben? Ob sie zu ihnen kann?

Von der russischen Kommandantur bekommt sie die notwendigen Papiere, um zu reisen. Aber wo soll sie hin? Sie fühlt sich allein.

Mit russischen Soldaten zieht sie einige Kilometer weiter bis nach Wittenberge. Nach einer überstandenen schweren Angina verlässt sie das russisch besetzte Gebiet und begibt sich über die Elbe zu den Amerikanern. Mit ihrer Hilfe möchte sie in Richtung Süden, um die Familie zu finden.

Über viele Stationen gelangt sie nach Bamberg. Unterwegs stellt sie fest, dass sie durch ein völlig zerstörtes Land reist. Sie möchte ihre Familie finden, aber wo soll sie suchen?

Philomena schließt sich einer Musikergruppe an, die ausschließlich aus Sinti besteht. Sie machen Musik für die amerikanische Besatzungsarmee. Philomena singt amerikanische Schlager.

Und sie lernt ihren Mann kennen. Er ist Mitglied in der Musikergruppe. Sie verlieben sich. Sie wagen mit ihrer Liebe eine Zukunft. Trotz des Vergangenen. Aber auch wegen des Vergangenen. Auch der Mann hat schwere Jahre hinter sich, er hat seine Frau und vier Kinder verloren. Sie wurden in Auschwitz vergast. Irgendwann heiraten er und Philomena, bekommen fünf Kinder. Sie sind füreinander da. Und wenn sie über Vergangenes reden, wissen sie, *worüber* sie reden. Und wenn sie leiden, wissen sie, *woran* sie leiden. Ohne große Erklärungen.

Aber sie haben etwas, wofür sie sich beide begeistern: die Musik. In Ansbach, dem Hauptquartier von General Eisenhower, spielen und singen sie für die Amerikaner. Dort trifft Philomena auch Josephine Baker wieder. Auf Anhieb haben sie sich aber nicht erkannt. Philomena meint, die Frau in Uniform sehe der Baker sehr ähnlich. Und auch Josephine Baker schaut Philomena immer wieder an. Dann geht sie auf sie zu und fragt: »Lido Paris?«

Die beiden Frauen fallen sich um den Hals. Philomena fragt, warum sie eine Uniform trage, ob sie an der Front gewesen sei. Sie habe während des Krieges öfter Konzerte für Soldaten gegeben und die Uniform sei ein Ausdruck von Solidarität mit ihnen, antwortet Josephine Baker.

In Tübingen, dem französisch besetzten Gebiet, hat General De Gaulle sein Hauptquartier. Auch hier singt Philomena, begleitet von ihren Musikern.

Philomena erinnert sich, dass De Gaulle von ihr immer das Lied »Schwarze Augen« hören wollte, eine schwere ungarische Ballade. Er sei ein sehr gefühlsbetonter Mann gewesen, und wenn er etwas zu viel getrunken hatte, habe er zu weinen begonnen und immer ihre Häftlingsnummer gestreichelt und geküsst. Nicht nur einmal sei das vorgekommen, sondern öfter, erzählt sie später.

»Kann mir mal jemand dieses heulende Elend da vom Arm nehmen?«, bittet sie einmal einen ihrer Musikerkollegen.

Philomena wird irgendwann krank. Jede Nacht hat sie Albträume, schreit auf, sieht Gesichter von SS-Männern, verzerrter als in der Realität. Es wird schlimmer, sie muss in eine Klinik. Eine schwere Depression wird diagnostiziert. Sie muss drei Monate bleiben. In der ersten Zeit weint sie nur. Doch dann fängt sie an zu reden. Wie vorher die Tränen aus ihren Augen geflossen sind, kommen nun die Wörter aus ihrem Mund. Sie redet und redet … über Erlebtes. Sie muss darüber sprechen. Und sie schreibt alles auf. Das hilft ihr.

Einen Rückfall in schwere Depressionen bekommt sie, als 1975 ihr Mann stirbt.

Philomena Franz heute

Man trifft sie in Schulen, man sieht sie in Talkshows, man hört sie im Rundfunk, sie sitzt in Zügen und Flugzeugen, um irgendwo Vorträge zu halten. Sie redet frei, sie braucht dazu nicht das Buch, das sie geschrieben hat.

Philomena Franz bei einem Empfang anlässlich ihres 90. Geburtstages

»Ich kenne meine Geschichte«, sagt sie mit einem Schmunzeln.

Zu Hause rumsitzen kann sie nicht, das würde sie erneut krank machen.

»Ich habe den Holocaust überlebt, und ich fühle mich verpflichtet, darüber zu reden, was nicht nur mir, sondern gerade auch den anderen, die nicht überlebt haben, widerfahren ist. Gerade der jungen Generation will ich das deutlich machen. Sie tragen keine Verantwortung für die Vergangenheit, aber sie sind verantwortlich für ihre Zukunft. Und da kann man aus der Vergangenheit eine Menge lernen.«

Erinnerung braucht Mut, Mut, Erlebtes immer und immer wieder zu erzählen und damit auch zu durchleiden. Wer schweigt, wird krank. Wer redet, hat Mut zur Zukunft.

Bei Philomena Franz wird das in jedem Satz deutlich. Dem Hass, der Bitterkeit, gibt sie keinen Raum. Eine Frau, die am Abgrund stand, schaut nach vorne.

Philomena Franz erhielt folgende Auszeichnungen:
Bundesverdienstkreuz am Bande
Preis »Frauen Europas – Deutschland« der Europäischen Bewegung Deutschland
2013 Verdienstorden des Landes Nordrhein-Westfalen

Aus dem Leben des Zeitzeugen

Heinz Hesdörffer

„Ich rede, damit ihr wisst,
wie es damals war!“

»Wer wird einmal reden, wenn wir nicht mehr leben? Wer wird dann den kommenden Generationen erklären, was damals passiert ist?« Mit damals meint er den Holocaust. Er hat ihn überlebt. Er hat sich erinnert. Er hat darüber geschrieben. Er wird oft eingeladen, an Schulen, zu Kirchengemeinden, zu Jugendgruppen. Und er erzählt. Unermüdlich. Aber er weiß, dass seine Zeit begrenzt ist. Fast schon zweiundneunzig Jahre ist er. Im Kopf fühlt er sich noch fit, allein sein Körper lässt nicht mehr alles zu, was er gerne tun möchte. Es strengt ihn an.

Wer wird also seine Geschichte weitergeben?

Er wird es tun. Das wurde beschlossen. Er und Mitarbeiter des Kirchenkreises an Nahe und Glan haben vereinbart, einen Film zu produzieren, einen Film, in dem die Stationen von ihm, Heinz Hesdörffer, die er während des Holocaust durchleben musste, gezeigt werden. Und er kommt zu Wort.

Er nimmt es auf sich, noch einmal mit einer Gruppe junger Leute all die Orte aufzusuchen, die seinen Leidensweg markieren. Und an jeder Station erklärt er, was dort mit ihm geschah und was er beobachtet hat.

Es gibt eine weitere Frage, die sich ihm aufdrängt.

»Wenn ich, Heinz Hesdörffer, nun über neunzig Jahre alt, den Holocaust überlebt habe und immer noch lebe, dann müsste es doch auf der anderen Seite auch Menschen geben, die noch leben.«

Mit der anderen Seite meint er die Täter, und er weiß, dass sich nur wenige von ihnen für ihre Taten vor einem Gericht verantworten mussten.

»Man hat sie reihenweise reingewaschen«, sagt er kopfschüttelnd, »aber wo sind sie heute? Haben sie sich angepasst? Tragen sie ihre alten Einstellungen noch in sich?«

Eine Antwort darauf gibt er nicht. Noch nicht. Aber er erzählt. Seinen Leidensweg. Seinen Holocaust.

Als Adolf Hitler am 30. Januar 1933 an die Macht kam, feierte Heinz seinen zehnten Geburtstag. Bis dahin hatte er eine schöne Kindheit in Bad Kreuznach, der Vater hatte eine Schokoladen- und Zuckerwarenfabrik, sie bewohnten ein geräumiges Haus, Heinz spielte gerne mit seinem jüngeren Bruder Ernst und hatte auch einige arische Freunde, die mit ihm seinen Geburtstag feierten. Er freute sich, als er im Frühjahr 1929 zur Schule kam. Dass er und zwei Freunde Juden waren, spielte noch keine Rolle.

Nach seinem zehnten Geburtstag änderte sich vieles. Er ging auf das Gymnasium an der Stadtmauer in Bad Kreuz-

Heinz Hesdörffer, geboren am 23. Januar 1923 in Bad Kreuznach, lebt heute in Hessen nach. Dort gab es auch eine Oberschule, die er noch besuchen durfte. Er war der einzige jüdische Junge und er war ein guter Schüler. Das wussten alle. Während sie nachmittags mit der Hitlerjugend Gepäckmärsche machten, hatten sie keine Zeit mehr für ihre Hausaufgaben. Das nahmen sie offenbar aber ganz locker, denn es gab ja einen, der nicht mitmarschieren durfte, der also Zeit hatte, seine schulischen Pflichten zu erfüllen. Und so forderten sie Heinz am nächsten Tag auf:

»Jud, gib uns dein Heft, damit wir abschreiben können!«

Und zum »Dank« stellten sie ihn während der Pausen in den Mülleimer, tanzten um ihn herum und riefen: »Jud, Jud, scheiß in die Tut, aber scheiß sie nicht zu voll, sonst kriegt dein Vater ein Protokoll!«

Lehrer, die es beobachteten, griffen nicht ein.

In der Pogromnacht wurden nicht nur die Synagoge und jüdische Geschäftshäuser in der Stadt zerstört, auch sein Elternhaus wurde zum Ziel des Nazi-Mobs. Fensterscheiben, Lampen, Kristalllüster, das Porzellan und auch die Meissener Figuren, die sein vor wenigen Jahren verstorbener Vater gesammelt hatte, wurden zertrümmert. Die Müllabfuhr durfte die Scherben nicht einfach mitnehmen, seine Mutter musste extra dafür bezahlen.

Weil Heinz Hesdörffer weiterhin zur Schule gehen wollte, es seit Ostern 1938 aber nicht mehr möglich war, als Jude eine öffentliche Schule zu besuchen, zog er nach Frankfurt zu seinen Verwandten. Die jüdische Schule in Bad Kreuznach, die sein Bruder besuchte, war nur für Kinder von sechs bis vierzehn Jahren.

In Frankfurt besuchte er die Englische Klasse des Philantropins. Englisch wurde dort unterrichtet, weil man nach zwei

Jahren das Abitur machen und an einer englischen Universität studieren konnte. Genau das war seine Absicht.

Doch auch die Anonymität in Frankfurt bot ihm nur für kurze Zeit eine relative Sicherheit. Deshalb hat er, noch unter dem Eindruck der schrecklichen Erlebnisse in der Pogromnacht vom 9. auf den 10. November 1938 in Bad Kreuznach, gemeinsam mit seinem Bruder Ernst Deutschland verlassen. Am 30. März 1939 gehen sie nach Holland. Zunächst leben sie dort in Flüchtlingslagern.

Heinz möchte zusammen mit Bruder und Mutter nach Amerika auswandern. Dafür muss die Mutter aber erst einmal nach Holland kommen. Trotz aller Bemühungen scheitern seine Versuche, Deutschland befindet sich im Krieg und Ausreisegenehmigungen werden nicht mehr erteilt.

Als die Deutschen dann Holland besetzen und von dort aus England angreifen und erobern wollen, muss Heinz von Rotterdam ins Hinterland nach Arnheim umziehen. Ernst wird in einer jüdischen Familie mit drei kleinen Kindern als Pflegesohn aufgenommen.

Von der Mutter erfährt Heinz, dass sie nach Fulda zur Schwägerin umgezogen sei und dort in einem »wehrwichtigen Betrieb« arbeiten könne. Am 30. Mai 1942 wird sie »nach Osten abgeschoben«. Heinz und auch sein Bruder werden nie mehr etwas von ihr hören.

Auch Ernst Hesdörffer wird mit der Familie, in der er Unterschlupf fand, aufgegriffen und im November 1942 nach Auschwitz deportiert. Nur Heinz kann bis März 1943 legal in Amsterdam leben, doch dann wird auch er verhaftet und kommt ins Durchgangslager Westerbork.

Westerbork ist eines von zwei zentralen Durchgangslagern,

das von den Nazis eingerichtet wurde. Alle holländischen Juden und alle die, die aus Deutschland oder Österreich dorthin geflüchtet sind, kommen nach ihrer Verhaftung zunächst nach Westerbork und werden von dort in die Vernichtungslager Auschwitz-Birkenau oder Sobibor deportiert. Aber auch Bergen-Belsen und Theresienstadt sind Ziele.

Jeden Dienstag fährt ein Zug von Westerbork in Richtung Osten. Panik bricht unter den Häftlingen des Lagers aus, wenn sie in den Zug steigen müssen, auf dessen Schild **Westerbork – Auschwitz – Westerbork** steht. Niemand weiß, was in Auschwitz auf sie zukommt. Aber alle wissen, dass man von den Unzähligen, die dorthin deportiert wurden, nie mehr etwas gehört hat.

Schild an den Zügen, die von Westerbork nach Auschwitz fuhren

Manchmal gelingt es einigen Häftlingen, sich von einer Deportationsliste freizukaufen. Kurt Schlesinger, der Oberdienstleiter des jüdischen Ordnungsdienstes, ist zusammen mit seinem Stellvertreter Heinz Todtmann für die Erstellung der Deportationslisten zuständig. Und Schlesinger ist es, der Geld oder Wertsachen annimmt und im Gegenzug den Namen des Gebers von der Liste streicht. Auch sexuellen Gefälligkeiten gegenüber ist er zugänglich. So verschafft er den Häftlingen entweder einen Aufschub ihrer Deportation oder setzt sie auf Listen für bessere Transportziele: Bergen-Belsen oder Theresienstadt anstatt Auschwitz.

Einmal in dieser Zeit glaubt Heinz Hesdörffer schon, dem Ende seines Lebens entgegenzufahren. Er steht auf der Transportliste vom 8. Februar 1944 nach Auschwitz. Alle seine Bemühungen, doch noch von der Liste gestrichen zu werden, sind ohne Erfolg geblieben. Er hat sich darum bemüht, nach Palästina ausreisen zu können, doch die notwendigen Papiere liegen nicht rechtzeitig vor. Sollte es am Kriechgang der Behörden liegen, dass er nun in Auschwitz enden wird?

So sitzt Heinz Hesdörffer an diesem Morgen bereits in einem der Waggons. Der Zug wird jeden Moment abfahren. Plötzlich klopft jemand von außen und ruft: »Ist Hesdörffer hier drinnen?«

Herr Askanas, der Gruppenführer, öffnet die Tür.

»Komm raus!«, ruft er, »du bist frei!«

Ist er gemeint? Kann das sein? Wird er tatsächlich in letzter Minute gerettet? Auch die anderen Zuginsassen, mit denen er in den sicheren Tod gefahren wäre, schauen ihn ungläubig an.

Bekannte im Lager freuen sich, als sie ihn wiedersehen.

Im Lager Westerbork sind im Februar 1944 nur noch wenige Menschen. Es kommen auch nur noch vereinzelt kleinere Transporte aus Amsterdam an. Die Nazis haben es geschafft: Holland ist fast judenrein.

Heinz Hesdörffer will nicht noch einmal das Risiko eingehen und auf der Deportationsliste für Auschwitz landen. Er meldet sich freiwillig für einen Transport nach Theresienstadt. Von dort kommen wenigstens gelegentlich gute Nachrichten.

Am Nachmittag des 26. Februar 1944 trifft er in Theresienstadt ein.

Zunächst muss er alle Aufnahmeprozeduren über sich ergehen lassen. Das große Gepäck mussten sie schon am Bahnhof zurücklassen. Lediglich seinen Brotbeutel und seine Decke durfte er behalten. Damit niemand etwas heimlich ins Lager einschmuggeln kann, wurden sie an der »Schleuse« gefilzt. Geld und Schmuck müssen gegen Quittung abgegeben werden, wer trotzdem etwas verheimlicht, wird hart bestraft werden, hat man den Ankömmlingen gesagt.

Im nächsten Raum wird eine Leibesvisitation durchgeführt, dabei werden alle Kleidungsstücke genau untersucht, ob sich irgendwo etwas befindet – eingenäht. Als man die Schuhe von Heinz Hesdörffer untersucht, wird ihm ganz mulmig. Unter den Einlagen hat er Geld versteckt. Keinen großen Betrag, aber was bedeutet das schon. Er hat damit gegen eine Regel verstoßen. Doch wie schon so oft hat er auch diesmal Glück und das Geld wird nicht gefunden.

Dafür nimmt man ihm fast alle Konserven, die er in seinem großen Gepäck mitgebracht hat, weg. Lediglich etwas Butter darf er behalten.

Sie werden registriert, bekommen Essenskarten und ihnen werden Zimmer zugewiesen.

Theresienstadt – wo ist er hier gelandet?

In Westerbork hatte man nichts Schlimmes über das Lager gehört. Aber was bedeutete das? Nichts Schlimmes im Vergleich womit?

Das Lager ist von der Außenwelt abgeschlossen. So weit nichts Neues. Das sind die meisten Lager. Umgeben von tiefen Gräben und einem hohen Wall ist es für die SS-Mannschaften leicht, es zu bewachen.

Theresienstadt soll nach außen hin einen besonders positiven Eindruck erwecken. Ein Lager in Selbstverwaltung mit einem jüdischen Ältestenrat. Ein Lager, das alten und verdienten Menschen ein neues Zuhause geben soll. Wohnungen werden zum Kauf angeboten. Persönlichkeiten wie Professoren. Lehrer, Künstler, Politiker, die aus dem öffentlichen Leben in Deutschland verschwinden sollen, werden hier interniert, zum Beispiel der Jazz-Musiker Coco Schumann oder die Pianistin Alice Herz-Sommer. Ruth Klüger und Inge Auerbacher verbringen einen Teil ihrer Kindheit hier.

Als sich für den Sommer 1944 eine Delegation des Internationalen Roten Kreuzes zu einer Besichtigung ankündigt, werden die Fassaden des Lagers hergerichtet.

Nachdem man die Besichtigungsroute festgelegt hat, erhalten dort die Häuserfronten neue Farbe. Es wird aufgeräumt, die Schaufensterauslagen zeigen Dinge, die man in den Geschäften gar nicht kaufen kann. Kaufen kann man ohnehin nur das, was die Toten hinterlassen haben.

Im Anschluss an den Besuch wird ein Film mit dem Regisseur Kurt Gerron gedreht, der auch schon mit Heinz Rühmann und Hans Albers gearbeitet hat. Inzwischen sitzt der bekannte Regisseur als Häftling im Lager und man setzt ihn ein.

Ein Film über ein »ganz normales Leben« soll entstehen, ein Film, in dem gezeigt wird, dass die Menschen ihren Berufen nachgehen können, dass es am Feierabend Freizeitaktivitäten gibt, dass Fußball gespielt wird. Auch die Kultur hat im Film ihren Platz.

»Hitler schenkt den Juden eine Stadt – Wie Hitler seine Juden behandelt.« Unter dieser Überschrift stehen die Dreharbeiten für den Propagandafilm, der nicht nur in Deutschland, sondern gerade auch im Ausland gezeigt werden soll.

Sowohl die Schauspieler als auch der Regisseur werden unmittelbar nach den Dreharbeiten nach Auschwitz deportiert.

Mitte Mai 1944 soll ein Gefangenentransport nach Auschwitz gehen. Offiziell wird das Ziel bestritten, es gebe in der Nähe von Dresden ein neues Lager, in dem Arbeitskräfte gesucht würden. Ob man mit dieser Behauptung Angst und Panik unter den Theresienstadt-Häftlingen vermeiden will?

7 500 Gefangene sollen deportiert werden, je 2 500 an drei verschiedenen Tagen. Einer von ihnen ist Heinz Hesdörffer mit einer Nummer über 6 000. In der »Schleuse« werden insgesamt 10 000 Häftlinge bereitgehalten, am Abend vor dem letzten Transport müssen die verbliebenen fast 5.000 vor dem Obersturmführer und dem Judenältesten vorbeimarschieren und einige werden von der Liste gestrichen.

Am 18. Mai 1944 verlässt Heinz das Lager Theresienstadt. Siebzig Menschen mit Kisten und Koffern, Säcken und Beuteln drängen sich in jedem der Viehwaggons. Zwei Tage dauert die Fahrt, und die siebzig Personen in jedem Waggon haben jeweils nur einen Eimer, auf dem sie ihre Notdurft verrichten können. Ist er voll, wird er während der Fahrt durch eine Öffnung entleert.

Als der Zug von Dresden weiter in Richtung Osten fährt, wissen die Insassen, dass sie nicht in ein neu eingerichtetes Lager kommen, sondern das Ziel Auschwitz heißt.

Spät am Abend des zweiten Tages kommen sie an. Auf der Rampe werden sie allerdings nicht selektiert, wie sie befürchtet haben, sondern sofort in das Familienlager B.II.b gebracht, selbst ihre Zivilkleidung dürfen sie behalten. Was hat das zu bedeuten? Ist das ein gutes Zeichen, oder ist es einfach nicht mehr der Mühe wert, ihnen noch Häftlingskleidung zu geben?

Alle müssen eine vorbereitete Erklärung unterschreiben. Sie beinhaltet, dass sie in Theresienstadt verhaftet und zu sechs Monaten Konzentrationslager verurteilt wurden. Grund: Jude.

Schon bald erfährt Heinz Hesdörffer von anderen Mithäftlingen, dass Gefangene, die aus Theresienstadt kommen und sechs Monate lang Auschwitz überleben, nach Ablauf dieser Frist in die Gaskammern gebracht werden.

Die neu angekommenen Häftlinge werden in einer ehemaligen Pferdebaracke untergebracht. In den dreistöckigen Betten müssen sich je sechs Personen eine Strohmatratze teilen. Liegen können sie nur auf der Seite, nie auf dem Rücken, dafür ist zu wenig Platz.

Morgens um 4.30 Uhr werden sie geweckt. Die Decken, mit denen sie sich nachts zugedeckt haben, müssen exakt auf eine vorgeschriebene Größe zusammengefaltet werden, ansonsten wird der Häftling streng bestraft.

Danach müssen sie sich aufstellen, denn »Kaffee« wird ausgeteilt. Die braune Brühe als Kaffee zu bezeichnen, ist eine Übertreibung. Die Farbe stimmt in etwa, allein der Kaffeegeschmack fehlt. Aber Heinz Hesdörffer trinkt seinen Kaffee trotzdem, weil er heiß ist und er damit ein bisschen seinen Hals desinfizieren kann. Er war dadurch nie erkältet.

Er beobachtet, wie Häftlinge morgens einen Wagen durch das Lager ziehen, um die Toten einzusammeln und sie zum Krematorium bringen. Mit dem gleichen Wagen müssen sie anschließend zur Bäckerei. Das Brot, das am Abend an die Häftlinge verteilt werden soll, wird auf den Wagen geladen. Unter den Häftlingen wird er deshalb als Brot- und Leichenwagen bezeichnet.

Nach dem Morgenappell müssen die Arbeitskommandos zu ihren Einsatzorten. Heinz Hesdörffer muss, zusammen mit anderen, in der ersten Zeit Gartenanlagen herrichten, das heißt Beete vor den Baracken anlegen. Aber kaum haben sie diese Arbeit erledigt, wird wieder darüber getrampelt. Die SS-Männer wollen damit die Wertlosigkeit ihrer Arbeit demonstrieren.

In der ersten Zeit hat Heinz Hesdörffer noch nicht das richtige Gespür dafür, wie er arbeiten soll. Er arbeitet so, wie er es kennt und für richtig hält. Nicht zu schnell, aber gründlich. Dafür bezieht er Schläge vom Kapo, der die Männer beaufsichtigt. Doch schon nach kurzer Zeit hat er den Dreh raus: Sich intensiv der Arbeit zuwenden, wenn ein Kapo in der Nähe ist, entfernt er sich wieder, kann man das Tempo reduzieren.

In der Baracke A, einer Männerbaracke nebenan, die mit

elektrisch geladenem Stacheldraht abgeteilt ist, gibt es einen Holländer unter den Häftlingen, der schon seit 1941 im Lager ist. Eines Tages erzählt er Heinz, dass alle Transporte, die seit 1942 aus Holland hier angekommen seien, direkt nach ihrer Ankunft zu den Gaskammern geführt wurden. Da wird ihm klar, dass auch seine Mutter und sein Bruder bei den Opfern sein müssen.

Auf der anderen Seite des Lagers, dem Abschnitt C, sind junge Frauen aus Ungarn. Fast täglich kommen Transporte aus diesem Land und die meisten werden sofort in den Gaskammern ermordet.

Obwohl es verboten ist, singen die jungen Frauen ungarische Lieder, schwere traurige Lieder und viele von ihnen schauen zu den jungen Männern jenseits des mit Strom geladenen Stacheldrahtzauns. Und die jungen Männer schauen sehnsuchtsvoll zurück, suchen sich die hübschesten Mädchen aus und wünschen sich, die Alliierten mögen bald anrücken und sie befreien, damit man sich der Angebeteten nähern kann.

Der Aufenthalt von Heinz Hesdörffer in Auschwitz-Birkenau dauert nur wenige Wochen. Ende Juni 1944, als die Alliierten in der Normandie gelandet sind und Deutschland nun an einer weiteren Front zu kämpfen hat, werden jüdische Häftlinge selektiert, um in den Bereichen der deutschen Industrie zu arbeiten, die für den Krieg wichtig sind. Zurückzuführen ist diese Entscheidung auf einen Führererlass vom April 1944, in dem angeordnet wurde, dass zunächst alle arbeitsfähigen ungarischen Juden, wenig später aber auch die aus anderen Ländern, für solche Arbeiten eingesetzt werden sollen.

Tausend Häftlinge aus Auschwitz-Birkenau werden für den Transport ausgesucht. Heinz Hesdörffer ist froh, mit dabei zu sein. Hat man ihnen doch im Lager vonseiten der SS-Mannschaften, aber auch der Kapos immer wieder versichert: »Durch das Tor seid ihr reingekommen, durch den Kamin werdet ihr rausgehen!«

1 000 Männer kommen in die Buna-Werke (Auschwitz 3) und 1 000 Frauen werden in vier Lager in Deutschland verteilt. Die restlichen 7 000 Menschen werden in der ersten Juliwoche vergast und das Lager B.II.b für immer geschlossen.

Nun *fährt* Heinz durch das Tor hinaus, und das gibt ihm ein gutes Gefühl, trotz aller Ungewissheit, was auf ihn zukommt.

Das Ziel des Transports ist ein Außenlager des KZ Sachsenhausen, das Arbeitslager »Schwarzheide«. Hier befindet sich die Braunkohle-Benzin-AG. Es wird synthetischer Treibstoff aus Braunkohle produziert. Die Alliierten haben das Werk jedoch bombardiert. Um es wieder aufzubauen, fordert man Häftlinge aus Auschwitz an.

In offenen Güterwaggons, von Wehrmachtsoldaten bewacht, werden sie zu ihrem Zielort gebracht.

Das Lager Schwarzheide liegt etwa fünfzig Kilometer nördlich von Dresden an der Autobahn Dresden – Berlin.

Die Häftlinge werden in den Baracken untergebracht, in denen bis vor Kurzem noch Kriegsgefangene lebten, die man ebenfalls zur Zwangsarbeit verpflichtet hatte. Ihre Spuren sind noch sichtbar. Die meisten von ihnen sind bei den Bombenangriffen der englischen Luftwaffe gestorben.

Heinz Hesdörffer kommt in den Block 9, ein Gebäude mit drei kleinen Räumen für je dreißig Mann. Zu seiner Freude ist auch Isi Kofman in seinem Zimmer, ein Jugendlicher, mit dem er in Auschwitz schon seine Pritsche geteilt hat, gemeinsam mit dessen Vater und Bruder sowie zwei anderen Häftlingen.

Der Tag für die Häftlinge beginnt schon sehr früh. Um 4.00 Uhr werden sie geweckt, müssen ihre Betten in Ordnung bringen, bekommen zum Frühstück etwas Kaffee und um 5.10 Uhr beginnt der Morgenappell.

Danach fängt der Arbeitstag an. Die Kommandos haben unterschiedliche Aufgaben: Einige müssen die Trümmer der letzten Bombenangriffe entfernen, andere müssen Blindgänger entschärfen und Gruben für Luftschutzbunker ausheben.

Heinz Hesdörffer hat in den ersten Tagen Glück. Eine kleine Gruppe Gefangener, die nicht in Arbeitskommandos eingeteilt ist, gilt als Reserve. Sie wird für ganz unterschiedliche Lagerarbeiten wie das Säubern der Latrinen und der Waschräume, für die Beseitigung von Müll und Ähnliches eingesetzt.

Die Kommandos, die außerhalb des Lagers arbeiten, rücken um die Mittagszeit wieder ein. Die Suppe, meist Steckrübensuppe, wird ausgeteilt. Um 12.45 Uhr ist wieder Arbeitsbeginn, dann müssen alle zurück an ihren Plätzen sein und um 18.00 Uhr endet der Tag.

Doch bald schon bekommt Heinz einen Vorgeschmack auf die Arbeit außerhalb des Lagers. Nach einigen Tagen muss er mit raus zum Arbeitskommando Bunkerbau. Es ist heiß an diesem Tag und die Arbeit für Heinz völlig ungewohnt. Kies und Sand muss er schaufeln und nach wenigen Stunden hat er bereits Schwielen an den Händen. Nicht nur er, sondern das ganze Kommando wird zudem ständig zu größerem Tempo angetrieben:

»Bewegung! Bewegung!«, schreit der Vorarbeiter.

Als er seine Mittagssuppe gegessen hat, glaubt Heinz, keine Kraft mehr zu haben. Aber er muss weiterarbeiten, bis um 18.00 Uhr, immer bewacht von einem SS-Mann.

Am Abend kann er mit seinen Händen kaum noch etwas anfangen. Sie schmerzen, die Blasen sind aufgeplatzt, Schmutz hat sich in die offene Haut gesetzt und am nächsten Morgen ist alles voller Eiter. Ein gutmütiger Sanitäter gewährt ihm Schonung und setzt ihn im Blockdienst des Krankenbaus ein.

Drei Dinge sind es, die das Leben nicht nur von Heinz Hesdörffer, sondern von allen Häftlingen im Lager kennzeichnen: Da ist einmal die überaus schwere körperliche Arbeit, besonders im Freien, die die Häftlinge bei jeder Witterung verrichten müssen. In der dünnen Häftlingskleidung werden sie, besonders in der kühlen Herbstzeit und in den kalten Wintermonaten krank. Sie bekommen Lungenentzündung, viele leiden an Durchfall, gemeinsam ist ihnen aber der ständige Hunger, denn die Verpflegung reicht bei Weitem nicht aus, um die Arbeit auf Dauer durchzustehen. Sie magern ab, werden zu Muselmännern.

Für Heinz Hesdörffer ist es nur ein beispielhafter Arbeitstag im Arbeitskommando 6, der sich fast täglich wiederholt, nur die Arbeiten, die sie verrichten, ändern sich:

Heute ist es ihre Aufgabe, Kabel freizulegen, die durch einen Bombenangriff zerstört wurden. Anschließend werden neue Gleise verlegt. Dazu müssen sie Berge von Sand schaufeln, ständig werden sie dabei von SS-Männern beobachtet und, wenn einer nicht schnell genug ist, mit Worten und Schlägen angetrieben:

»Willst du wohl volle Schaufeln nehmen!«, herrscht einer der SS-Männer ihn an, oder: »Wenn ich dich noch einmal erwische, dass die Schippe nicht voll ist, bist du nicht mehr glücklich!«

Den Vormittag über hält Heinz durch, nimmt all seine Kräfte zusammen und schuftet. Als er sich aber am Nachmittag einmal kurz auf seiner Schaufel aufstützt, bekommt er Prügel. Plötzlich steht der Wachposten hinter ihm und schlägt zu.

Um den Rest des Tages irgendwie durchstehen zu können, einen kurzen Moment zum Ausruhen zu haben, meldet er sich zweimal zu einem Toilettengang. Auch hier herrscht eine klare Vorschrift, wie der Gang zu erfolgen hat. Man kann sich nicht einfach absetzen und den Ort aufsuchen.

»Herr Posten«, fängt Heinz Hesdörffer an, »Häftling Nr. A 1598 bittet, die Latrine benutzen zu dürfen.«

Wenige Minuten, die er verschnaufen kann, wenige Minuten ohne Aufsicht, ohne Kontrolle, wenige Minuten in einem stinkenden Raum. Für ihn aber sind es bedeutende Minuten, um den Tag durchzustehen.

Und nach seiner Rückkehr:

»Herr Posten, Häftling Nr. A 1598 von der Latrine zur Arbeit zurück.«

Tage wie diesen gibt es ständig. Das macht ihn mürbe, zehrt ihn aus.

Neben der schweren Arbeit ist es die ständige Angst vor den Bombenangriffen der englischen Luftwaffe. Das ist Punkt zwei. Natürlich wünschen sie sich, dass die Alliierten Streitkräfte schnell vorrücken, um den Krieg und damit ihr Leiden zu beenden, aber sie wollen überleben.

Das Werk, in dem sie arbeiten, ist in den Augen der englischen Luftwaffe ein bedeutendes Angriffsziel. Unweit der Holzbaracken, in denen sie wohnen, befinden sich riesige Benzinbunker.

Mitte August 1944 überfliegt eine Flugzeugformation die Fabrik, alle wissen oder ahnen, was gleich passieren wird. Die Häftlinge lassen sich flach auf den Boden fallen, versuchen so, sich irgendwie zu schützen.

In zwei Wellen wird die Fabrik bombardiert. Während die SS-Männer in Luftschutzbunkern auf das Ende des Bombardements warten, stehen den Häftlingen nur die Baracken als »Schutzraum« zur Verfügung.

Heinz Hesdörffer, der wegen einer Erkrankung nicht in einem Außenkommando arbeiten kann, sondern zum Schälen von Kartoffeln in den Keller abkommandiert wurde, traut seinen Augen nicht, als er wieder ins Freie tritt. Die Blöcke 1 und 2, in denen während des Angriffs viele Häftlinge Schutz gesucht haben, sind dem Erdboden gleichgemacht. Schreie sind zu hören, Schreie von Verwundeten, denen es die Gliedmaßen weggerissen hat. Es ist eine für ihn nicht zu ertragende Situation. Warum lässt man die Häftlinge nicht auch in sichere Räume, damit sie geschützt sind?

Einmal gibt es mitten in der Nacht einen Bombenalarm. Heinz liegt in seinem Bett. Was soll er tun? Rausrennen, irgendwo Schutz suchen, den es nicht wirklich gibt?

Es kommt, wie es kommt, denkt er und bleibt liegen. Er hat wieder einmal Glück.

Und das Dritte ist die Willkür der SS-Mannschaften und ihrer Helfer.

Dass die Häftlinge während der Arbeit geprügelt werden, darauf haben sie sich irgendwie eingestellt. Es ist zwar jedes Mal eine Erniedrigung, aber sie leben von der Hoffnung, dass dies alles hoffentlich bald vorbei ist. Alternativen gibt es nicht. Dem gegenüber steht Auschwitz als Drohung vonseiten der SS-Mannschaften. Wer nicht schnell genug arbeitet, den werde man dorthin schicken. Auch Heinz Hesdörffer macht diese Erfahrung. Einmal steht er bereits auf einer Transportliste. Man nimmt aber wieder Abstand von diesem Vorhaben, weil es nur zweiundzwanzig Männer gibt, die in Schwarzheide nicht mehr arbeiten können. Wegen zweiundzwanzig Männern so einen Aufwand zu betreiben, ist dann wohl doch zu viel.

Im Arbeitsalltag versucht zwar jeder, Schläge zu vermeiden, aber oft ist das gar nicht möglich, weil sie die Launen der SS-Mannschaften nicht einschätzen können.

Eines Tages schultert Heinz Hesdörffer seine Schaufel und ist mit den andern auf dem Weg zu ihrem Arbeitseinsatz, als er plötzlich von hinten einen Schlag auf sein linkes Ohr bekommt.

»Pass ja auf und stich mir nicht mit deiner Schaufel die Augen aus, sonst kriegst du noch eine!«, brüllt der sadistische jüdische Vorarbeiter ihn an.

Heinz hat den ganzen Tag über Schmerzen im Ohr. Abends geht er zur Ambulanz und der Arzt diagnostiziert eine Mittelohrentzündung. Trotz Fieber und Schmerzen wird er nicht von der Arbeit freigestellt. Für einen »Schonschein« muss man etwas bieten, Lebensmittel zum Beispiel, die man von Verwandten zugeschickt bekommt. Aber Heinz Hesdörffer hat niemanden, der ihm ein Päckchen zuschicken könnte. Also muss er am nächsten Tag zur Arbeit.

Nach einigen Tagen – die Entzündung in seinem Ohr ist halbwegs abgeklungen – beschwert er sich bei dem Vorarbeiter und macht ihm klar, dass er ihn in Zukunft nicht mehr anrühren soll, doch der versetzt ihm darauf gleich wieder einen Schlag gegen das immer noch empfindliche Ohr. Dieses Mal ist es schlimmer. Er hört nichts mehr und nach einem Tag fängt das Ohr an zu eitern. Er muss sich mit Medikamenten auskurieren, denn Bettruhe oder ein Schonschein sind für ihn nicht möglich. Noch mehrere Monate hat er an den Folgen der Schläge zu leiden. Die Ohren müssen auch lange nach der Befreiung weiterbehandelt werden. Er ist von den Schlägen nun praktisch taub.

Aber auch die Bestrafungsmaßnahmen der SS-Mannschaften sind furchtbar. Allen voran ist es der SS-Unterscharführer Hermann Bleser, der durch seine Brutalität den Tod vieler Häftlinge verursacht. Ständig hat er einen Stock bei sich, mit dem er wahllos auf Häftlinge einschlägt. Wenn ihm nach einem langen Arbeitstag gemeldet wird, dass einer der Häftlinge nicht richtig gearbeitet habe, lässt er ihn vor sich hintreten und versetzt ihm einen Schlag, der den Getroffenen zu Boden befördert. Und weil es der Häftling, entkräftet nach der schweren Arbeit, nicht sofort schafft, wieder aufzustehen, schlägt der SS-Mann weiter mit seinem Knüppel zu und tritt mit seinen genagelten Schuhen auf den am Boden Liegenden ein.

Im Januar 1945 hat sich die sowjetische Armee bis auf fünfzig Kilometer an das Lager Schwarzheide herangekämpft. Die Häftlinge können schon den Geschützdonner hören und hoffen, dass bald alles vorbei sein möge. Doch erst befreien die Sowjets die Balkanländer, danach Österreich mit dem Lager Mauthausen, einem der schlimmsten Lager. Am 18. April setzen sie sich endlich in Richtung Berlin in Bewegung und der Befehl zur Auflösung des Lagers wird ausgegeben.

Häftlinge, die noch laufen können, werden auf den Marsch nach Theresienstadt geschickt. Alle anderen werden nach Sachsenhausen-Oranienburg gebracht. In zwei Bussen werden etwa hundertfünfzig Häftlinge abtransportiert. Heinz Hesdörffer gehört zu dieser Gruppe. In den Morgenstunden des 19. April kommen sie dort an. Am Block 9 entdecken sie eine Tafel mit folgendem Himmler-Zitat:

»Die Meilensteine zum Weg der Freiheit heißen: Sauberkeit, Ordnung, Disziplin, Gehorsam, Enthaltsamkeit, Tapferkeit, Liebe zum Vaterland!«

Welch eine Begrüßung in ihrer Situation!

Auch hier gibt es wieder eine Aufnahmeprozedur: Entlausung, duschen, neue Kleider, Einweisung in verschiedene Blöcke.

Rund 40000 Häftlinge befinden sich zu dieser Zeit im Lager, jeweils tausend in einem Block.

Bevor sich Heinz Hesdörffer und die anderen ehemaligen Schwarzheider eingewöhnen, sich mit dem Lageralltag vertraut machen können, wird ihnen schon am Morgen des 21. April mitgeteilt, das Lager werde aufgelöst. Den Kranken stelle man frei, im Lager zu bleiben. Allerdings gibt es Gerüchte, sie würden dann von SS-Männern ermordet.

Alle anderen müssen sich am Abend um 22.00 Uhr auf dem Appellplatz versammeln. Ohne Wegzehrung gehen sie auf den Marsch.

Einer von ihnen ist Heinz Hesdörffer.

Niemand weiß, wohin sie gehen. Nur die Himmelsrichtung kennen sie, sie laufen nach Nordwesten. Irgendwann treffen sie auf Bauern, die mit Kuh- und Pferdewagen und ihrem Hab und Gut in die gleiche Richtung auf der Flucht sind. Auch Zwangsarbeiter und Kriegsgefangene werden von Soldaten dort entlanggetrieben.

Die Gefangenen marschieren, marschieren, marschieren. Einen Fuß vor den anderen, einen Fuß vor den anderen.

An nichts denken, nur laufen und laufen und auch nicht hinsehen, was mit denen passiert, die nicht mehr können, ermahnt sich Heinz Hesdörffer.

Knallen da Schüsse?

›Nicht denken, nur laufen!‹

Er presst die Lippen zusammen und setzt weiter einen Fuß vor den andern.

Zeit? Spielt sie eine Rolle? Was sind Sekunden, Minuten, Stunden? Doch jetzt bekommt sie auf einmal wieder eine Bedeutung. Nach den Monaten und Jahren in Lagern war sie nur Gegenwart, der Versuch, die nächsten Minuten, Stunden, Tage zu überleben. Nun bekommt sie eine neue Dimension. Zeit fängt an, Zukunft zu werden. Nur durchhalten muss Heinz. Jetzt nur nicht aufgeben, nach allem, was er erlebt und überlebt hat.

Rheinsberg ist ein Etappenziel. Ein Tag Ruhe. Ein Tag ohne Verpflegung für Heinz Hesdörffer.

Beim Abmarsch am nächsten Tag bekommt jeder vier Kartoffeln, Kraftreserven für eine weitere Strecke. Noch einen Tag unterwegs, an dessen Ziel es Kartoffeln gibt. Wie viele Tage werden sie noch Kartoffeln bekommen?

An einem späten Nachmittag Ende April erreichen sie den Wald von Below. Es gibt nichts mehr zu essen. Heinz in seiner Not robbt am Boden entlang und findet unter welkem Laub einige Bucheckern vom letzten Jahr, die er knackt und isst.

Aber plötzlich verteilt die SS-Mannschaft – o Wunder! – doch noch Verpflegung. Einen Löffel Haferflocken und zehn Gramm Fleisch pro Person.

Einen Tag später taucht das Rote Kreuz im Wald auf, verteilt Lebensmittelpakete. Ein Paket für vier Personen. Das hilft – etwas.

Am 29. April muss Heinz Hesdörffer für sich eine wichtige Entscheidung treffen.

Die SS-Mannschaft hat zunächst den Reichsdeutschen gesagt, sie seien entlassen, könnten sofort nach Hause.

Für alle anderen bieten sie zwei Möglichkeiten an.

Die, die noch einigermaßen bei Kräften sind, sollen bis nach Schwerin laufen, und die, die nicht mehr laufen können, würden in den nahe gelegenen Ort Grabow gebracht.

Was soll er tun? Die Strecke bis nach Schwerin wird er nicht mehr schaffen, da ist er sich sicher. Und das Rote Kreuz? Würden sie tatsächlich vom Roten Kreuz versorgt werden oder würde man sie hier im Wald einfach erschießen?

Er entscheidet sich für Grabow – und hat damit den richtigen Entschluss gefasst. Bis nach Grabow schaffen sie es, und wer nicht mehr kann, wird mit einem Wagen gezogen. In leer stehenden Ställen werden sie untergebracht. Bis zum 2. Mai werden sie dort gelassen und immer noch von SS-Männern bewacht.

Doch bereits am Morgen des 2. Mai sind die SS-Leute verschwunden, keine Spur ist mehr von ihnen zu sehen.

Heinz Hesdörffer gleicht mehr einem Skelett als einem lebenden Menschen. Er liegt nur noch ruhig im Stroh. Er ist zu schwach, um aufzustehen, rauszugehen, wie es andere tun. Er wartet. Das Donnern der Geschütze ist deutlich zu hören. Lange wird es nun sicher nicht mehr dauern.

Die Anspannung ist groß. Endlich, in der zweiten Nachmittagshälfte, ertönt ein lautes Jubelgeschrei: »Wir sind frei!«

»Schritte ins Ungewisse«, so ist der Titel des Films, der zusammen mit einer Jugendgruppe gedreht wurde. Er wird an Schulen gezeigt, in Jugendgruppen, in Kirchengemeinden. Heinz Hesdörffer ist stolz darauf, dass er zu diesem Projekt noch in der Lage war.

»Es war schwer«, gesteht er und meint damit nicht nur die körperlichen Strapazen, die er auf sich genommen hat. Er wusste, er musste es tun. Jemand wird reden müssen, wenn wir nicht mehr da sind. Und in diesem Film wird er noch lange reden.

Aufklären soll der Film, aufklären über die Zeit, die nicht allzu viele überlebt haben. Aber jetzt können einige von denen noch reden. Und wie sieht es mit jenen aus, die im Alter von Heinz Hesdörffer sind, die den Holocaust »von der anderen Seite« erlebt haben? Leben von ihnen noch welche? Diese Frage geht ihm nicht aus dem Kopf.

Heinz Hesdörffer lebt in einem Seniorenheim für betreutes Wohnen in Frankfurt.

Einmal hat er auch dort diesen Film gezeigt. Damit viele etwas von der bevorstehenden Filmvorführung erfahren würden, hängte man vorher in den sechs Aufzügen des Hauses Plakate auf. So hatten die Bewohner die Möglichkeit, sich zu informieren.

Am nächsten Morgen waren alle Plakate weg!

Aus dem Leben des Zeitzeugen
Karol Tendera

„Wir Slawen haben keinen
Hass in uns."

Zwangsarbeit und Fluchten

Im Mai 1940 – Deutschland hatte zu dieser Zeit Polen bereits erobert und viele Teile besetzt – betraten zwei Männer einer deutschen Dienststelle in Krakau die Berufsschule für Mechanik. Sie teilten dem Direktor mit, sie würden dreißig ältere Schüler mitnehmen. Einen Grund gaben sie nicht an. Sie sagten auch nicht, was mit den Schülern geschehen werde. Der Direktor wurde aufgefordert, eine Namensliste zusammenzustellen, anhand derer die Jugendlichen dann aus den Klassen geholt wurden.

Einer der Schüler war Karol Tendera.

Vor der Schule stand ein LKW, auf den die dreißig jungen Männer aufsteigen mussten. Bewacht von der Polizei, wurden sie zum Bahnhof von Krakau gebracht. Dort mussten sie in den Waggon eines bereitstehenden Zuges einsteigen. Der Zug fuhr los, keiner der dreißig jungen Männer wusste, wohin die Fahrt gehen würde oder was man mit ihnen vorhatte.

Ob die Schule die Eltern informiert hat?, überlegte Karol Tendera. Er wusste, dass seine Eltern sich Sorgen machen würden, wenn er nicht pünktlich nach Hause kam. Hatte man wenigstens den Direktor informiert, wohin sie gebracht wurden, damit er den Eltern etwas sagen konnte? Karol Tendera war unsicher. Er glaubte nicht, dass die Deutschen ihm Auskunft gegeben hatten. Sie waren schließlich Besatzungsmacht und ließen die einheimische Bevölkerung bei jeder Gelegenheit spüren, wer das Sagen im Land hatte.

Die Fahrt ging Richtung Westen und dauerte zwei Tage. Das Ziel war Hannover. Dort angekommen, wurden sie auf einem LKW zu ihrem eigentlichen Bestimmungsort gebracht: den Max-Müller-Flugzeugwerken. Nur wenige hundert Meter weiter standen Baracken, in denen sie untergebracht wurden.

Die Max-Müller-Flugzeugwerke stellten Ersatzteile für Flugzeuge, Granatwerfer, U-Boot-Flackgeschütze sowie verschiedene Sondergeschosse her. Außerdem wurden dort Flugzeuge repariert und gewartet.

Deutschland befand sich im Krieg, und um die anstehenden Aufträge zu erfüllen, wurden in dem Werk Zwangsarbeiter beschäftigt. Auch Karol Tendera und seine Mitschüler aus Krakau sollten als Zwangsarbeiter im Werk arbeiten. Gleich bei ihrer Ankunft wurde ihnen von der Lagerleitung deutlich gemacht, dass man Fluchtversuche mit dem Tode bestrafe.

An ihrer Kleidung mussten sie einen Stoffwinkel mit einem großen »P« befestigen. Dieses Zeichen wies sie als »Polen« aus.

Die Arbeit im Werk war schwer und ungewohnt für den jungen Karol. Dazu kam, dass die Baracken nicht gerade komfortabel waren. So viele Männer eng zusammen in einem Raum, das gab Konflikte. Und dann noch die Ungewissheit. Wie lange würde man hier arbeiten müssen? Würde man noch mal nach Hause kommen? Zu der Familie? Oder würde man sie hier festhalten, bis der Krieg zu Ende war? Niemand wusste eine Antwort.

Zu der Ungewissheit gesellte sich die Angst. Ab Winter 1940/1941 stellten sie, besonders abends, fest, dass die Alliierten die Gegend bombardierten. Karol Tendera wie auch die anderen Arbeiter in den Baracken hatten Angst, es könne auch sie treffen, weil das Flugzeugwerk ja sicher ein Ziel der Bombenangriffe war.

»Ich bin erst 19 und ich möchte noch lange leben«, sagte Karol zu seinem Freund.

Gemeinsam überlegten sie, ob und was sie tun könten. Wenn sie blieben, würden sie das Risiko eingehen und im Bombenhagel sterben. Entschieden sie sich zur Flucht, so konnte das auch mit dem Tod enden, wenn man gefasst wurde.

Doch weil die Angriffe der Alliierten in den folgenden Tagen und Wochen stärker wurden, entschieden sich die beiden jungen Männer zur Flucht. Sie wollten leben, sie wollten überleben, dafür gingen sie das Risiko ein. Es war Frühjahr 1942, der Winter war vorbei. Präziser lies sich die Zeit nicht bestimmen, denn sie hatten weder Kalender noch Uhr.

Ihr Ziel war Krakau – sie wollten nach Hause zu ihren Familien. Ihre Flucht endete – zunächst – in Breslau. Dort wurden sie am Bahnhof aufgegriffen. Sie mussten im Magazin des Bahnhofs arbeiten. Die Polizei hatte stets ein Auge auf sie. Mehr als die schwere Arbeit machte ihnen aber die Angst zu schaffen, sie könnten sterben, denn auch Breslau wurde bombardiert. Nicht von den Alliierten, sondern von den russischen Streitkräften. Aber Bomben sind Bomben, sagten sie sich und flohen nach vier Wochen, immer mit dem Risiko, entdeckt zu werden. Das hätte ihr Ende bedeutet. Doch sie kamen durch, nach einigen Wochen hatten sie Krakau erreicht.

Karol Tendera konnte wieder bei seinen Eltern wohnen, aber er wollte ihnen nicht zur Last fallen, sondern selbst etwas zum Lebensunterhalt beitragen. Er suchte Arbeit und hatte Glück. Ein Bekannter stellte ihn in seinem Geschäft ein.

Doch schon nach wenigen Wochen standen zwei Männer von der Gestapo im Laden und fragten nach ihm. Eine Flucht war nicht mehr möglich. Die beiden Gestapo-Männer verhafteten ihn und brachten ihn ins Gefängnis Montelupich.

Von den mehr als 20 000 Häftlingen, die während der deutschen Besatzungszeit dort inhaftiert waren, wurde fast keiner entlassen. Die meisten wurden von dort in irgendwelche Konzentrationslager deportiert. Aus dem Gefängnis holte man auch jedes Mal wahllos Männer und erschoss sie, wenn Partisanen oder Widerstandskämpfer irgendwo einen Anschlag verübt hatten.

Einmal hätte es Karol Tendera fast erwischt. In Krakau wurde ein SS-Mann von der Widerstandsbewegung erschossen. Dessen Tod sollte gerächt werden. Häftlinge des Montelupich-Gefängnisses sollten wieder dafür büßen. Die Gefangenen mussten sich in einer langen Reihe aufstellen.

»Eins, zwei, drei, vier, fünf, sechs, raustreten!«, zählte ein SS-Mann mit donnernder Stimme die Reihe durch. Karol Tendera hatte Glück, er war der Siebte in der Reihe, musste also nicht vortreten. Zehn Männer hatte man an diesem Tag ausgewählt und erschossen.

Die Zellen in den Gefängnissen waren immer überbelegt. Wenn wieder einmal Hinrichtungen stattgefunden hatten oder Häftlinge in ein Konzentrationslager gebracht wurden, waren die Zellen trotzdem binnen kurzer Zeit wieder überfüllt. Die deutschen Besatzer verhafteten wahllos Menschen in Kinos, Restaurants oder einfach von der Straße weg und sperrten sie ohne irgendeine Anklage, geschweige denn eine Verurteilung ins Gefängnis. Viele wurden auch sofort in eines der Konzentrationslager gebracht.

Deportation nach Auschwitz

Der 5. Februar 1943 war ein eiskalter Wintertag. Frost mit eisigen Minustemperaturen hatte die Stadt schon einige Zeit fest in seinen Klauen. Zu der Kälte, unter der besonders die polnische Bevölkerung litt, kam die Angst vor der Willkür der Deutschen.

Am Morgen öffnete sich die Gefängniszelle, in der Karol Tendera eingesperrt war. Er und weitere vier Häftlinge, darunter sein Freund Wladyslaw Krok, ein Sportler, wurden herausgeholt. Auch aus anderen Zellen kamen Häftlinge. Alle zusammen führte man sie hinaus auf den Hof. Zwei LKWs standen bereit, auf die sie aufsteigen mussten. Eine mehr als vierstündige Fahrt lag vor ihnen. Ihr Ziel: das Stammlager Auschwitz.

Kniend saßen sie hintereinander auf der Ladefläche. Über ihnen war nur eine Plane, die sie nicht wirklich vor der Kälte schützte. Steif gefroren kamen sie an.

»Los, los, runter, schneller, schneller!«, brüllten einige Kapos, die sie in Empfang nahmen. »Macht schneller, ihr lahmen Säcke!«

Die Gefangenen konnten sich kaum bewegen. Ihre Beine schmerzten vom langen Knien und von der Kälte.

Die Kapos nahmen darauf keine Rücksicht. Mit ihren Gummischläuchen, die mit Sand gefüllt waren, schlugen sie auf sie ein, trieben sie in die Lagerstraße, hin zur »Sauna«.

Dort mussten die Männer sich ausziehen und alles, was sie mitgebracht hatten, abgeben. Karol Tendera hatte eine Uhr und einen Ring auf den Tisch legen müssen.

Dann wurden sie in den Waschraum getrieben und konnten sich dort – welch eine Wohltat in diesem Augenblick! – mit warmem Wasser und einem Stück Seife waschen. Handtücher gab es keine, ein schmutziges Stück Stoff musste reichen, um sich notdürftig abzutrocknen. Danach ging es nach draußen ins Freie. Nackt warteten sie, bis sie endlich ihre Häftlingskleidung bekamen: eine Jacke, eine Hose, eine Mütze und etwas für die Füße, das aus einer Sohle mit einem Stück Stoff darüber bestand, sodass man mit den Füßen hineinschlüpfen konnte.

Beim ersten Appell hielt der SS-Hauptsturmführer Karl Fritzsch seine Begrüßungsrede: »Das hier ist kein Sanatorium, das hier ist ein deutsches Konzentrationslager. Auf euch wartet harte Arbeit! Ein Jude überlebt hier zwei Wochen, ein Pfaffe drei Wochen, alle anderen bis zu drei Monaten. Euer einziger Weg in die Freiheit führt durch den Kamin!«

Das saß! Verängstigt schauten die Häftlinge nach vorne zu Fritzsch. Keiner rührte sich.

Ohne weitere Erklärungen wurden sie zum Block 8 gebracht, einem Haus, in dem sie für die nächsten Wochen ihre Unterkunft hatten. Zwei Wochen waren sie dort in Quarantäne.

In den dreistöckigen Betten lagen Matratzen, die mit Stroh gefüllt waren. Flöhe und Läuse hatten sich eingenistet, sie raubten den Männern den nächtlichen Schlaf. Karol Tendera teilte sich eine Pritsche mit seinem Freund Wladyslaw Krok.

Während der Quarantänezeit mussten die Häftlinge den ganzen Tag Strafgymnastik im Freien ableisten.

»Stillgestanden!«

»Rührt euch!«

»Hinlegen!«

»Aufstehen!«

»Rollen!«

»Hüpfen!«

»Kniebeugen!«

»Bewegt euch! Bewegt euch! Los, los, los!«

Ununterbrochen brüllte der SS-Mann ihnen diese Befehle entgegen. Wer vor Erschöpfung zusammenbrach, wurde von ihm verprügelt.

Nach den zwei Wochen wurden sie in Arbeitskommandos eingeteilt. Karol Tendera hatte, wenn er seine Situation mit der der anderen Häftlinge verglich, noch Glück. Er wurde zum Stubendienst abkommandiert, musste im Block für Ordnung und Sauberkeit sorgen, während die anderen im Straßen- oder Gleisbau, in der Fischerei oder in der Kaninchenzucht außerhalb des Lagers im Freien arbeiten mussten.

Im Laufe der Zeit bekam er Kontakt zu Häftlingen, die in der Effektenkammer arbeiteten. Das sollte sich für ihn und seinen Freund als sehr nützlich erweisen.

Wenn um die Mittagszeit die Suppe ausgeteilt wurde, mussten die Gefangenen häufig nachweisen, dass sie keine Flöhe oder Läuse in ihrer Kleidung hatten. Dazu hatten sie ihre Jacken zu öffnen, dann wurden sie kontrolliert. Fand man Läuse oder Flöhe, bekamen sie keine Suppe. Dafür wurden sie im Waschraum in ein Becken gelegt, wo Körper und Kleidung mit eiskaltem Wasser abgeschrubbt wurden.

Karol Tendera hatte das herausgefunden und bat seinen Freund aus der Effektenkammer, für ihn und seinen Freund Wladyslaw Krok frische Wäsche zu organisieren. Die verwahrte er an einem sicheren Platz und vor der Essensausteilung zog er sich jedes Mal schnell um.

Eines Tages wurden während des Morgenappells die Nummern von fünfzehn Häftlingen aufgerufen. Das war nie ein gutes Zeichen. Die Nummer von Karol Tendera war mit dabei.

Die fünfzehn Männer, alle von ihnen mehr oder weniger gesund, wurden in den Block 28, den Häftlingskrankenbau, geführt. Sie ahnten nichts Gutes. Hier machten Lagerärzte, wie sie schon oft gehört hatten, irgendwelche medizinischen Versuche, manchmal auch im Auftrag der Pharmaindustrie. Dr. Mengele und Dr. Wirths hatten hier ein Labor und Dr. Johann Paul Kremer betätigte sich in der Hungerforschung. Er wollte herausfinden, wie sich die inneren Organe eines Menschen veränderten, der über lange Zeit keine Nahrung bekam, bis er starb. Die fünfzehn Männer wussten auch, dass sich im Keller das Leichenmagazin befand. Würden sie hier lebend wieder herauskommen – aus diesem Gebäude, das im Lagerjargon »Vorhof zum Krematorium« genannt wurde?

Die Männer wurden in verschiedenen Räumen untergebracht. Dort bekam jeder von ihnen eine Spritze in den Gesäßmuskel. Keiner der Gefangenen wusste, was man ihnen injiziert hatte. Karol Tendera merkte, dass er Fieber bekam. Schon nach kurzer Zeit glühte er, gleichzeitig war ihm eiskalt. Es dauerte einige Tage, bis er sich langsam erholte. Medikamente, die den Genesungsprozess hätten beschleunigen können, gab es nicht. Nach drei Wochen wurde er wieder entlassen. Fünf der fünfzehn Männer waren an den Folgen der Injektion gestorben. Vor der Entlassung sagte ein Aufseher zu ihm hinter vorgehaltener Hand, dass mindestens einmal im Monat solche medizinischen Experimente durchgeführt würden.

Auschwitz-Birkenau

Irgendwann während seiner Haftzeit im Stammlager Auschwitz, vermutlich Anfang 1944, wurde Karol Tendera zusammen mit neunundsiebzig weiteren Häftlingen nach Auschwitz-Birkenau verlegt. Betten mit Läusen und Flöhen kannte er schon vom Stammlager. Doch in Birkenau, in der Baracke, in der sie untergebracht waren, kamen noch einige Dinge hinzu, die die Situation fast unerträglich machten. Es gab keine Heizung, es gab kein Wasser und für die Verrichtung ihrer Notdurft standen nur einige Eimer im Raum. Die Schlafkojen bestanden aus drei Etagen, auf jeder Etage lagen sieben bis acht Häftlinge.

Das Lager Auschwitz-Birkenau musste erweitert werden. Man brauchte Unterkünfte für die große Zahl von Menschen, die aus verschiedenen europäischen Ländern hierher deportiert werden sollten. Zu diesem Zweck wurden Holzbaracken angeliefert, die in Deutschland als Pferdeställe dienten. Fünfunddreißig Pferde fanden normalerweise darin Platz. In Auschwitz-Birkenau pferchte man bis zu siebenhundert Menschen hinein.

Karol Tendera und die anderen Häftlinge, die aus dem Stammlager nach Birkenau verlegt wurden, mussten die Baracken aufbauen. Es war eine körperlich sehr schwere Arbeit, weil die einzelnen Barackenelemente groß waren – kaum zu schaffen für Männer, deren Verpflegung nie ausreichte. Karol Tendera fühlte sich von Tag zu Tag schwächer, er war der körperlichen Arbeit nicht mehr gewachsen. Zu der Arbeit kam noch, dass sie die Ankunft von Gefangenen mitbekamen. Menschen, die nicht mehr lange leben würden. Einmal beobachtete er, wie sechs SS-Männer Kinder von ihren Müttern trennten. Kinder – besonders kleine, die fast noch Säuglinge waren – warfen sie wie Müll auf einen Rollwagen. Karol nahm an, dass sie direkt in die Gaskammer gebracht wurden.

Einige Male wurde er auch ins Frauenlager abkommandiert, um dort elektrische Installationsarbeiten zu erledigen. In dem Block waren nur jüdische Frauen untergebracht. Was er dort sah, überschritt alles, was er sich vorstellen konnte. Die Baracken waren überfüllt, sechs bis sieben Frauen mussten sich eine Pritsche teilen. Und wie sie aussahen! Er konnte nicht mehr erkennen, ob sie alt oder jung waren. Kahl geschoren und abgemagert bis auf Haut und Knochen vegetierten sie vor sich hin. Es gab völlig unzureichende sanitäre Einrichtungen. Und Tendera hatte das Gefühl, dass die Frauen in Auschwitz, besonders die jüdischen Frauen, von der SS als Untermenschen betrachtet und mit ständigen Schikanen wie endlosen Appellen oder Misshandlungen erniedrigt wurden. Die Aufseherinnen in den Blocks waren ihren männlichen Kollegen sicher ebenbürtig, in vielen Fällen sogar, was Härte und Grausamkeit betraf, noch schlimmer.

Tendera schmuggelte immer einige Essensvorräte in den Block und verteilte sie einfach an die, die gerade zuerst vor ihm standen. Eine Auswahl hätte er nicht treffen können, alle Frauen brauchten etwas zu essen, aber so viel konnte er nicht mitbringen. In eine der Gefangenen verliebte er sich, sie hätte er gerne gerettet. Er hatte nur keine Ahnung, wie er das anstellen könnte. Und dann war es zu spät. Noch bevor er etwas zur Rettung der jungen Frau unternehmen konnte, erfuhr er, dass alle Frauen aus dem Block in den Gaskammern ermordet worden waren.

In der Krankenhausbaracke sah er halbtote Gefangene, die

auf dem Innenhof im Schlamm lagen und um Hilfe flehten. Die Betten in dem Gebäude waren schmutzig, vollgeschmiert mit Blut und Kot. Mehr als dreihundert Kranke waren dort und einer der Pfleger, ein Jude aus Krakau, erklärte ihm, dass die Kranken, sobald die Baracke voll sei, in die Gaskammer gebracht würden.

Karol Tendera war am Ende seiner Kräfte. Mehrmals sagte er zu seinem Freund, er werde in den Draht gehen, seinem Vater habe er schon einen Abschiedsbrief geschrieben.

»Ich halte es nicht mehr aus! Lieber sterbe ich auf diese Weise als qualvoll in der Gaskammer oder im Krankenbau, in dem die Gefangenen gar kein Essen mehr bekommen und, wenn sie nicht verhungern, in die Gaskammer gebracht werden. Das möchte ich mir ersparen!«

Sehr entschieden sagte er diese Sätze, und er brauchte viel Kraft, um sie auszusprechen. Denn auch das Reden fiel ihm inzwischen schon schwer.

Sein Freund überredete ihn aber, durchzuhalten, wenigstens noch eine kurze Zeit, er werde etwas unternehmen, um ihn zu retten. Und dem Freund gelang es tatsächlich, dass sie, zusammen mit weiteren Häftlingen, wieder ins Stammlager verlegt wurden. Zur Rekonvaleszenz, so die offizielle Darstellung.

Karol Tendera wurde in Block 28 des Stammlagers eingewiesen, den Häftlingskrankenbau. Nach seiner ersten Erfahrung in diesem Block befürchtete er schon das Schlimmste, doch diesmal hatte er Glück. Ein Pfleger, ebenfalls Häftling, stammte wie er aus Krakau. Er kümmerte sich um ihn, gab ihm Ratschläge, mit welchen Mitteln er seinen Durchfall bekämpfen könne. Denn Medikamente gab es im Krankenbau ja nicht. Er solle ein Stück Brot in Papier aus Zementsäcken einwickeln und es verkokeln lassen, das helfe bestimmt. Es half tatsächlich – ein bisschen.

Zehn Tage lang schaffte es der Pfleger, Karol Tendera in der Krankenstation zu halten. Danach musste Karol wieder arbeiten.

Er wurde dem Kommando »Gleisbau« zugeteilt. Entlang der Sola, einem Nebenfluss der Weichsel, wurden von den Häftlingen neue Gleisanlagen verlegt. Für den immer noch geschwächten Karol Tendera war es eine kaum zu ertragende Arbeit. Bis zu 250 Kilogramm wogen die einzelnen Gleisstücke, die von sechs Gefangenen verlegt werden mussten.

Morgens, nach dem Appell, verließ das Kommando das Lager, begleitet von der Lagerkapelle, die neben dem Tor »Arbeit macht frei« Marschmusik spielen musste. Abends, nach zwölfstündiger Schufterei in der Sommerhitze des Juli 1944, spielte die Kapelle, sozusagen zum Empfang, wieder Marschmusik. Ein Kollege von Karol Tendera, der sich im Fluss hatte etwas abkühlen wollen, wurde von einem SS-Mann erschossen.

Als sie eines Abends von ihrer Arbeit ins Lager zurückkehrten, lagen zwei tote Häftlinge am Tor. Erschossen. Einen von beiden kannte Tendera, wenn auch nur flüchtig, doch sie waren sich gelegentlich im Lager begegnet. Neben den beiden Toten hatten die SS-Männer ein Warnschild aufgestellt:

»So enden die, die fliehen wollen!«

An diesem Abend sagte Tendera zu seinem Freund Krok, er könne nun wirklich nicht mehr. Er wolle nur noch tot sein.

Aber Krok war keiner, der seinen Freund einfach aufgab. Mit anderen Häftlingen beriet er sich, was zu tun sei, und sie kamen zu dem Schluss, für ihn einen Platz im Kommando »Kartoffelküche« zu organisieren. Mit einem Schreiber, der die Listen über den Einsatz von Häftlingen in den verschiedenen Arbeitskommandos führte, besprachen sie, dass er Karol Tendera auf die entsprechende Liste nehmen solle. Bereits einen Tag später hatte er eine vergleichsweise leichte Arbeit. Die Tätigkeit in der Kartoffelküche bot ihm schon bald die Gelegenheit, heimlich Vorräte an Lebensmitteln, die man neu eingelieferten jüdischen Häftlingen weggenommen hatte, aus dem Küchentrakt zu schmuggeln und an bestimmte Gefangene zu verteilen. Das war auch die Zeit, als Karol Tendera in die konspirative polnische Widerstandsorganisation im Lager aufgenommen wurde.

Lager Leitmeritz

Am 28. Oktober 1944 wurde Karol Tendera zusammen mit einigen hundert anderen Häftlingen ins Lager Leitmeritz, einem Außenlager von Flossenbürg, verlegt. Dieses Lager war für die nationalsozialistische Führung besonders wichtig, da hier Teile der Rüstungsproduktion in unterirdische Fabriken verlegt werden sollten, um sie vor den Luftangriffen der Alliierten zu schützen. Hier sollten die Häftlinge Stollen für Fabrikanlagen in den Steinbruch treiben.

Bereits in der ersten Nacht flohen Karol Tendera und einige andere. Mit einer Kombizange, die einer von ihnen aus Auschwitz mitgebracht hatte, durchtrennten sie den Zaun und suchten das Weite. Doch ihre Freude über die gewonnene Freiheit dauerte nur kurz. Bereits am nächsten Tag wurden sie von der Polizei aufgegriffen und zurück ins Lager gebracht.

Sie hatten jedoch noch Glück im Unglück. Normalerweise wurden Fluchten oder auch bereits Fluchtversuche mit dem Tode bestraft. Diesmal hielt man den Häftlingen zugute, dass sie die Lagerordnung noch nicht kannten. So erhielten sie »nur« eine Prügelstrafe von je fünfundzwanzig Stockschlägen. Karol Tendera kannte den Häftling, der die Strafe an ihm vollziehen musste, und so fielen die Schläge etwas sanfter als üblich aus.

Seine Befreiung durch die sowjetischen Truppen erlebte Karol Tendera Anfang Mai 1945. Am 8. Mai öffnete sich das Tor für die Häftlinge. Sie bekamen eine Bescheinigung, dass sie aus dem KZ Leibneritz entlassen worden seien, und machten sich auf den Weg. Aber wohin? In welche Richtung sollten sie laufen? Mit welchem Ziel?

Aus Angst, doch noch von deutschen Soldaten entdeckt und erschossen zu werden, mieden die kleinen Gruppen, die aus dem Lager schwärmten, die Straßen und liefen durch Felder und Wälder.

Nach einem stundenlangen Marsch stieß Karol Tendera auf einen Bauernhof, wo drei Tschechen und eine Frau aus Berlin mit ihren beiden erwachsenen Töchtern lebten. Sie alle, besonders jedoch die Frauen, waren verängstigt. Sie fürchteten sich vor Gewalttaten der russischen Soldaten, und die Mutter hatte Angst um ihre Töchter, sie könnten vergewaltigt werden. Karol Tendera blieb. Ob er tatsächlich hätte helfen können, wusste er nicht. Aber er hätte den russischen Soldaten seine Häftlingsnummer zeigen und sie damit vielleicht milde stimmen können.

Doch es kamen keine russischen Soldaten. Am nächsten Morgen standen stattdessen zwei deutsche Offiziere vor dem

Haus. Ihre Rangabzeichen hatten sie von ihren Uniformen abgetrennt.

»Wir brauchen Zivilkleidung«, bettelte einer der beiden. »Wenn wir den Russen so in die Hände fallen, dann …« Weiter kam er nicht, denn sein Kollege fiel ihm ins Wort.

»Ich habe Familie«, sagte er, »Frau und Kinder, sie brauchen mich!«

Karol Tendera bat die beiden Männer ins Haus. Die Tschechen, bei denen er zu Gast war, beauftragte er, in die nächste Stadt zu fahren, um passende Zivilkleidung zu besorgen. Sie waren erfolgreich. Jacken, Hosen und Hemden passten den beiden Deutschen.

»Du hast uns das Leben gerettet«, sagte der Familienvater und übergab Karol Tendera ein Geschenk. Es war ein Lederportemonnaie mit dem Konterfei Adolf Hitlers und einem eingeprägten Zitat von Bismark: »Wir Deutschen fürchten uns nur vor Gott, sonst vor gar nichts in der Welt!«

Karol Tendera assoziierte dieses Zitat spontan mit dem Mord an den ungezählten Menschen in Auschwitz und auch in den anderen Lagern, von denen er wusste.

»Wir Slawen haben keinen Hass in uns und wir verzeihen schnell«, war seine Antwort, bevor sich die beiden Deutschen auf den Weg machten.

Karol Tendera blieb noch für einige Wochen auf dem Bauernhof. Er musste erst etwas zu Kräften kommen, denn die Arbeit im Lager hatte ihm zugesetzt. Aber er blieb auch wegen der Frauen. Er wollte sie schützen, wenn tatsächlich russische Soldaten kommen sollten. Und es war eine der beiden Töchter der Frau aus Berlin, die ihm gefiel. Auch wegen ihr blieb er, sie hätte er gerne geheiratet.

Aber dann zog es ihn doch zurück in die Heimat, zu den Eltern, nach Krakau.

Karol Tendera als junger Mann im Jahr 1951

Seit einigen Jahren steht Karol Tendera als Zeitzeuge sowohl Besuchern des Museums Auschwitz als auch Schulklassen, die sich mit dem Holocaust auseinandersetzen, zur Verfügung. Selbst Reisen nach Deutschland sind dem 1921 in Krakau geborenen Mann nicht zu weit.

»Ich freue mich immer, wenn ich mit Deutschen reden kann. Das ist für mich gelebte deutsch-polnische Freundschaft.«

Karol Tendera und sein Anwalt im Gerichtssaal

Karol Tendera arbeitet seit vielen Jahren in der Vereinigung ehemaliger KZ-Häftlinge. Als deren Sekretär hat er im Sommer 2014 vom ZDF eine Entschädigungszahlung in Höhe von 50 000 Zloty gefordert, weil in dem Film »Unsere Väter, unsere Mütter«, der im Frühjahr 2014 ausgestrahlt wurde, behauptet wird, Majdanek und Auschwitz seien polnische Konzentrationslager gewesen.

Der Prozessbevollmächtigte von Herrn Tendera hat dem Sender eine außergerichtliche Aufforderung zukommen lassen. Sollte das ZDF die Zahlung verweigern, käme es aber wohl in Krakau zum Prozess.

Aus dem Leben der Zeitzeugin
Eva Mozes Kor

„Ich habe den Nazis vergeben."

Erste Kinderjahre

In den Wintermonaten hielt sich die Familie Mozes gerne in der Winterküche auf. Das war ein großer Raum, der immer beheizt war und in dem neben den üblichen Küchenmöbeln – ein großer Tisch, ausreichend viele Stühle drum herum, eine Bank, ein Ofen, der nicht nur heizte, sondern auf dem auch gekocht wurde, ein großer Geschirrschrank mit Tellern, Tassen, Schüsseln, Bestecken und Gläsern für die ganze Familie – auch noch zwei Betten standen. In einem dieser Betten schlief Evas Großmutter, in dem anderen ihre Tante, die Schwester der Großmutter. Hier fühlten sich alle wohl, hier fand in den kalten Monaten das Familienleben statt, wenn die Tiere im Stall versogt waren. Die Mutter kochte hier, an dem großen Tisch versammelten sich alle zum Essen, und weil der Vater als frommer Jude Wert darauf legte, wurde hier auch gebetet.

Es war eine große Familie, die sich den Raum teilte. Neben den beiden alten Frauen waren es Eva, ihre Zwillingsschwester Miriam, ihre beiden älteren Schwestern Edit und Aliz sowie die Eltern Alexander und Jaffa Mozes. Außerdem zählten noch einige Katzen und Hunde dazu, die sich in der kalten Jahreszeit auch gerne in dem Raum aufhielten.

An einem Morgen, als es Zeit für das Morgengebet war, sagte der Vater zu seiner jüngsten Tochter gewandt sehr entschieden: »Eva, sorge dafür, dass die Katzen und Hunde gleich aus der Küche sind, damit sie uns nicht beim Gebet stören!«

»Ja, Vater«, antwortete Eva und schaute zuerst ihn und dann die Tiere an. Die ahnten offenbar, wozu Eva gerade beauftragt wurde, und verkrochen sich unter den Betten und in den hintersten Ecken der Küche, und alle Versuche des Mädchens, sie wieder hervorzulocken, blieben ohne Erfolg. Eva konnte tun und machen, was sie wollte, die Tiere blieben in ihren Verstecken. Aber immerhin liefen sie nun nicht mehr in der Küche herum und der Vater konnte mit der Zeremonie des Morgengebets beginnen.

Katzen und Hunde sahen jetzt offenbar keine Gefahr mehr, vor die Tür gesetzt zu werden, kamen aus ihren Verstecken zurück, und einige von ihnen schmiegten sich, wie sie es sonst auch oft taten, an Vaters Beine. Der aber fühlte sich in seiner Gebetszeremonie gestört und blaffte Eva an: »Hatte ich dir nicht aufgetragen, die Tiere vor die Tür zu schicken?«

»Doch Vater, das hattest du.«

»Und warum sind sie dann noch hier und stören uns bei unserem Gebet? Du hast deine Arbeit nicht ordentlich erledigt! Bist du dazu nicht in der Lage?«

»Wenn das so eine einfache Arbeit ist, warum hast du sie dann nicht selbst rausgesetzt?«, entgegnete Eva.

Solche und ähnliche Konflikte hatte Eva oft mit ihrem Vater. Er liebte seine Kinder, daran bestand kein Zweifel. Trotzdem hatte Eva bei ihm immer das Gefühl, etwas an ihr sei falsch, da er sie anders behandelte als ihre Schwestern. Die nahmen seine Autorität einfach hin, weil er der Vater, das Familienoberhaupt war. Eva rieb sich ständig an ihm. Er kritisierte sie für alles und sie gab ihm Widerworte. Sie redeten sich die Köpfe heiß, aber Eva gab nicht einfach nach, nur weil er der Vater war. Sie wollte die Gründe für seine Ansichten wissen.

Das machte sie stark, das machte sie widerstandsfähig. Sie lernte dadurch, sich nicht einfach unterzuordnen. Mit der Zeit fand Eva heraus, warum der Vater zu ihr anders war.

Zwei Töchter hatte Alexander Mozes schon, und als Miriam geboren war und feststand, dass es eine Zwillingsgeburt geben würde, hatte er gehofft, das zweite Kind würde ein Junge sein. Einen Jungen hatte er sich sehnlich gewünscht. Einen Jungen, der am öffentlichen Gottesdienst teilnehmen und das Kaddisch, das jüdische Totengebet sprechen konnte, wenn jemand gestorben war.

Einmal hatte er ihr das auch gesagt. Gerade mal fünf Jahre alt war sie damals gewesen.

»Eva, eigentlich solltest du ein Junge sein.«

»Hm«, sagte Eva, »ich weiß nicht ganz genau, woher die kleinen Kinder kommen. Aber ich denke, sie werden von einem Storch gebracht. Also kann ich nichts dafür, dass du vier Töchter hast!«

Nein, dafür war sie wirklich nicht verantwortlich. Gut, dass die Mutter auf ihrer Seite stand. Sie war anders als andere Frauen zu jener Zeit, als es noch nicht selbstverständlich war, dass Mädchen zur Schule gingen. Sie war gebildet und sorgte dafür, dass auch ihre Töchter eine gute Ausbildung bekamen. Und gleichzeitig vermittelte sie ihnen nicht nur theoretisch Hilfsbereitschaft gegenüber anderen, sondern lebte sie ihnen auch vor.

Die Familie Mozes war die einzige jüdische Familie in dem kleinen Ort Portz im rumänischen Siebenbürgen. Sie waren Teil des Dorfes, und besonders die Mutter half in Familien aus, wenn jemand krank war, und kümmerte sich um junge schwangere Frauen.

Dennoch erfasste der Antisemitismus auch irgendwann dieses kleine Dorf.

Der Vater hatte lange darauf gedrungen, das Land zu ver-

Eva vorne rechts und ihre Zwillingsschwester Miriam vorne links zusammen mit Freundinnen

lassen und nach Palästina auszuwandern. Die Verfolgung der Juden, ihre Deportation in Arbeitslager, ihre Verbannung in Ghettos in vielen europäischen Städten bereiteten ihm Angst. Palästina, meinte er, sei ein Land, das ihnen viele Möglichkeiten zum Leben und Arbeiten biete.

Die Mutter lehnte das ab.

»Mit vier kleinen Kindern kann ich nicht umziehen!«

»Es wird schlimmer kommen«, drängte der Vater, der die Nachrichten über die Judenverfolgung in Europa genau verfolgte. »Jetzt haben wir noch Zeit!«

Die Mutter setzte sich durch.

»Hier sind wir doch sicher«, redete sie auf den Vater ein. Das seien doch alles nur Gerüchte, die da verbreitet würden. Und außerdem wolle sie nicht in der Wüste leben.

Nicht ausgesprochen hatte sie, dass sie auch wegen ihrer Mutter bleiben wollte. Sie hätte es nicht übers Herz gebracht, die alte Frau allein zurückzulassen.

Im Herbst 1940 kamen Eva und Miriam zur Schule. Die Mutter achtete darauf, dass die Zwillingsschwestern, die sich ohnehin zum Verwechseln ähnlich sahen, immer gleich gekleidet waren, und so war es für Außenstehende völlig unmöglich, sie auseinanderzuhalten. Eva und Miriam waren die einzigen Zwillinge in der Klasse und sie waren die einzigen Jüdinnen.

Bereits im Sommer 1940 hatte sich für das Dorf Portz etwas Entscheidendes geändert. Die damalige ungarische Regierung setzte alle Hoffnungen auf die deutsche Führung unter Adolf

Eva und Miriam mit Eltern und Schwestern

Hitler. Sie wurden zu Verbündeten, und Hitler gestand Ungarn zu, den nördlichen Teil des rumänischen Siebenbürgens unter ihre Hoheit zu stellen. Damit war Portz nun ungarisches Territorium.

In der Schule merkten das Eva und Miriam dadurch, dass sie zwei ungarische Lehrerinnen bekamen. Zum Entsetzen der beiden Mädchen führten sie Bücher ein, in denen jüdische Menschen als Karikaturen und Witzfiguren dargestellt wurden.

Damit fing es an. Im Laufe der Zeit kamen Filme dazu. Kurzfilme wie zum Beispiel »Wie man einen Juden fängt und tötet«. Mit solchen Hassfilmen wurden die Schülerinnen und Schüler aufgestachelt. Hinzu kamen noch neue Bücher, in denen die Juden als Abschaum bezeichnet wurden. Und selbst in den Rechenbüchern der unteren Klassen fanden sich Rechenaufgaben wie diese: »Wenn du fünf Juden hast und drei tötest, wie viele Juden sind dann noch übrig?«

Eva und Miriam bekamen das neue Klima schnell zu spüren. Hatten sie in ihrer bisherigen Kindheit, auch durch die Kontakte der Mutter, immer gute Freundinnen gehabt, wurden sie nun plötzlich ausgegrenzt. Schimpfworte fielen wie zum Beispiel »dreckige Juden« oder »stinkende Juden«.

Einmal wurden sie sogar in der Klasse für einen Streich bestraft, den andere begangen hatten. Einige Kinder hatten der Lehrerin Vogeleier auf den Stuhl gelegt und sie hatte sich drauf gesetzt.

Die Schuldigen waren schnell gefunden. Das konnten nur die beiden Judenkinder gewesen sein! So behaupteten es die Kinder in der Klasse, und der Urteilsspruch stand für die Lehrerin fest: Eine Stunde lang mussten sie auf trockenen Maiskörnern knien.

1943, als sich die Situation für die Juden immer mehr zuspitzte und die Nachrichten aus Europa immer schrecklicher wurden, unternahm die Familie einen Fluchtversuch.

Eines Nachts Ende September wurden die beiden kleinen Schwestern geweckt. Sie mussten sich anziehen, gleich mehrere Sachen übereinander. Als sie alle in der Küche versammelt waren, sagte der Vater: »Kinder, die Zeit ist gekommen, wir müssen fort!«

In den nicht-ungarischen Teil Rumäniens wollten sie fliehen, da seien sie sicher.

Ihre Flucht endete jedoch schon am Tor ihres Grundstücks. Ungarische Nazis mit Hakenkreuzbinden an den Armen hatten das Gehöft bewacht, damit niemand entkommen konnte.

Überleben

Es war ein kühler Frühlingsmorgen, als der Zug anhielt und die Türen von außen aufgerissen wurden. Frische Luft! Endlich! Wie lange waren sie unterwegs gewesen? Wie oft hatte jemand darum gefleht, die Türen zu öffnen, wenn sie mal anhielten, damit frische Luft in den Waggon kam?

Und nun hielten sie. Die Waggontür stand offen. Eingezwängt zwischen den vielen anderen Leuten, so, wie sie während der ganzen Fahrt auch gewesen war, konnte Eva nur einen kleinen Ausschnitt des wolkenverhangenen Himmels sehen. Und fühlen, dass es kühl war.

»Raus, raus, raus!«, befahlen deutsche Männerstimmen.

Auf der Rampe herrschte großes Gedränge. Waren die vielen Menschen alle in dem einen Zug gewesen? Eva war noch zu klein, um das alles überschauen zu können.

Wo waren sie gelandet? Man hatte ihnen doch gesagt, sie würden in ein rumänisches Arbeitslager kommen. Jetzt waren sie in Polen. In Auschwitz. In einem deutschen Konzentrationslager!

Evas Mutter versuchte, die beiden Mädchen an der Hand zu halten, damit sie in dem Gedränge nicht verloren gingen. Der Vater achtete auf die beiden älteren Töchter.

»Zwillinge? Sind das Zwillinge?«, wurde die Mutter plötzlich von einem SS-Mann angesprochen.

»Warum? Ist das gut?«

»Ja, das ist sehr gut!«, sagte der SS-Mann.

»Es sind Zwillinge«, bestätigte Evas Mutter und sah ihre beiden Mädchen an. Das musste doch jeder sehen, dass es Zwillinge waren.

Ohne ein weiteres Wort riss der SS-Mann der Mutter die beiden Mädchen aus den Händen und führte sie weg. Eva und Miriam schrien, wehrten sich, wollten zurück. Auch die Mutter schrie, versuchte, ihnen hinterherzulaufen, wurde aber von einem anderen SS-Mann zurückgehalten. Verzweifelt streckte sie die Arme nach ihnen aus und wurde dann in die entgegengesetzte Richtung abgeführt. Den Vater und die beiden großen Schwestern hatte man vorher schon weggebracht.

Eva und Miriam waren plötzlich allein, allein mit diesem SS-Mann, der die beiden weinenden Mädchen hinter sich herzog. Sie wussten nicht, was mit ihnen geschehen würde. Sie wollten nur zu ihrer Mutter. Zusammen mit acht weiteren Zwillingspaaren wurden sie in ein großes Gebäude geführt. Dort mussten sich alle nackt ausziehen. Eva glaubte, ihren Ohren nicht zu trauen. Träumte sie? Würde sie gleich aufwachen und von der Mutter in den Arm genommen werden?

Aber sie erwachte nicht aus einem Traum, denn alles um sie herum war Realität. Eine Realität, die sie nicht begreifen konnte.

Bald darauf standen alle Kinder nackt da, die Haare wurden ihnen ganz kurz geschnitten, ihre Kleidung wurde mit einer Chemikalie desinfiziert, in einem nächsten Raum mussten sie duschen und bekamen dann ihre Kleidung wieder zurück. Doch was war das? Auf den Rücken ihres Kleides war jetzt ein rotes Kreuz gemalt. Auf ihr schönes Kleid! Damit sollten sie wohl gekennzeichnet werden. Das ging Eva zu weit! Sie beschloss, den Anweisungen der Nazis etwas entgegenzusetzen. Sie wollte ihnen so viel Ärger wie möglich machen und fing auch gleich damit an. Als sie auf ihren linken Unterarm eine Nummer eintätowiert bekommen sollte, schlug sie um sich und schrie. Schließlich musste sie von vier Leuten festgehalten werden, damit man ihr die Häftlingsnummer verpassen konnte. Sie wand sich und die vier ausgewachsenen Männer waren nicht in der Lage, sie wirklich ruhig zu halten. Deswegen war die Nummer auf ihrem Arm von Anfang an unscharf.

Miriam wie auch alle anderen wehrten sich nicht.

Als alle mit dem Tätowiertwerden durch waren, wurden sie in die Mädchenbaracke von Birkenau gebracht. Diese Baracke war ein ehemaliger Pferdestall, in dem es fürchterlich stank. Es gab keine Fenster zum Lüften, nur unter dem Dach waren schmale Schlitze, durch die etwas Luft hereinkam.

Die Zwillingspaare, die bereits länger in der Baracke hausten, klärten die Neuankömmlinge auf, wo sie sich befanden. Sie erzählten ihnen von den Gaskammern und Krematorien, in denen die Nazis die Menschen erst ermordeten und dann verbrannten. Eva und Miriam konnten das nicht fassen. Hier wurden Menschen verbrannt? Kann man Menschen verbrennen? Wer tut so was?

Zum Beweis für ihre Behauptungen wurden sie ans Ende der Baracke geführt, und man zeigte ihnen die Häuser mit den Kaminen, aus denen oben Flammen herausschlugen. Der Qualm verbreitete einen Gestank, den die beiden Mädchen zuvor noch nie gerochen hatten.

Eva dachte an ihre Eltern und an die beiden Schwestern. ›Hoffentlich kommen sie nicht da hin!‹, ging es Eva beim Anblick der Schornsteine durch den Kopf.

Am Ende der Baracke befand sich auch die Latrine. Gleich in der ersten Nacht mussten Eva und Miriam diesen Raum aufsuchen. Vorsichtig, Schritt für Schritt, gingen sie durch die dunkle Baracke, denn überall liefen Ratten herum, denen sie ausweichen wollten. Beide Mädchen erstarrten vor Schreck, als sie auf dem Boden in der Latrine drei Kinder liegen sahen. Nackt! Tot! Sie lagen einfach da in all dem Dreck!

In dem Augenblick begriff Eva, dass der Tod auch sie und ihre Schwester Miriam einholen könnte. Sie beschloss, ganz für sich allein, ohne es laut auszusprechen, die Baracke, das Lager, zu überleben. Sie und ihre Schwester. Ihre Ängste durften nie so stark werden, dass sie ihnen erlag, schwor sie sich.

An drei Tagen in der Woche mussten Zwillingspaare ins Stammlager Auschwitz zu Dr. Josef Mengele. Nach dem Morgenappell machten sie sich auf den Weg. Dieser Dr. Mengele führte an den Kindern vermeintlich medizinische Experimente durch. Sechs bis acht Stunden dauerten diese Versuche. Nackt mussten sie in einem Raum sitzen und warten, bis sie an der Reihe waren. Jeder Teil ihres Körpers wurde betastet, gemessen und die Ergebnisse mit irgendwelchen Zahlen in Tabellen verglichen. Eva verstand nicht, was das zu bedeuten hatte. Sie ließ es einfach geschehen.

Ihre Bewegungen wurden beobachtet, sie wurden fotografiert, sie bekamen Injektionen mit Krankheitserregern oder Chemikalien. Die Kinder litten und viele starben.

An drei anderen Tagen mussten sie ins Blutlabor von Birkenau. Dort nahm man ihnen Blut ab, einigen Kindern so viel, dass sie nicht überlebten. Offenbar wollte man herausfinden, wie viel Blut ein Körper zum Leben benötigt. Den Tod der Kinder nahmen die Nazis einfach hin, es gab ja in ihren Augen genügend Nachschub.

Dr. Josef Mengele war einer der Nazis, die als Arzt in Auschwitz arbeiteten. Wofür stand sein Name an diesem Ort?

Zehntausende selektierte er an der Rampe. Er war einer der Ärzte in Auschwitz, die sich gerne für diesen Dienst gemeldet hatten. Hier war er Herr über Leben und Tod. Eine Handbewegung entschied über das Schicksal der Menschen, die auf ihn zukommen mussten. Ganz offensichtlich liebte er diese Arbeit, denn manchmal sang er dabei. Lieder aus Opern und Operetten, die er besucht hatte.

Wenn er nicht an der Rampe stand, ging er von Block zu Block, um dort Selektionen durchzuführen. Wieder genügte ein Fingerzeig, um festzulegen, wer vergast oder erschossen werden sollte und wer noch etwas weiterleben durfte. Tausende Kranke in den Häftlingskrankenblocks ließ er ermorden.

Er injizierte Kindern Krankheitserreger und ließ sie danach umbringen, um sie sezieren zu können. Welche Absichten verfolgte dieser Mann? War er nicht ein Arzt, der den hippokratischen Eid geschworen und sich damit dem Erhalt von Leben verpflichtet hatte?

Sein besonderes Interesse galt der Zwillingsforschung. Sein großes Ziel war es, herauszufinden, wie man einen arischen Menschen nicht nur züchten, sondern auch dafür sorgen konnte, dass er sich schnell vermehrt – durch die Geburt von Zwillingen.

Den Kindern gegenüber, die er im vertrauten Kreis gerne als »meine Meerschweinchen« bezeichnete, verhielt er sich nach außen hin korrekt und zugänglich. Sie sollten Vertrauen zu ihm gewinnen. Doch seine Pläne standen fest: Er benutzte sie für seine Forschungszwecke, und viele von ihnen, die während der Versuche nicht starben, tötete er durch Phenolinjektionen oder er erschoss sie. Wenn eines von einem Zwillingspaar bei einem Experiment starb, ließ er das zweite ermorden oder ermordete es selbst, um beide für seine Forschungsarbeiten zu sezieren.

An manchen Tagen kam Dr. Josef Mengele nach dem Morgenappell zu den Zwillingspaaren in ihre Baracke.

»Meine Kinder«, nannte er sie lächelnd.

»Seine Kinder« hatten keine Wahl. Sie mussten alles mitmachen, was der Arzt ihnen vorschrieb. Blutentnahmen, Bluttransfusionen, Injektionen – das war der Preis für einen Tag mehr Leben. Und wer durchhielt, musste am kommenden Tag den gleichen Preis erneut bezahlen.

Einmal, es war im Juli 1944, wurde Eva im Labor ein Krankheitserreger injiziert. Ihre Zwillingsschwester Miriam blieb verschont. Eva wurde krank. Sehr krank. Ihr Kopf dröhnte, sie bekam Fieber, ihre Haut brannte und trotz großer Müdigkeit konnte sie nicht einschlafen.

Bis zum nächsten Laborbesuch konnten die beiden Schwestern trotz großer Schwierigkeiten Evas Zustand verheimlichen. Eva wollte auf keinen Fall in den Krankenbau. Sie wusste, dass dort niemand mehr lebend herauskam. Deswegen fand sie auch die Bezeichnung »Krankenbau« falsch, es war der Todesblock, wie er unter den Häftlingen genannt wurde. Eva hatte sich aber vorgenommen, dieses Lager zu überleben, was auch immer kommen möge.

Doch beim nächsten Laborbesuch, als man ihr die Temperatur maß, schickten die Ärzte sie genau dort hin.

Drei Wochen hielt sie es durch. Drei Wochen überlebte sie in dem Krankenblock, diesem Todesblock – um sie herum Kranke, Sterbende und Tote –, obwohl Dr. Mengele ihr eigentlich nur noch eine Überlebenschance von zwei Wochen gegeben hatte. »Schade, dass sie noch so jung ist«, hatte er bei einer Visite gesagt.

Aber Eva hatte beschlossen, nicht zu sterben und alles dafür zu tun, dass sie am Leben blieb. Es ging ja nicht nur um sie, sondern auch um Miriam. Josef Mengele würde Miriam umbringen, wenn Eva starb.

Die Häftlinge im Krankenblock bekamen kein Essen mehr. Für jemanden, der für den Tod bestimmt war, sei jeder Bissen eine Verschwendung, hatten die Nazis beschlossen und ließen die Menschen in der Baracke verhungern.

In den ersten Tagen verspürte Eva keinen Hunger. Sie wollte einfach nur dort liegen, sie war zu schwach, um aufzubegehren. Wenn sie Durst bekam, schleppte sie sich nachts ans andere Ende der Baracke, wo es einen Wasserhahn gab. »Ich werde wieder gesund! Ich werde wieder gesund!«, hämmerte es in ihrem Kopf, während sie Zentimeter um Zentimeter auf dem Boden durch die Baracke robbte.

Als sie wieder etwas klarer denken konnte, trickste sie die Schwestern jedes Mal aus, wenn sie ihr Fieber messen wollten. Sie steckten ihr das Thermometer unter den Arm und befahlen ihr, es so lange dort zu lassen, bis sie zurückkämen. Doch sobald die Schwester außer Sichtweite war, holte Eva das Thermometer heraus und schüttelte die Temperatur nach unten. Niemandem fiel das auf, weder den Schwestern noch Josef Mengele.

Nach drei Wochen im Krankenblock war sie wieder gesund. Sie konnte zurück zu ihrer Schwester.

Die nächsten Wochen und Monate zogen sich hin. Jeder Tag brachte neue Gefahren, die sie überstehen mussten. Mal waren es Durchfallerkrankungen, an denen sie litten, dann war es Miriams fehlender Überlebenswille, und Eva hatte alle Mühe, auf sie einzureden, damit sie nicht aufgab.

Im Herbst hörten sie, wie Flugzeuge über das Lager donnerten. Es waren keine deutschen, sondern amerikanische. Die Flagge der USA war von unten gut zu erkennen.

Das sind »die Guten«, dachte Eva. Sie würden sie sicher bald befreien.

Aber es gingen auch Gerüchte im Lager um, die ihnen Angst machten. Das »Zigeunerlager« war schon »geleert« worden, alle, die man dort eingesperrt hatte, wurden in den Gaskammern umgebracht. Nun wurde die Kindergruppe aus der Zwillingsbaracke in das Zigeunerlager verlegt. Das war näher bei den Krematorien und die Kinder sahen täglich die Flammen aus den Kaminen schlagen und waren umgeben von dem Gestank.

Würden die Nazis, bevor das Lager, von wem auch immer, befreit wurde, noch alle Häftlinge umbringen? Die Unruhe und hektische Betriebsamkeit bei den SS-Männern war nicht zu übersehen.

Allein Dr. Josef Mengele führte in aller Ruhe weiter seine Experimente durch, gerade so, als würde er bald eine große Entdeckung machen, als wäre er bald am Ziel seiner Forschungsarbeiten angelangt.

In den ersten Januarwochen 1945 rückten die Kämpfe immer näher, das Knattern von Maschinengewehren und das Heulen von Granaten waren jetzt deutlich zu hören.

Gefangene, die noch laufen konnten, wurden, von SS-Mannschaften begleitet, aus dem Lager geführt. Weder sie noch die, die zurückbleiben mussten, wussten, wohin ihr Weg führte.

Und noch ein weiteres Gerücht verbreitete sich. Das ganze Lager solle in die Luft gesprengt werden, um den näher rückenden Truppen der sowjetischen Armee – denn mit ihr hatte man es in den letzten Wochen bei den Gefechten zu tun – keine Spuren zu hinterlassen.

Gaskammern und Krematorien wurden tatsächlich noch in Ruinen verwandelt.

Am Morgen des 27. Januar 1945 war es auf einmal ganz still draußen. Der Gefechtslärm der vergangenen Tage war verstummt.

Eva schaute hinaus. Es schneite. Schnee hatte das ganze Lager mit einer weißen Decke überzogen. Überall war Weiß, wo sonst nichts als Grau geherrscht hatte.

Am Nachmittag kam eine Frau zu ihnen in die Baracke gelaufen.

»Wir sind frei!«, rief sie. »Wir sind frei!«

Eva wusste nicht, was die Frau meinte. Frei? Was bedeutete das? Aber alle rannten zur Tür und schauten hinaus. Bald sahen sie die ersten sowjetischen Soldaten, wie sie im Schneetreiben auf ihre Baracke zukamen.

Vergebung

Am 27. Januar 1945 wurde Eva Mozes Kor in Auschwitz-Birkenau befreit.

Am 27. Januar 1995 stand Eva Mozes Kor wieder in Auschwitz-Birkenau, ganz in der Nähe der Ruinen der Gaskammern. Fünfzig Jahre nach der Befreiung war sie erneut am Ort des Verbrechens. Und sie hatte jemanden mitgebracht: den Arzt Dr. Hans Münch, der damals dort gearbeitet hatte.

Was war vorausgegangen?

Eva Mozes Kor während eines Besuches im Stammlager Auschwitz. Das Foto im Hintergrund zeigt sie mit ihrer Schwester Miriam (vorne) sowie andere Kinder am Tag der Befreiung, dem 27. Januar 1945.

1945 wanderten Eva und Miriam nach Israel aus. Während sich Miriam für immer dort niederließ, heiratete und eine Familie gründete, zog es Eva in die USA. Auch sie heiratete und bekam Kinder. Ihr Mann Michael Kor war ebenfalls ein KZ-Überlebender.

Nachdem 1978 in den USA der Film »Holocaust« ausgestrahlt wurde, bekam Eva als eine Überlebende des Holocaust häufig Einladungen zu Vorträgen. Bis dahin war ihre Vergangenheit so gut wie nicht wahrgenommen worden. Sie hatte auch nicht darüber gesprochen.

Bei den Vorträgen konnte Eva Mozes Kor aber nur über ihre eigenen Erfahrungen und die ihrer Schwester reden, Dokumente aus jener Zeit standen ihr nicht zur Verfügung, und zu weiteren Zwillingspaaren, die Josef Mengele überlebt hatten, hatte sie keinen Kontakt. Gab es welche? Wo gab es welche? Diese Fragen trieben Eva um. Sie beschloss, zusammen mit ihrer Schwester die Organisation CANDLES zu gründen (Children of Auschwitz Nazi Deadly Lab Experiments Survivers, zu Deutsch: Kinder der Überlebenden tödlicher NS-Laborexperimente). Hundertzwanzig Überlebende aus verschiedenen Ländern meldeten sich. CANDLES wurde zu einer Selbsthilfegruppe, die vielen half, mit ihren speziellen Erfahrungen in Auschwitz besser fertigzuwerden.

Miriam, ein Opfer der Mengele-Experimente, bekam im Laufe der Jahre Probleme mit ihren Nieren. Sie war sicher, dass Mengele ihr ein Mittel injiziert hatte, das ihre Niere nicht weiter wachsen, sondern auf der Größe einer Kinderniere bleiben ließ. Als ihre Nieren 1987 komplett versagten, entschloss sich Eva zu einer Organspende, die der Schwester einige weitere Lebensjahre ermöglichten.

1992 wurden die beiden Schwestern Berater einer Filmproduktion des ZDF. In der Dokumentation wurde über die Mengele-Zwillinge berichtet. In diesem Film wurde auch der Nazi-Arzt Dr. Hans Münch interviewt.

Ein Jahr später, nach dem Tod ihrer Schwester, nahm Eva Kontakt zu Münch auf.

Warum? Wie würde es ihr ergehen, wenn sie sich gegenüberstanden? Würde sie sich wieder als Nazi-Opfer fühlen, wenn sie dem Nazi-Arzt ins Gesicht sah? Was wollte sie von ihm?

Es kam anders, als sie befürchtete. Dr. Hans Münch war nicht der Mann, den sie sich vorgestellt hatte – distanziert, ohne Mitgefühl für sie.

Sie trafen sich in seinem Haus und er fing an zu reden. Er erzählte ihr von seinen Albträumen, die er Nacht für Nacht habe; die Toten aus den Gaskammern ließen ihm keine Ruhe.

Und Eva, da sie nun einem Mann von der Täterseite gegenübersaß, ließ sich von ihm nicht nur die Existenz, sondern auch die Funktionsweise der Gaskammern genau erklären. Denn die Existenz solcher Gaskammern wurde immer noch allzu oft geleugnet, weil es nur Beschreibungen von Opferseite gab und die wenigen Erkenntnisse nach der Befreiung.

Dr. Hans Münch aber erklärte ihr alles, wonach sie fragte. Als er geendet hatte, bat sie ihn, am 27. Januar 1995 mit ihr nach Auschwitz zu reisen, um dort vor allen Versammelten Zeugnis abzulegen.

Dr. Hans Münch kam mit. Und er redete. Redete darüber, wie sich die Menschen vor den Gaskammern entkleiden mussten – ihre Schuhe sollten sie zusammenbinden, damit sie nicht einzeln verloren gingen – wie sie in die Gaskammern getrieben wurden, die man luftdicht verriegelte; wie durch Schächte das Zyklon B in die Kammern gegeben wurde und wie, als sich das Gas ausbreitete, die Menschen versucht hätten, irgendwie nach oben zu kommen. Gegenseitig umgerannt hätten sie sich deswegen und versucht, auf die Menschenberge zu klettern. Durch einen Spion in der Tür habe man das alles beobachten können. Seine Aufgabe sei es gewesen, anschließend nur die Zahl der Toten festzustellen, nicht aber deren Namen.

Eva Mozes Kor hatte zu dem Anlass, zu diesem Bekenntnis, etwas vorbereitet. Es war ein Brief an Dr. Hans Münch, ein Brief der Vergebung. Sie las den Brief vor und mit jedem Satz spürte sie eine Erleichterung. Sie unterschrieb den Brief und überreichte ihn dem Arzt. Im Gegenzug überreichte er ihr seine unterschriebene Erklärung zu den Gaskammern.

Eva Mozes Kor fühlte sich nicht mehr als Opfer der Nazi-Diktatur, von dieser Last hatte sie sich durch den Brief befreit.

Aber Eva Mozes Kor ging noch weiter. Nicht nur Dr. Münch hat sie vergeben, sondern auch – in einer öffentlichen Erklärung – Dr. Josef Mengele und allen Tätern, die ihre ganze Familie umgebracht hatten.

Eva Mozes Kor wurde von anderen Opfern angefeindet. Man könne Nazis nicht vergeben, erklärten sie. Mit ihrer Vergebungserklärung hatte sie eine große Diskussion entfacht.

Während die einen für Gerechtigkeit und Strafe plädierten, forderte Eva Mozes Kor weiterhin Vergebung. Sie wusste und weiß, dass sie nur für sich selbst sprechen konnte und kann und niemals für alle anderen. Aber vielleicht würde es ja Menschen geben, hoffte sie, die ihre Gedanken teilen könn-

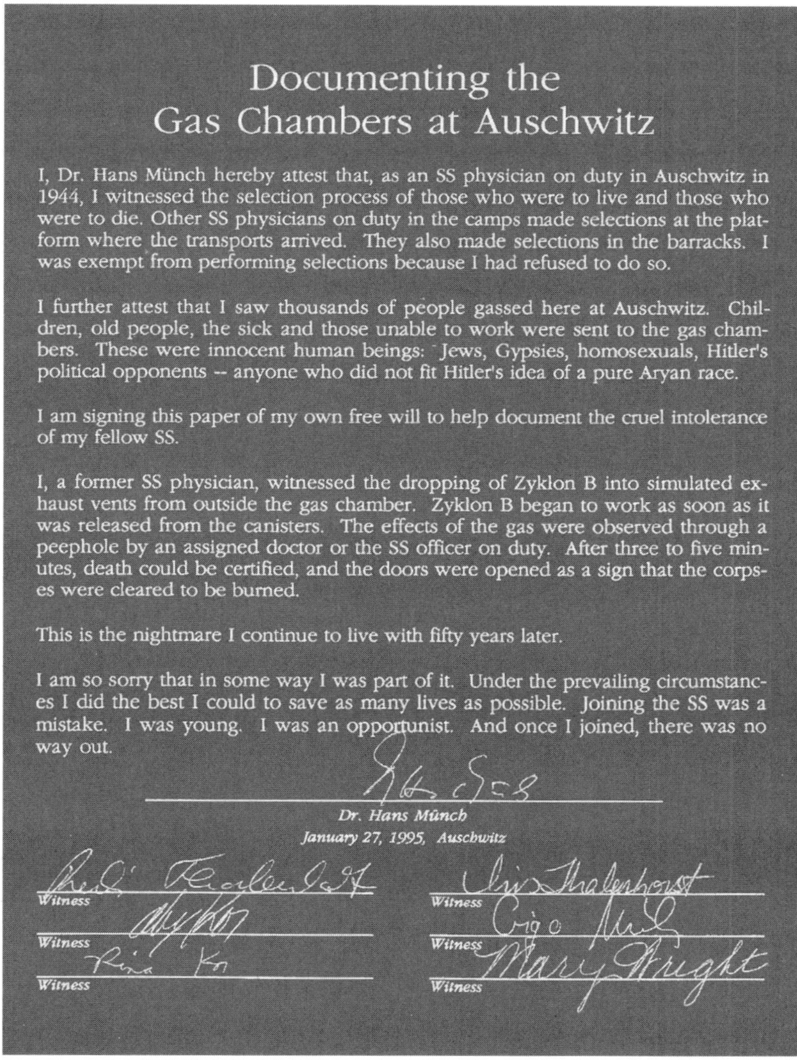

Documenting the Gas Chambers at Auschwitz

I, Dr. Hans Münch hereby attest that, as an SS physician on duty in Auschwitz in 1944, I witnessed the selection process of those who were to live and those who were to die. Other SS physicians on duty in the camps made selections at the platform where the transports arrived. They also made selections in the barracks. I was exempt from performing selections because I had refused to do so.

I further attest that I saw thousands of people gassed here at Auschwitz. Children, old people, the sick and those unable to work were sent to the gas chambers. These were innocent human beings: Jews, Gypsies, homosexuals, Hitler's political opponents -- anyone who did not fit Hitler's idea of a pure Aryan race.

I am signing this paper of my own free will to help document the cruel intolerance of my fellow SS.

I, a former SS physician, witnessed the dropping of Zyklon B into simulated exhaust vents from outside the gas chamber. Zyklon B began to work as soon as it was released from the canisters. The effects of the gas were observed through a peephole by an assigned doctor or the SS officer on duty. After three to five minutes, death could be certified, and the doors were opened as a sign that the corpses were cleared to be burned.

This is the nightmare I continue to live with fifty years later.

I am so sorry that in some way I was part of it. Under the prevailing circumstances I did the best I could to save as many lives as possible. Joining the SS was a mistake. I was young. I was an opportunist. And once I joined, there was no way out.

Dr. Hans Münch

January 27, 1995, Auschwitz

Witness *Witness*

Witness *Witness*

Witness *Witness*

Wortlaut der Vereinbarung, die Eva Mozes Kor mit dem Arzt Dr. Hans Münch abgeschlossen hat

ten, sich zumindest mit dem Versöhnungsgedanken anfreundeten. Für Eva war es der richtige Weg. Für sie war es der Weg der Heilung.

Vergeben statt Rache! Für Eva Mozes Kor war das der einzig gangbare Weg, nicht nur mit sich selbst, sondern auch mit der Welt ins Reine zu kommen.

Im Rahmen ihrer Arbeit für die Organisation CANDLES hält sie nicht bloß zahlreiche Vorträge, besonders für junge Menschen. In Vorträgen vor Wissenschaftlern setzt sie sich auch dafür ein, dass Forschung die Menschenrechte achten muss. Dabei denkt sie sicher an ihre eigenen Erfahrungen als Versuchsperson von Josef Mengele, sie hat dabei aber auch gleichzeitig ihren Blick auf die Gegenwart gerichtet und fordert das Versprechen ein, dass die Wissenschaftler bei ihren Arbeit als Mediziner und Forscher »nie und nimmer die Menschenrechte von irgendjemandem verletzen oder irgendjemandem seine Menschenwürde nehmen.«

Eva Mozes Kor mit einer Gruppe deutscher Mädchen bei einem Aufenthalt in Auschwitz

Und weiterhin fordert sie, die Wissenschaft nur zum Wohl der Menschheit zu nutzen und niemals um ihrer selbst willen.

In ihrer Amnestie-Deklaration schreibt sie unter anderem: »Ich hoffe, der Welt wenigstens im Kleinen eine Botschaft der Vergebung zu vermitteln, eine Botschaft des Friedens, der Hoffnung, der Heilung. Sorgen Sie dafür, dass es nie wieder Krieg gibt, nie wieder Experimente ohne vorherige Aufklärung und Zustimmung der Betroffenen, nie wieder Gaskammern, nie wieder Bomben, nie wieder Hass, nie wieder Töten, nie wieder so etwas wie Auschwitz.«

Aus dem Leben des Zeitzeugen
Tadeusz Sobolewicz

„Vergebung, Versöhnung ist wichtig, aber wir dürfen nicht vergessen."

Für Tadeusz Sobolewicz ist der 1. Mai 1945 vielleicht der wichtigste Tag in seinem Leben. An diesem Tag konnte er, nach gelungener Flucht, endlich aus seinem Versteck, das er bei einem Bauern in Muttering gefunden hatte, herauskommen und sich im Schutz amerikanischer Panzer frei in der Öffentlichkeit bewegen. Er holte sich an diesem Morgen seine Ration Milch selber ab.

An diesem Tag begann für Tadeusz Sobolewicz ein neues Leben. »Mein Leben« würde er es später nennen.

Es hätten durchaus auch andere Tage aus den zurückliegenden Jahren sein können, die einen wichtigen Wendepunkt in seinem Leben markierten. So etwas wie wiederholte Geburtstage.

Einer dieser Tage hätte der Weihnachtstag 1941 sein können, an dem er, nach mehreren Tagen Bewusstlosigkeit und hohem Fieber im Block 20 des Lagers Auschwitz wieder erwachte und sich langsam vom Flecktyphus erholte.

Es hätte auch der Tag sein können, an dem er im Außenlager Mülsen mit schweren Verbrennungen am Rücken und an den Händen – als er schon zu den anderen Toten gelegt werden sollte – mit seinen Augen Lebenszeichen von sich gab und auf diese Weise in letzter Minute gerettet wurde.

Oder aber seine Flucht Ende April 1945, als sie sich mit fast sechshundert Häftlingen vom Lager Regensburg aus auf den Todesmarsch machten und er sich mit Freunden in einer Scheune verstecken konnte.

Viele andere Gelegenheiten wären aufzuzählen, etwa all jene, an denen er von Mithäftlingen ein zusätzliches Stück Brot bekam, weil er total ausgezehrt war, oder jemand mit ihm die Suppe teilte, die ihn wieder zu Kräften kommen ließ, damit er der meist schweren körperlichen Arbeit, zu der er gezwungen wurde, gewachsen war. Nur lassen sich diese Tage nicht mit festen Daten fixieren, die Freundschaftsdienste wiederholten sich immer mal wieder während seiner langen Jahre in den verschiedenen Konzentrationslagern.

Sechs Konzentrationslager hat er überlebt. Sein neues Leben konnte aber erst nach der Befreiung beginnen. Doch womit beginnt ein neues Leben nach so vielen Grausamkeiten in den Konzentrationslagern? Kann man einfach dort weitermachen, wo man vorher aufgehört hatte? Am Ende seines siebzehnten Lebensjahrs noch einmal neu beginnen und die versäumte Jugend nachholen? Würde sich die Zeit zurückdrehen lassen?

Die Jahre seiner Kindheit endeten im Krieg, seine Jugendjahre verbrachte er in Konzentrationslagern.

Tadeusz Sobolewicz wusste und spürte, dass er die letzten Jahre nicht einfach beiseiteschieben konnte. Aber was sollte er tun? Er wollte doch leben! Ein ganz normales Leben führen! Was war an diesem Gedanken auszusetzen? Er musste für sich einen Weg finden, einen Weg zum Leben, zu »meinem Leben«, wie er es nennt.

Tadeusz Sobolewicz war siebzehn Jahre, als er Anfang September 1941 verhaftet wurde. Die Gestapo hatte ihn dabei erwischt, wie er als Kurier der polnischen Untergrundarmee Informationen weitergeben sollte. In Czenstóchawa kam er ins Gefängnis und wurde dort wochenlang mit den Methoden der SS verhört. Er wurde angebrüllt, er wurde geschlagen. Er sollte die Namen von Widerstandskämpfern preisgeben. Er schwieg.

Als er einmal nach seinem Verhör zurück zur Zelle gebracht

wurde, sah er, angekettet an einen Gestapo-Mann, seinen Vater. War er es? War er es wirklich? Was war passiert? Ja, er war es, er erkannte den Blick, aber sonst… Gefoltert und gedemütigt hatte man ihn, das konnte Tadeusz sofort erkennen.

Nach zwei langen Monaten im Gefängnis wurde Tadeusz Sobolewicz eines Morgens mit einem Stück Stacheldraht an einen weiteren Häftling gebunden. Im Gefängnishof mussten sie auf die Ladefläche eines LKWs steigen und wurden so, zusammen mit anderen Häftlingen, zum Bahnhof gebracht, von wo aus sie in einem Zug nach Auschwitz fuhren. Dieser deutsche Name war Tadeusz noch nicht geläufig, geschweige denn das, was er beinhaltete. Sicher hatte er von Lagern gehört, von Lagern, in denen Menschen wie er arbeiten mussten. Würde dieses Lager ein solches Arbeitslager sein?

Nach der Aufnahmeprozedur am ersten Tag, bei der er neben seiner Häftlingskleidung auch seine Häftlingsnummer, 23053, bekommen hatte, wurden ihnen die Unterkünfte zugewiesen. Den Rest des Tages verbrachten sie mit »Gymnastik«.

»Mützen auf! Mützen ab! Mützen auf! Mützen ab!«, brüllte ihnen ein Kapo entgegen. Und sie mussten gehorchen.

»Hüpfen! Rollen! Hüpfen! Rollen!«, waren weitere Anweisungen. Und wer nicht verstand, was zu tun war, bekam den Knüppel des Kapo zu spüren. Viele bekamen ihn zu spüren, denn die Kapos sprachen nur deutsch. Aber wer von ihnen verstand schon diese Sprache?

Nach der Begrüßungsrede durch den Lagerführer Karl Fritzsch am zweiten Tag, in der er ihnen deutlich machte, dass dieses Lager niemand lebend verlassen würde, glaubte Tadeusz Sobolewicz, soeben sein Todesurteil empfangen zu haben.

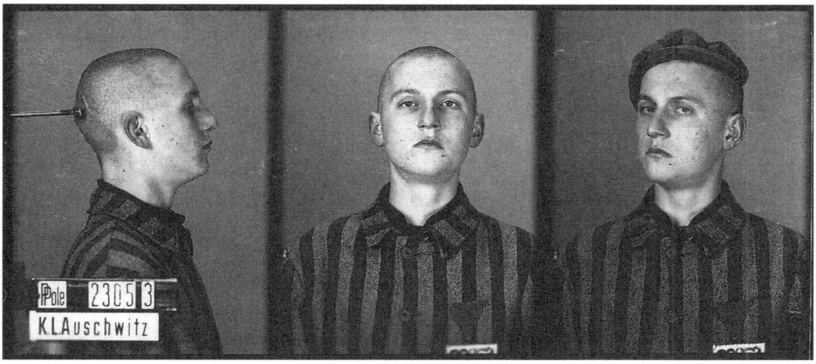

Tadeusz Sobolewicz, Fotos aus dem Erkennungsdienst Auschwitz, wie sie von vielen Häftlingen gemacht wurden; eines von der Seite mit der Bezeichnung des Herkunftslandes und der Häftlingsnummer; ein Foto von vorne und eines mit Kopfbedeckung

In dem Arbeitskommando, dem er am gleichen Tag zugeteilt wurde, musste eine Gruppe von Häftlingen Zementsäcke von einem LKW abladen und in ein Magazin tragen.

Mit einer ausreichenden Verpflegung könnte man das bestimmt schaffen, dachte er, aber er hatte Hunger, großen Hunger, denn er hatte kaum was gegessen. Etwas Brot, etwas Margarine, die nicht einmal ausreichte, um das ganze Brot zu bestreichen, dazu etwas Rübenmarmelade und ein Getränk, das die SS-Männer als »Tee« bezeichneten. Und zum Mittagessen: eine Schüssel Suppe mit ein paar Rüben, ein paar Kartoffelschalen. Kein einziges Fettauge war auf der Suppe gewesen.

Seine Mithäftlinge, mit denen er zusammenarbeitete und die schon länger im Lager waren, sahen ausgemergelt aus. Eingefallene Gesichter, gebeugte Rücken, stockdünne Arme und Beine. Bald würde er auch so aussehen.

Mit leerem Magen den ganzen Tag über Zementsäcke zu schleppen, fiel ihm zunehmend schwerer. Er versuchte durchzuhalten. Er wollte nicht enden wie sein Kamerad. Der war unter der Last eines Zementsacks zusammengebrochen und ein SS-Mann hatte so lange auf ihn eingetreten, bis er tot am Boden lag.

Auch Tadeusz Sobolewicz bekam einige Hiebe mit dem Schlagstock, weil der Aufseher meinte, er arbeite nicht schnell genug. Und dazu ständig das Gebrüll: »Schneller, schneller, ihr verfluchten Hunde!«

Täglich starben Gefangene unter den Schlägen der SS und der Kapos. Die Toten mussten abends mit zum Appellplatz geschleppt werden, damit man zunächst die Vollständigkeit feststellen und anschließend die Toten »entsorgen« konnte.

Jedes Mal, wenn Tadeusz Sobolewicz in der ersten Zeit einen Toten sah, war das für ihn wie eine Mahnung, vorsichtig zu sein und die ihm übertragene Arbeit wenigstens halbwegs auftragsgerecht zu erfüllen. Er wollte nicht enden wie diese Männer, die morgens und abends im Lager eingesammelt, auf eine Karre geworfen und zum Krematorium gebracht wurden. Aber würde er es noch lange schaffen?

Das nächste Kommando, dem er nach wenigen Tagen zugeteilt wurde, hieß »Arbeitskommando Sola-Grube«. An die Häftlinge wurden Kreuzhacken und Schaufeln ausgeteilt und den ganzen Tag mussten sie neben dem Fluss Sola in einem Kiesbergwerk Steine auf bereitstehende Schubkarren schaufeln. Es war Ende November. Es war kalt. Es regnete. Die Häftlinge wurden von den Kapos angetrieben, schneller zu arbeiten. Aber selbst die Stockschläge erreichten bei dieser Kälte und Nässe nicht, dass jemand schneller wurde.

Es schien ihnen fast wie eine Erlösung, wenn sie abends nach dem Appell in ihre Unterkünfte konnten.

Um einer Bestrafung wegen verschmutzter Kleidung zu entgehen, schlich sich Tadeusz Sobolewicz in den Waschraum, wusch seine Sachen mit kaltem Wasser und zog sie wieder an, nass, wie sie waren. Denn ohne Kleidung erwischt zu werden, hätte mindestens eine Prügelstrafe nach sich gezogen.

Nachts zogen sie sich bis auf die Unterwäsche aus, rollten Hose und Jacke zusammen und benutzten beides als Kopfkissen. Tadeusz war nicht der einzige Häftling, der abends seine Kleidung wusch. Wenn sie dann nachts unter der Körperwärme trocknete, verbreitete sich ein feucht-modriger Geruch im Raum.

Anfang Dezember wurde Tadeusz Sobolewicz krank. Er bekam Fieber. Für den Krankenbau wollte er sich dennoch nicht melden, denn die wenigsten kamen dort lebend wieder heraus. Beim Morgenappell brach er bewusstlos zusammen. Häftlinge nahmen ihn an Armen und Beinen und schleppten ihn zum Häftlingskrankenbau. Dort wurde er untersucht und der Arzt diagnostizierte »Verdacht auf Fleckfieber«.

In den folgenden Tagen verschlechterte sich sein Zustand. Das Fieber stieg an, sein Kopf dröhnte, in den Ohren vernahm er ein Rauschen, und er hatte Schmerzen, unerträgliche Schmerzen. Er verlor das Bewusstsein …

»Bin ich im Paradies?«, waren die ersten Worte, die ihm durch den Kopf gingen, als er nach langer Zeit die Augen zum ersten Mal aufschlug. Es war hell. Er lag auf einem sauberen Laken. Er fühlte sich noch schwach, aber er konnte um sich herum etwas wahrnehmen. Und dann hörte er etwas: Jemand sang!

»Stille Nacht, heilige Nacht.«

Er kannte das Lied. Aber warum sang es gerade jetzt jemand, in diesem Moment? War er wirklich im Himmel?

Er drehte seinen Kopf leicht zur Seite, hin zu dem Lied, und entdeckte, dass es drei Häftlinge waren, die für ihn das Lied gesungen hatten. Zwei weitere standen dabei und weinten. Weinten vor Freude, dass er aufgewacht war.

Tadeusz Sobolewicz musste einige Zeit nachdenken, bevor er etwas begriff. Dann wurde ihm klar, er hatte diese schlimme Krankheit überstanden. Er war am Leben. Aber wie lange hatte er dort gelegen? Bewusstlos! War es schon Weihnachten? Das musste es sein. Deswegen die Lieder. Jetzt liefen ihm Tränen über die Wangen. Weihnachten! Hier im Lager! Weihnachten ohne die Eltern!

Polnische Ärzte und Pfleger kümmerten sich in den folgenden Wochen um ihn, sorgten dafür, dass er ausreichend Nahrung bekam, um wieder zu Kräften zu kommen. Als es ihm nach Tagen etwas besser ging und er wieder aufstehen konnte, wurde er von dem Saalältesten beauftragt, den Kranken im Raum behilflich zu sein.

Er führte sie zur Toilette, er half ihnen beim Bettenmachen und er half beim Austeilen des Essens. Er machte seine Arbeit gut, man wollte ihn auf der Station behalten, und so beschloss man, ihn als Aushilfspfleger zu beschäftigen.

Tadeusz Sobolewicz war nicht der Einzige, der Flecktyphus bekommen hatte. In den Wintermonaten 1941/1942 wurde die Krankheit im Lager zu einer Epidemie. Im Krankenbau konnten nicht alle aufgenommen werden. Deshalb erschien der SS-Lagerarzt Dr. Entress und nahm Selektionen vor. Josef Klehr, ein gelernter Tischler und oft die rechte Hand des Arztes, wenn es um die Tötung von Häftlingen mit Phenolspritzen ging, begleitete ihn und sammelte die Karten der Häftlinge ein, die zum Sterben bestimmt waren. Sie wurden auf

LKWs geladen und nach Auschwitz-Birkenau zu den Gaskammern gebracht. Bei einer dieser Selektionen war auch der Vater von Tadeusz Sobolewicz dabei.

Nach drei Monaten Aufenthalt im Häftlingskrankenbau wurde Tadeusz einem neuen Arbeitskommando zugeteilt. Er kam in die Tischlerei und musste dort aus vorgefertigten Teilen Schränke zusammenbauen. Eine ungewohnte, eine fremde Arbeit für ihn, aber er gab sich große Mühe, denn bei diesem Arbeitsplatz hatte er wenigstens ein Dach über dem Kopf.

Doch alle Anstrengungen halfen nichts – nach kurzer Zeit wurde er wieder verlegt. Ein Häftling mit Deutschkenntnissen wurde gesucht, und Tadeusz Sobolewicz meldete sich, denn er hatte auf dem Gymnasium Deutsch gelernt. In Auschwitz-Birkenau wurde er, zusammen mit anderen Häftlingen, die auch Deutschkenntnisse nachweisen konnten, als Schreiber eingesetzt. Ihre Aufgabe war es, die »Neuzugänge« auf Karteikarten zu erfassen. Name, Wohnort und Herkunftsland mussten sie jeweils notieren. Tausende von Häftlingen kamen in diesen Tagen an und von jedem wurde eine Karteikarte angelegt.

Tadeusz Sobolewicz wusste, was mit den Neuen geschehen würde. Wenn er nachts in seinem Block lag und nicht schlafen konnte, sah er in Richtung Birkenau einen roten Feuerschein am Himmel. Häftlinge, die sie tagsüber registriert hatten, wurden jetzt in den Krematorien verbrannt.

Im März 1943 wurden von der politischen Abteilung des Stammlagers Transportlisten für die Deportation von Häftlingen in andere Lager zusammengestellt. Unter den Gefangenen vermutete man, die SS-Führung habe Wind von einer Widerstandsbewegung im Lager bekommen und wolle sie durch die Verlegung von Häftlingen im Keim ersticken. Auch der Name von Tadeusz Sobolewicz stand auf der Liste. Niemand wusste, wohin es gehen würde. Angst und Unruhe machten sich breit. In Auschwitz kannte man sich aus, kannte die Gefahren, hier wusste man, wie man sich verhalten sollte, und man hatte hier Freunde. Für ein Überleben gab es zwar keine Gewähr, dafür gab es viel zu viel Willkür aufseiten der SS und der Kapos, aber man konnte doch zumindest gewisse Strategien entwickeln. In einem neuen Lager würde alles von vorne beginnen. Wenn es denn dort einen Beginn geben sollte. Es konnte ja auch das Ende bedeuten.

Tausend Häftlinge gingen auf den Transport. Tadeusz Sobolewicz vermutete aufgrund der Fahrtrichtung und der Dauer der Fahrt, dass ihr Ziel irgendwo mitten in Deutschland sein musste. Sie wurden nach Buchenwald gebracht.

Buchenwald

Buchenwald war anders als Auschwitz. Das merkten die Neuankömmlinge schnell. Beim Aussteigen wurden sie von SS-Männern weder angebrüllt noch mit Knüppeln geschlagen. Was hatte das zu bedeuten? Würde das schlimme Ende noch kommen?

Ihr Weg zum Lager führte sie ein kurzes Stück durch die Stadt Weimar. Kinder und Jugendliche liefen neben ihnen her, warfen mit Steinen nach ihnen und schrien: »Verfluchte polnische Banditen! Euretwegen haben wir diesen Krieg!«

Nach einer zweiwöchigen Quarantänezeit wurden sie in Arbeitskommandos eingeteilt. Tadeusz Sobolewicz wurde dem Kommando »Bahnstreckenbau« zugewiesen. Die sogenannte »Buchenwaldbahn« von Weimar zum Konzentrationslager sollte gebaut werden. In dem nahe gelegenen Wald mussten Bäume gefällt, es mussten Wurzeln ausgegraben werden, ein Bahndamm wurde aufgeschüttet und SS-Männer bewachten die Arbeit der Häftlinge. Tadeusz, aber auch die anderen Häftlinge wunderten sich, dass nie geschrien oder geschlagen wurde. Erst als der SS die Arbeit nicht schnell genug ging, das Projekt aber in einer offenbar genau definierten Frist zu Ende gebracht werden musste, wurden sie mit Knüppeln angetrieben.

Als im Juni 1943 die über vierzehn Kilometer lange Strecke fertig war, wurde Tadeusz Sobolewicz wieder einem neuen Kommando zugeteilt. »Maschinenablader« hieß es.

Tadeusz Sobolewicz konnte kaum glauben, noch einmal irgendwelche Landschaften außerhalb des Lagers sehen zu können. Doch bei diesem Kommando war das möglich. Fünf bis sechs Häftlinge, bewacht von einem SS-Mann, fuhren auf einem LKW nach Eisenach, nach Gera, nach Erfurt und nach Jena, um dort Maschinen abzuholen, die für eine Fabrik auf dem an das Lager angrenzenden Gelände gebraucht wurden. Sie sahen Berge und Täler, Dörfer und Städte, Felder und Wälder, es gab Menschen, die dort lebten, es gab ein Leben außerhalb des Lagers. Für die Häftlinge auf dem LKW, von denen manche schon seit ein paar Jahren in Lagern lebten, waren es kaum zu begreifende Anblicke.

Es gab noch etwas anderes in diesem Lager, womit Tadeusz Sobolewicz nie gerechnet hätte. Sonntagsnachmittags hatten die Häftlinge frei. Zwei Freunde nahmen ihn an einem solchen Tag mit in den Block 15. Was er sah, konnte er kaum glauben. Es gab dort ein Kulturprogramm. Häftlinge musizierten, sangen, rezitierten Gedichte und bekamen Applaus. Da wurde etwas in Tadeusz Sobolewicz geweckt. Es faszinierte ihn, wie die Künstler sich vor ihrem Publikum verneigten, den Beifall in sich aufnahmen. Da wollte er auch hin!

Trotz allem gab es aber auch den Lageralltag. Neue Häftlinge wurden gebracht, andere, auch Menschen, die Tadeusz gut kannte, starben. Es gab keine Gaskammern in Buchenwald, die Häftlinge starben an Unterernährung, an Krankheiten, und es wurden medizinische Experimente mit ihnen gemacht, die in der Regel mit dem Tod endeten.

Bevor Tadeusz Sobolewicz erneut verlegt wurde, musste er für die Gustloff-Werke arbeiten, wo Gewehrläufe produziert wurden. Vor der Machtergreifung Hitlers war dieser Betrieb in jüdischem Familienbesitz gewesen und besaß eine Monopolstellung bei der Fertigung von Maschinengewehren. 1935 wurde das Werk »arisiert«, dem Besitzer sein gesamtes Vermögen geraubt und 1939 beim Ausbruch des Krieges wurde die Fabrik auf die Produktion kriegswichtiger Geräte eingerichtet. KZ-Häftlinge und Zwangsarbeiter waren in der Produktion beschäftigt. Viele von ihnen starben an Unterernährung. Ihre Körper bestanden nur noch aus Haut und Knochen.

Das Lager in Leipzig, das den Tarnnamen »Thekla« trug, beherbergte eine Abteilung der Messerschmitt-Werke, die unter anderem für die Produktion von Flugzeugen zuständig waren. In dem Lager Leipzig-Thekla wurden Flugzeugteile montiert. Einige Wochen lang gab es in der Nähe des Lagers Bombardierungen, und die Häftlinge hatten schon gehofft, man würde die Firmenhalle treffen oder, noch besser, die Alliierten wären schon so weit, dass der Krieg bald zu Ende ginge. Aber nach ein paar Tagen war alles wieder ruhig, die Häftlinge waren enttäuscht.

Ein Vorfall in diesem Lager hätte Tadeusz Sobolewicz das Leben kosten können. Während sich sein unmittelbar vorgesetzter Meister ihm gegenüber stets sehr menschlich verhielt, ihm ab und zu sogar heimlich Schmalzbrote zusteckte, gab es einen weiteren Meister, der von den Häftlingen als der »Rothaarige« bezeichnet wurde. Dieser brüllte die Häftlinge ständig an und schlug sie. Keiner konnte es ihm recht machen, immer hatte er etwas auszusetzen.

Irgendwann – Tadeusz war gerade sehr mit einer Arbeit beschäftigt –, trat der Rothaarige hinter ihn, brüllte sofort los, dass er alles falsch mache, und schlug ihm unvermittelt ins Gesicht. Blut spritzte aus der Nase, seine Lippen waren aufgeplatzt, im Nu war sein Gesicht völlig blutverschmiert. Tadeusz Sobolewicz, der den Rothaarigen schon immer sehr kritisch beäugt hatte und bei dem Wut hochkochte, wenn er sah, wie das Schwein auf Häftlinge einprügelte, verlor die Beherrschung und schlug zurück. Der Rothaarige geriet ins Taumeln, fing sich aber schnell wieder, drehte sich um und verschwand.

Kurze Zeit später musste Tadeusz zum Werksleiter. Er ahnte, was auf ihn zukommen könnte. Oft genug waren sie belehrt worden. Wenn der Werksleiter den Vorfall als Aufruhr betrachten würde, dann hatte für Tadeusz das letzte Stündlein geschlagen. Denn auf Aufruhr stand die Todesstrafe. Doch der Werksleiter, der sich den ganzen Vorfall erklären ließ, gerade auch aus der Perspektive von Tadeusz, hatte ein Einsehen. Er ordnete lediglich an, dass es nicht noch einmal so weit kommen dürfe. Tadeusz war erleichtert, mit einer solch milden

Strafe hätte er nie gerechnet. Das war eine neue Erfahrung für ihn. Aber der Werksleiter hatte offenbar Verständnis für die Situation der Häftlinge und zum Abschied gab er Tadeusz sogar eine Schachtel Zigaretten.

Dieser Vorfall hat vermutlich dazu beigetragen, dass er ein weiteres Mal verlegt wurde. Selbst der Lagerälteste hielt das für sinnvoll, denn der Rothaarige würde sicher keine Ruhe geben und ihn weiterhin provozieren. Mit anderen Häftlingen wurde er auf einem LKW nach Mülsen gebracht.

Mülsen war ein Lager, wie Tadeusz noch keines zuvor gesehen hatte. Dort gab es keine Baracken und auch keinen Stacheldrahtzaun. Das Lager bestand aus einem großen, zweistöckigen Gebäude. In dem dunklen, engen und stickigen Kellergeschoss, in das fast kein Tageslicht kam, hausten die Gefangenen. Vor den winzigen Fenstern waren Gitter angebracht.

Zur Arbeit in den oberen Etagen, wo sich die Werkshallen befanden, mussten sie durch einen Flur, dessen Boden, Wände und Decke aus dickem Beton bestanden. Die meisten der tausend Arbeiter waren Russen, Kriegsgefangene und Zwangsarbeiter, die man einfach aus ihrer Heimat verschleppt und zur Arbeit für die Deutschen verpflichtet hatte. Die anderen kamen aus Polen, Frankreich und der Tschechoslowakei. In den Hallen wurden Triebwerke für den Flugzeugtyp ME 109 hergestellt. Dieses Ein-Mann-Flugzeug war ein wichtiger Bestandteil der deutschen Luftwaffe während des Krieges. Die Arbeit, die Tadeusz hier verrichten musste, war ähnlich der in dem Leipziger Lager. Nur dass die Arbeitsbedingungen noch schlechter waren. Neben dem mangelnden Essen, das die Gefangenen immer mehr auszehrte, war es die Tatsache, dass sie nur in stickigen Räumen arbeiteten, ohne frische Luft, ohne ein bisschen Sonne. Und die Nächte verbrachten sie im Keller. Während er bisher in allen anderen Lagern immer auch draußen war, sei es zum Appell, auf dem Weg zur Arbeit oder bei der Arbeit selbst, sofern er in einem Außenkommando war, verließen sie hier nie das Gebäude.

Nach zwei Wochen hatte sich die Gesichtsfarbe der Häftlinge gelb gefärbt, und durch die Tatsache, dass es nur elektrisches Licht gab, waren ihre Augen geschwollen.

Nachdem in der Montagehalle einige Dutzend Bauteile verschwunden waren, bezichtigte man die russischen Zwangsarbeiter, dafür verantwortlich zu sein, ohne dass man es ihnen hätte beweisen können. Die Russen mussten deshalb als Sündenböcke herhalten, weil sich die russische Armee an der Front auf dem Vormarsch befand. So viel an Informationen war bis zu den Häftlingen durchgesickert. Denn Neuankömmlinge wurden immer genau befragt und konnten manchmal vage Auskünfte geben über das, was sie gesehen, gehört oder als Gerüchte mitbekommen hatten. Dass es Häftlinge gewesen sein könnten, galt sogar unter ihnen selbst als äußerst unwahrscheinlich. Sicher wurde hinter vorgehaltener Hand gelegentlich über Sabotage gesprochen, doch Bauteile zu stehlen war nie eine Überlegung gewesen. Wo hätten sie das Diebesgut denn verstecken sollen? Darüber hinaus wurden die Produktionshallen und Lager so streng von der SS bewacht, dass ein Einbruch niemals möglich gewesen wäre. Aber nun waren Teile weggekommen und man brauchte Schuldige. Zur Strafe wurde den russischen Häftlingen tagelang nicht nur das Essen entzogen, sie mussten auch mit ansehen, wie die anderen Gefangenen aßen. Aus Solidarität mit ihnen heimlich ein Stück Brot unter dem Hosenbund verschwinden zu lassen, war unmöglich, denn die SS-Männer bewachten die Mahlzeiten strenger als sonst.

Unruhe machte sich unter den Gefangenen breit und in der Nacht zum 1. Mai 1944 zündeten russische Gefangene ihre Strohmatratzen an. Offenbar waren sie am Ende ihrer Kräfte, wollten keinen langsamen Hungertod sterben, sondern die Möglichkeit ergreifen, durch die Brandstiftung so viel Unruhe zu verbreiten, dass sie fliehen konnten. Aber die Rechnung war nicht aufgegangen. Unter den Gefangenen brach Panik aus, die einen versuchten, die Gitter vor den Fernstern herauszubrechen, um so nach draußen zu kommen, die andern versuchten es durch den Waschraum. Eine kleine Gruppe russischer Gefangener schaffte es – sie konnten in der Dunkelheit aus dem Gebäude verschwinden, ohne dass die Wachen es zunächst bemerkten. Doch draußen standen SS-Männer und verhinderten mit Gewehrsalven, dass auch nur ein Häftling ausbrach. Erst spät griff die Feuerwehr ein, um zu verhindern, dass auch die Werkshallen Feuer fingen.

Am Ende der Nacht waren 198 Häftlinge tot. Erstickt. Verbrannt. Erschossen.

Tadeusz, der die halbe Nacht an den Gitterstäben eines Fensters hing, mit Brandwunden auf dem Rücken, Brandwunden an den Händen, schaffte es, in den Morgenstunden über die am Boden liegenden Toten hinweg zum Tor zu kriechen, als er plötzlich mit einer Gestalt zusammenstieß. Erst im letzten Augenblick erkannte er, dass es einer von der SS war, dann versetzte ihm der Mann einen Schlag mit dem Gewehrkolben und er sackte zusammen …

Ein Häftling, der die Toten einsammeln musste, packte

auch Tadeusz, zog ihn ein Stück und machte eine kurze Verschnaufpause. Dabei schaute er ihn an.

»Mann, du lebst ja noch!«, sagte er ganz aufgebracht.

Und weil Tadeusz kein Wort herausbrachte, antwortete er mit den Augen. Er bewegte sie, machte sie auf und zu.

Alle Verletzten wurden in den Krankenbau des Lagers Flossenbürg gebracht.

Tadeusz Sobolewicz hatte Glück im Unglück. Ein Namensvetter aus Krakau, den er bereits in Auschwitz kennengelernt hatte, kümmerte sich um ihn. Bei ihm war er Aushilfspfleger geworden. Der Mann gab ihn nicht auf, auch nicht, als ein anderer Häftlingspfleger meinte, mit solchen Verletzungen habe man keine Überlebenschancen mehr. Aber Tadeusz' Namensvetter war beharrlich, er ließ sich nicht irritieren und sorgte aufopferungsvoll für ihn. Er badete ihn, er säuberte seine Wunden, er puderte sie und legte Verbände an. Die Erfolge stellten sich tatsächlich bald ein. Tadeusz Sobolewicz kam langsam wieder zu Kräften, das Fieber sank, allein die Wunden heilten nur langsam. Es war ja auch eine große Fläche auf dem Rücken, die verbrannt war.

Bis Mitte November konnte er im Häftlingskrankenbau bleiben, weil sein Freund und Namenskollege überzeugende Gründe fand, ihn noch dazubehalten. Danach wurde er in den Schonungsblock verlegt.

Im März 1945 wurde nach dem Morgenappell eine Gruppe von Häftlingen zusammengestellt, die nach Regensburg verlegt werden sollte. Tadeusz Sobolewicz war mit dabei.

Regensburg. Wieder eine neue Umgebung. Würde das denn nie aufhören? Von den neuen Häftlingen der letzten Monate hatten sie doch erfahren, die Alliierten seien im Vormarsch.

Wo waren sie denn? Wie lange würden sie noch brauchen? Es war Zeit, es war höchste Zeit, dass etwas passierte, denn lange würde das von den Häftlingen niemand mehr durchstehen!

Und nun Regensburg. Bei ihrer Ankunft wurden sie von einem Fliegeralarm begrüßt. Einige Wochen mussten sie dort ausharren, arbeiten. Tadeusz kam mit ein paar anderen Häftlingen in die Feldküche. Selbst dort gab es keine Vergünstigungen mehr, die Lebensmittel waren knapp, sie reichten kaum für die Häftlinge, geschweige denn zu einer Extraportion für ihn.

In der Nacht zum 26. April 1945 wurde das Lager geräumt. Alle Häftlinge mussten in Fünferreihen antreten und marschierten los, ausgestattet mit ihrem Kochgeschirr, drei Löffeln Zucker und einem halben Brot.

Einige Tage waren sie unterwegs, zwischendurch machten sie Rast in Feldscheunen, schliefen dort in Heu und Stroh. Der Marsch war anstrengend. Wohin würden sie laufen? Wie lange würden sie noch unterwegs sein? Fragen, über die niemand wirklich nachdenken wollte und konnte. Die ganze Kraft, die sie noch hatten, musste darauf konzentriert werden, einen Fuß vor den andern zu setzen. Einen Fuß vor den andern, einen Fuß vor den andern …

Tadeusz und drei Freunde überlegten bei einer Rastpause, ob sie fliehen sollten. Sie wussten, dass darauf die Todesstrafe stand, wenn man erwischt wurde. Aber waren sie nicht sowieso Todgeweihte? Sie wollten es versuchen, mussten aber erst auf eine passende Gelegenheit warten. Noch war sie nicht gekommen, doch sie spürten, dass etwas in der Luft lag. Nicht nur der Gefechtslärm wurde lauter, auch die SS-Männer wurden immer unruhiger. Es konnte nicht mehr lange dauern, sie mussten noch aushalten, durften sich nicht aufgeben.

Noch einen Tag marschieren und noch einen Tag marschieren und dann, in einem Ort, in dem sie Rast machten, hörten sie, dass Hitler angeblich tot sei. Ein Gerücht? Gerüchte gab es viele! Aber auch die Amerikaner seien schon bis auf wenige Kilometer auf den Ort vorgerückt. Ein Grund für die SS, den sofortigen Aufbruch zu befehlen.

Das war die Gelegenheit! Tadeusz und seine beiden Freunde reihten sich zunächst wieder in die Gruppe der Gefangenen ein, doch in der Nähe einer Scheune, an der sie vorbeikamen, verschwanden sie hinter der Tür und versteckten sich im Heu. Sie wollten auf Nummer sicher gehen und taten gut daran. Denn offenbar hatten SS-Männer festgestellt, dass einige Häftlinge fehlten, und suchten die Umgebung ab. Auch in der Scheune tauchten sie auf, schauten in alle Ecken, kletterten hoch, schauten aber nur und – fanden niemanden. Gut, dass sie schnell wieder abzogen, denn Tadeusz kribbelte es in der Nase, doch er konnte den Niesanfall lange genug zurückhalten.

Von einem älteren Bauernehepaar wurden sie eingeladen, bei ihnen zu essen und zu übernachten. Fünf Tage mussten sie sich noch versteckt halten, fünf Tage voller Angst und Hoffnung. Am Morgen des sechsten Tages fuhren amerikanische Panzer durch den Ort. War es nun endlich vorbei? Tadeusz liefen Tränen über die Wangen. Ja, es war vorbei. Sie hatten es geschafft. Sie waren frei! Er holte sich an diesem Morgen seine Ration Milch selber beim Bauern ab.

Noch Jahre nach seiner Befreiung träumte Tadeusz Sobolewicz, er läge als Leiche im Waschraum. Nur langsam, Schritt für Schritt, lernte er, mit seiner Vergangenheit umzugehen. Nachdem er in Buchenwald die Künstler gesehen hatte, hatte sich etwas in ihm festgesetzt. Überleben wollte er, überleben musste er, das war sein tiefster Wunsch. Aber da gab es noch diesen Applaus, das Verneigen vor dem Publikum, das ihn beeindruckt hatte. Vor allem aber die Darbietungen der Künstler. Das faszinierte ihn, so etwas wollte er auch machen und zum Lohn den Applaus empfangen.

Tadeusz Sobolewicz ging dieser inneren Stimme nach und erlernte den Beruf des Schauspielers. Auf allen großen Bühnen Polens war er in den nächsten Jahren und Jahrzehnten zu sehen.

»Mit jeder Hauptrolle«, so erläuterte er, »bekomme ich ein Stück Distanz zu meiner Vergangenheit.« Viele Rollen hat er gespielt, viele Hauptrollen, und jedes Mal war er ein anderer. Würde er es tatsächlich über seinen Beruf schaffen, sich von seiner Vergangenheit zu befreien, sie einzuordnen in einen realistischen Lebensabschnitt, mit dem er umgehen konnte?

Seine Vergangenheit – viele Jahre redete er nicht über sie. Nur ein paar wenige Freunde kannten kurze Episoden, doch nicht seine ganze Geschichte.

Zwei Dinge tat er jedoch, zum Teil, weil ihn andere dazu drängten, aber irgendwie war es ihm auch recht, dass sie ihn drängten:

Minutiös schrieb er seine komplette Geschichte auf und reichte das Manuskript bei einem Wettbewerb ein. Er bekam dafür den ersten Preis, sein Beitrag wurde veröffentlicht und bald in mehrere Sprachen übersetzt.

Seine Sprachlosigkeit hatte ein Ende gefunden. Er musste

seine Vergangenheit nicht mehr im Zaum halten, nun war sie bekannt. Er konnte darüber reden. Selbst wenn die Erinnerungen schmerzlich waren, half ihm das Reden, nach und nach ruhiger zu werden, nicht mehr ständig von ihr zu träumen.

Zum anderen drängten ihn Freunde, in dem Film »Triumph des Geistes« die Rolle eines SS-Manns zu spielen. Als jemand, der den Ort des Grauens in Auschwitz überlebt hatte, war es mehr als nur eine Rolle für ihn. Gedreht wurde am Originalschauplatz. Tadeusz Sobolewicz wurde eine wichtige Beraterfunktion bei den Dreharbeiten zugedacht, denn alles sollte sich im Film noch einmal so abspielen, wie er es in der Realität erlebt hatte.

Tadeusz Sobolewicz, geboren am 25. März 1925 in Posen, lebt heute in Krakau. Er war in Polen zu seiner Zeit ein bekannter Theaterschauspieler und wirkte auch in verschiedenen Kinofilmen mit.

Seit vielen Jahren reist Tadeusz Sobolewicz zu »seinen« Orten des Grauens. Er begleitet Schülergruppen in Auschwitz, in Buchenwald, er steht an der Gedenkstätte in Mülsen für Fragen der jungen Menschen zur Verfügung.

Tadeusz Sobolewicz kann und will heute über seine Erfahrungen reden. Doch beim Erzählen, beim Erinnern, verändert sich sein Blick. Die Vergangenheit ist auf einmal wieder präsent. Er lässt beim Erzählen alle an seiner Geschichte teilhaben.

Dann lacht er unvermittelt. »Damit muss ich zu meiner Vergangenheit wieder auf Distanz gehen«, erklärt er seinen Zuhörern.

Er wird reden, erzählen, solange seine Kräfte es zulassen.

»Ich bin ein Überlebender«, sagt er, »ich muss auch für die Menschen reden, die gestorben sind! Das ist mein Schicksal, das ist das Schicksal der Überlebenden!«

Aus dem Leben des Zeitzeugen
Max Mannheimer

Versöhnung als Stärke.

»Mit der Familie bespreche ich nichts. Das kann ich nicht. Eltern sprechen mit ihren Kindern nicht über diese Erfahrungen.« Max Mannheimer wollte sie schonen. Seine Kinder, seine Enkel. Und doch wollte er, dass seine Tochter etwas über sein früheres Leben erfuhr.

Im April 1964 verstarb seine zweite Frau Fritzi an Krebs. Ein schwerer Schlag für ihn.

Im gleichen Jahr musste er sich einer Kieferoperation unterziehen. Durch die Krankheit seiner Frau wusste er über Krebs Bescheid. Während er im Krankenhaus lag, war er sicher, auch Krebs zu haben. Nach seiner Operation fragte Max Mannheimer den Assistenzarzt, der im Münchener Krankenhaus der »Barmherzigen Brüder« lernte, wie man Weißheitszähne operiert, was mit dem Gewebebefund sei. Die Antwort war »negativ«. Er werde den Befund am nächsten Tag aus seiner Stadtpraxis mitbringen, erklärte der Arzt. Als Mannheimer ihn am Tag danach wieder ansprach, erklärte er, er habe den Befund vergessen. Und das wiederholte sich an weiteren zwei Tagen. Deshalb ging Mannheimer davon aus, dass es sich um eine »Barmherzige Lüge« handle und er wirklich an Krebs erkrankt sei.

Er dachte an seine Tochter, die mit siebzehn Jahren ihre Mutter verloren hatte und nun sicher auch bald den Vater verlieren würde.

Der Tochter gegenüber fühlte er sich verpflichtet, etwas aus seiner Kinder- und Jugendzeit, aber auch über die Zeit in den verschiedenen Konzentrationslagern zu hinterlassen. Und weil er mit ihr darüber nicht reden konnte, schrieb er alles auf.

Zum ersten Mal stellte er sich seiner Vergangenheit, ließ alle Erinnerungen zu, schrieb sie in Eile, den bevorstehenden

Tod vermutend, auf. Das handschriftlich Verfasste tippte er ab und gab schließlich alles seiner Tochter.

Sie sagte nichts. Sie fragte nicht. Er sprach sie nicht darauf an. Das Thema wurde in ihrer Beziehung ausgespart.

Im Jahr 1976 gelangten die Aufzeichnungen in das Archiv der Gedenkstätte Dachau. 1985 wurden sie dort entdeckt und erschienen, nach der Zustimmung Max Mannheimers, in der ersten Ausgabe der *Dachauer Hefte*, einer Publikation, die einerseits über die KZ-Forschung berichten, andererseits aber auch ein Forum für ehemalige KZ-Häftlinge werden sollte.

Mit dieser Veröffentlichung erfuhr ein weiter Kreis von Menschen, was Mannheimer in den fünf Konzentrationslagern erlebte. Sein Name, seine Familie, waren *ein* Beispiel dafür.

Erster Lebensabschnitt

Wenige Tage vor seinem 13. Geburtstag, den Max am 6. Februar feiert, kommt Adolf Hitler in Deutschland an die Macht. Max, ein auch in politischen Dingen interessierter Junge, verfolgt das genau. Es ist beängstigend für ihn, was in Deutschland passiert. Die Geschwindigkeit, mit der sich dieser Mann die Macht sichert, ist kaum vorstellbar.

Aber es betrifft Max noch nicht, was dort im fernen Deutschland geschieht. Er wohnt mit seiner Familie in Neutitschein, einem kleinen und sehr schönen Städtchen in der Tschechoslowakei.

Seine Familie, das sind seine Eltern Jakob und Margarethe.

Max' Vater ist Großhändler und besitzt einen Chevrolet als Lieferwagen. Neben dem Beruf geht er seiner großen Leidenschaft nach: dem Kartenspiel, zu dem er sich im Café »Heinrichshof« mit Kartenpartnern trifft. Wegen dieser ausgeprägten Leidenschaft ist die Mutter oft allein.

Max, dem Erstgeborenen, folgen noch vier Geschwister: Erich wurde 1921 geboren, Ernst 1923, Edgar 1925 und Käthe 1927.

Max geht in Neutitschein zur Schule, trifft sich mit Freunden, spielt Fußball. Für die Mannschaft ist es etwas Besonderes, ihn als einzigen jüdischen Fußballer dabeizuhaben. Juden sind zu jener Zeit Menschen, die in der Öffentlichkeit als erfolgreiche Kaufleute, gute Ärzte und Rechtsanwälte gelten.

Max ist der einzige Fußballspieler, der als linker Läufer die

Foto der Familie aus dem Jahre 1938: Vorne die Eltern Jakob und Margarethe Mannheimer mit Max' Schwester Käthe, in der hinteren Reihe die Brüder Edgar, Erich, Max und Ernst

Fünferkette mit Zuspielen versorgt und auch Verteidigungsaufgaben übernimmt. Er ist der einzige Jude im Team und will beliebt sein.

In der Zeit, als Max seine Kinder- und Jugendjahre genießt, wird am 22. März 1933 in Dachau das erste Konzentrationslager eröffnet. Dort werden politische Gegner der Hitler-Diktatur inhaftiert, zur Arbeit gezwungen und misshandelt. Einige Jahre später kommen andere Lager hinzu. Die Berichte in der Ostrauer »Morgen-Zeitung« über die Verbrechen in Dachau verfolgt er mit Sorge, doch es betrifft ihn ja nicht unmittelbar. Noch nicht. Bis 1938.

Nach dem erzwungenen Anschluss Österreichs an Deutschland am 12. März 1938 nimmt die Familie Schön in Znaim jeweils für eine Nacht österreichische Juden auf, bevor sie am nächsten Tag ins Landesinnere weiterreisen. Die Hilfsbereitschaft der Familie Schön hat sich bis nach Wien herumgesprochen. Max registriert das alles, denn seit dem Abschluss der Handelsschule im Jahr 1936 arbeitet er bei der Firma Schön & Co. und wohnt bei ihnen in einem möblierten Zimmer.

Noch gravierender werden die Änderungen nach September 1938. Nach der Unterzeichnung des Münchener Abkommens durch Großbritannien, Frankreich, Italien und Deutschland wird das Grenzgebiet Böhmens und Mährens, das nunmehr Sudetenland heißt, ins Deutsche Reich integriert. Mannheimers Geburtsstadt – Neutitschein – gehört dazu.

Am 10. Oktober 1938 besetzt die Wehrmacht mit Motorrädern mit Beiwagen den Neutitscheiner Stadtplatz. Eine Unmenge von riesigen Hakenkreuzfahnen wehen an den öffentlichen Gebäuden, aus den Fenstern der Wohnhäuser gibt es kleinere Fahnen, große Transparente »Wir danken unserem Führer« werden herumgetragen, in den Schaufenstern sind Hitler-Bilder zu sehen, und das gebrüllte »Sieg Heil, Sieg Heil« klingt hysterisch. Max beobachtet, seitlich einer Säule von Arkaden den Vorgang und ahnt, dass für die Juden eine schwierige Zeit beginnt. Viele Tschechen und Juden flüchten rechtzeitig, weil sie ahnen, was sie möglicherweise erwartet.

Familie Mannheimer berät, was zu tun ist. Sie hätten eigentlich nichts zu befürchten, mutmaßt der Vater, er sei schließlich Kriegsteilnehmer gewesen, habe immer seine Steuern bezahlt und überhaupt sei die Familie im Ort beliebt.

Doch schon nach zwei Tagen wird der Firmenwagen beschlagnahmt. Die Firmenaufschrift wird mit NS-Plakaten überklebt. An die Bevölkerung werden Brot und andere Nahrungsmittel kostenlos verteilt.

Nach der Pogromnacht vom 9. November 1938, in der nicht nur in Deutschland, sondern auch in Österreich und in Teilen der Tschechoslowakei Synagogen angezündet werden, wird Max' Vater verhaftet. Die Schupos erklären ihm, er werde in Schutzhaft genommen, damit ihm nichts passiere. Die NS-Propaganda spricht von der Weltverschwörung des Judentums, in Wirklichkeit ist es ein Protest des 17-jährigen Herschel Grynspan, dessen Eltern und zwei Geschwister nach Polen abgeschoben wurden. Als er Anfang Dezember entlassen wird, muss er eine Erklärung unterschreiben, das »deutsche Reichsgebiet« innerhalb von acht Tagen zu verlassen. Er bekommt die Weisung, nie mehr Reichsdeutsches Gebiet zu betreten.

Im nicht besetzten Teil der Tschechoslowakei, in der Stadt

Ungarisch Brod, dem Geburtsort von Max' Mutter, finden sie eine Wohnung und hoffen auf eine ruhige Zukunft. Doch schon vier Monate später marschieren auch hier deutsche Soldaten ein. An einigen Gebäuden, in Ungarisch Brod leben nur wenige deutsche Familien, müssen pflichtgemäß Hakenkreuzfahnen aufgehängt werden. Da Ungarisch Brod eine tschechische Stadt ist, werden Nazis aus anderen deutschen Orten zum Jubeln in die Stadt gebracht.

Die Judengesetze werden nun auch auf dieses Gebiet ausgedehnt. Max, der in einer Gewürz- und Samenhandlung eine Anstellung gefunden hat, muss gehen, weil Juden nur noch manuelle Arbeiten verrichten dürfen. Er findet eine neue Stelle im Straßenbau.

Auch andere Bereiche seines Lebens werden eingeschränkt. Juden dürfen plötzlich nur noch nachmittags zwischen 15.00 Uhr und 17.00 Uhr einkaufen; sie dürfen keine Parkanlagen mehr betreten und von abends 20.00 Uhr bis zum anderen Morgen dürfen sie das Haus überhaupt nicht mehr verlassen. Ab September 1941 müssen sie den Judenstern tragen, eine weitere Diskriminierung, die sie im Straßenbild öffentlich kennzeichnet.

Trotz all dieser politischen Widrigkeiten verliebt sich Max Mannheimer Ende 1940 in Eva Bock, die gerade ein landwirtschaftliches Praktikum als Vorbereitung für ihre Ausreise nach Palästina gemacht hat. Er ist jung, sie ist jung, sie wollen das Leben genießen. Sie treffen sich, auch im Freundeskreis, diskutieren und analysieren die politische Lage. Sie erfahren, dass Juden nach Osten deportiert würden, um dort zu arbeiten, sie erfahren von Theresienstadt, einem Durchgangslager der Nazis, von wo aus angeblich Deportationen nach

Polen stattfänden. Dennoch sind sie zuversichtlich, hoffen und glauben, dass es sie selber nicht treffen werde, schmieden Zukunftspläne. Max und Eva heiraten im September 1942. Sie hoffen, dadurch bei einer möglichen Deportation zusammenbleiben zu können.

Der Bruder von Max, Erich Mannheimer, ist schon 1942 verhaftet und im Gestapo-Gefängnis Kaunitz-Kolleg in Brünn, das für seine furchtbaren Foltermethoden bekannt ist. Foltermethoden, wie man sie nur aus dem Mittelalter kennt. Der Grund für Erichs Verhaftung: Ein Mann namens Lazarowicz will mit seiner Familie das Land verlassen und bittet Erich darum, ihn mit einem Mittelsmann zusammenzubringen. Nach einigem Zögern geht Erich darauf ein. Drei Tage später, Lazarowicz ist bereits verhaftet, wird auch Erich festgenommen.

Am 31. Januar 1943 werden die Eltern, die Geschwister sowie Max und seine Frau Eva nach Theresienstadt deportiert. Vorher werden sie aufgefordert, alle Gegenstände, die sie in der Wohnung zurücklassen, aufzulisten. Wichtige persönliche Dokumente müssen sie mitführen.

Max und Eva finden ihre Situation noch nicht so gravierend. Sie sind zusammen. Sie sind jung. Sie können arbeiten. Sie werden das überstehen, was auch immer auf sie zukommen mag, und dann *ihr* Leben beginnen.

Fünf Konzentrationslager

In einem Personenzug werden sie nach Theresienstadt gebracht. Abends, nach ihrer Ankunft, wird ihnen ein Strohlager zugewiesen. Sie werden eine Nacht dort verbringen, denn für den kommenden Tag wird schon ein Transport zusammengestellt. Sie stehen auf der Liste. Ein Transport nach Osten. Zum Arbeitseinsatz, so wird ihnen mitgeteilt. Tausend Menschen, Männer, Frauen und Kinder. Auch Kinder? Zum Arbeitseinsatz?

1. Februar 1943, morgens um 9.00 Uhr. Wieder steht ein Personenzug bereit. Die Fahrt geht los. Im Abteil ist es eng, aber man kann sich arrangieren. 1. Februar 1943, kurz vor Mitternacht. Der Zug ist am Ziel. Auschwitz-Birkenau.

»Alle aussteigen! Alles liegen lassen!«

Die ersten Befehle werden erteilt.

Jeder versucht, noch schnell vom Mitgenommenen etwas zu retten, einen Pullover, ein Hemd. Es wird eilig übereinandergezogen. Man weiß ja nicht, ob man seine Sachen zurückbekommt.

Neben dem Zug auf der Rampe herrscht Chaos. Männer und Frauen werden getrennt. Dann erfolgt die Selektion. Arbeitsfähige nach links, alle anderen nach rechts. Max und seine Brüder müssen sich links einreihen. Der Vater muss nach rechts. Links stehen überwiegend junge und kräftige Männer, rechts vorwiegend ältere. Wird der Vater eine leichtere Arbeit bekommen? Max hofft es.

Max versucht, seine Frau, seine Mutter, seine Schwester zu finden. Es gelingt ihm nicht. Zu viele Menschen sind auf der Rampe, viele werden bereits auf Lastwagen abtransportiert. Sind die drei Frauen, nach denen er Ausschau hält, dabei? Er weiß es nicht, er wird es auch nie erfahren.

In Dreierreihen müssen sie sich hintereinander aufstellen und marschieren los, bewacht von SS-Posten. Sie erreichen ein mit Stacheldraht umzäuntes Gelände, Wachtürme sind zu erkennen, alles ist mit Scheinwerfern ausgeleuchtet. Sie sind in Auschwitz-Birkenau.

Sie werden zu einer Baracke gebracht. Tausend Menschen waren auf dem Transport. Männer, Frauen, Kinder. Jetzt sind es noch 155 Männer und 63 Frauen. Wo sind alle anderen?

In der Baracke müssen sie alles abgeben, besonders Wertsachen, sofern sie welche bis hierhin unbemerkt mitbringen konnten. Harte Strafen werden ihnen angedroht, wenn sie etwas zurückhalten.

Hinter Tischen schreiben Häftlinge die Namen der Neuen auf.

Die Neuankömmlinge werden in eine andere Baracke geführt. Sie müssen sich ausziehen, die Haare werden ihnen abrasiert, am ganzen Körper. Dann werden sie mit Läusemittel besprüht.

Nackt, außer mit einem Gürtel um den Bauch und Schuhen an den Füßen, stehen sie in einem warmen Raum. Ein Häftling in gestreifter Kleidung kommt herein. Max fragt ihn nach den Frauen, Kindern und alten Menschen, die aufgefordert wurden, einen Lastwagen zu besteigen, wohin man sie bringt.

»Gehen durch den Kamin.«

Max versteht die Antwort nicht. Er hält den Häftling für einen Sadisten.

Aber schon werden Max und die anderen in den nächsten Raum getrieben. Dieses Mal prügeln Häftlinge auf sie ein und brüllen: »Los, los, Bewegung!«

Kaltes Wasser kommt aus den Duschköpfen, die an der Decke des Raums angebracht sind. Wer versucht, dem Wasserstrahl auszuweichen, bekommt Schläge.

Nass, wie sie sind, müssen sie sich anziehen. Zivilkleidung, keine Häftlingskleidung. Obwohl, gekennzeichnet ist sie. Auf Jacken und Hosenbeinen sind rote Striche aus Ölfarbe.

Die erste Nacht in der Baracke. Dort gibt es dreistöckige Betten, ohne Matratzen, ohne Decken. Jeweils sechs Männer müssen auf einer Pritsche schlafen.

Der erste Morgen. Sie müssen antreten, sich aufstellen, werden in eine andere Baracke geführt. Sie werden aufgerufen, zum letzten Mal mit ihrem Namen, und bekommen eine Nummer auf den linken Unterarm tätowiert. Max ist ab sofort nur noch Nummer 99728.

Bereits an diesem Tag ist Max verzweifelt. Überall rundum sind Stacheldrahtzäune, das Gebrüll der SS-Männer und der Kapos, die Schläge, die ausgeteilt werden. Er hat keine Hoffnung, dieser Hölle irgendwie zu entkommen. Warnschilder stehen an Zäunen: Vorsicht! Hochspannung! Lebensgefahr!

Zu seinem Bruder Edgar sagt er: »Du wirst sehen, man wird uns Schaufeln geben, mit denen wir unser eigenes Grab ausheben müssen. Es wäre besser, ich ginge zu dem elektrisch geladenen Draht, einmal kurz anfassen und vorbei wäre alles.«

Edgar schaut ihn an, fragt: »Willst du mich allein lassen?«

Max schämt sich für seine Gedanken und besinnt sich. Nein, beschließt er, er als der Älteste wird ab sofort für die jüngeren Brüder da sein. Doch schon bald muss er begreifen, seine Möglichkeiten, etwas für seine Brüder zu tun, sind begrenzt, wenn nicht gleich null in dieser SS-Willkür.

Als Ernst, der wegen einer Erkrankung nicht mehr arbeiten kann, selektiert wird und damit für den Tod bestimmt ist, spricht Max in seiner Verzweiflung den Blockschreiber an, den Bruder doch von der Liste zu nehmen.

»Glaubst du, ich gehe für ihn ins Gas?«, bekommt er zur Antwort.

Hunger, Misshandlungen und die schwere körperliche Arbeit setzen Max zu.

Er wird im Kanalbau eingesetzt. Er muss Zementsäcke schleppen, Kies schaufeln, Loren schieben. Immer bewacht. Wer zu langsam arbeitet, bekommt Schläge. Wer krank oder zu schwach ist, wird erschlagen. Max beobachtet, wie es alltäglich geschieht.

Er kennt schwere körperliche Arbeit vom Straßenbau. Dort hatte er aber ausreichend zu essen. Doch hier gibt es immer zu wenig. Etwas Brot, mittags etwas Rübensuppe, nie genug für die schwere Arbeit. Er hat Angst. Angst davor, irgendwann auch zu schwach zu sein. Angst davor, krank zu werden. Angst davor, in den Häftlingskrankenbau eingewiesen zu werden. Angst davor, was dann mit ihm geschehen wird. Wird man ihn erschlagen, so, wie man andere auch erschlagen hat? Mit einem Schaufelstiel. Oder wird man ihn, wenn sich abzeichnet, dass er sich nicht mehr von seiner Krankheit erholt, ins Gas schicken?

Max – einst ein Fußballspieler, der sich auf dem Sportplatz durchsetzen konnte. Robust war er. Keine Angst vor dem Gegner. Zumindest nach außen hin. Innen aber hat er einen weichen Kern. Das Märchen von »Hänsel und Gretel« kann er nicht lesen, weil er weiß, was mit Hänsel geschehen wird. Das geht ihm unter die Haut. Es ist zwar nur ein Märchen, aber trotzdem, er stellt es sich vor. Er kann das nicht.

Und hier, in Auschwitz, gehören solche »Hänsel« zu seiner

täglichen Erfahrung. Einmal, als er morgens aufwacht, liegt sein Pritschennachbar tot neben ihm. Er ist in der Nacht einfach gestorben.

Nicht zu ertragen ist für Max, als sie mit anschauen müssen, wie Häftlinge am Galgen sterben. Befohlen und bewacht von SS-Männern, müssen sie ihren Blick geradeaus richten. Auf den Galgen. Und danach spielt das Lagerorchester Wiener Walzer.

Eines Tages passiert es dann doch! Max wird krank, wird in den Häftlingskrankenbau eingewiesen. Er muss operiert werden, sein linkes Bein schmerzt, ist stark angeschwollen. Die Schmerzen sind kaum zu ertragen.

Er hat Glück. Er übersteht die Operation. Einen Tag später findet eine Selektion statt. Der Arzt und der Krankenbauschreiber erscheinen auf der Station. Der Schreiber mit dem Karteikasten. Jeder Kranke, jeder frisch Operierte, muss ein paar Meter im Laufschritt zurücklegen. Die Nummern werden aufgerufen. Es geht um Leben und Tod, das weiß Max. Er reißt sich zusammen. Er, der Fußballspieler, der Kurzstreckenläufer, für ihn werden die wenigen Meter zu einer fast unüberwindbaren Distanz. Aber er schafft es, wird nicht ausgesondert so wie viele an diesem Morgen, auf die der LKW vor der Tür schon wartet. Abtransport in den Tod.

Während seiner Kindheit hat er mit seinem Bruder ein Erkennungszeichen vereinbart. Einen ganz bestimmten Pfeiflaut. Max hört ihn, erkennt ihn. Er öffnet das Fenster des Krankenbaus und sieht, sein Bruder Edgar steht unten.

»Wie geht es«, fragt Edgar von unten.

»Gut«, antwortet Max.

Edgar wirft ihm ein Stück Brot hoch. Seine Tagesration.

Edgar hungert, um seinem Bruder zu helfen. Das wiederholt sich in den folgenden Tagen. Max kommt, dank der zusätzlichen Verpflegung, wieder zu Kräften.

Sein Bruder rät ihm, sich im Arbeitskommando bei den Schuhmachern zu melden. Dort habe er wenigstens ein Dach über dem Kopf. Max wird aufgenommen, soll sein Können vor dem Kapo demonstrieren. Der Kapo ist unzufrieden, befiehlt ihm, sich zu bücken. Er bekommt fünf Schläge mit einem Schuhleisten. Das wiederholt sich in den nächsten Tagen.

Durch Vitaminmangel und die permanente körperliche Überanstrengung bildet sich bei Max am rechten Schlüsselbein eine Phlegmone. Er muss erneut operiert werden. Er hat Angst. Einmal hat er den Häftlingskrankenbau überlebt. Das ist aber keine Garantie, dass er auch ein zweites Mal lebend dort rauskommen wird. Doch er schafft es, auch dieses Mal wieder mit der Zusatzverpflegung seines Bruders.

Sogar eine dritte Operation übersteht er, bevor er, zusammen mit seinem Bruder in das Konzentrationslager Warschau deportiert wird. In den Ruinen des Warschauer Ghettos wurde ein Konzentrationslager eingerichtet. Hier sollen die beiden Brüder, zusammen mit den übrigen Häftlingen des Transports, mithelfen, Zerstörtes aus dem Aufstand zu beseitigen. Mit Pickeln in der Hand müssen sie Ziegelsteine aus eingestürzten Mauern herausbrechen, sie vom Mörtel reinigen und aufstapeln.

Bei ihren Arbeiten stoßen sie oft auf verborgene Schätze, die sie in Kellerräumen finden: Geschirr, Bestecke, Porzellan. Alles müssen sie abliefern. Das ist ein Befehl. Verstöße werden mit der Todesstrafe geahndet.

Einmal finden sie auch Leichen, zwei Erwachsene und drei

Kinder. Offensichtlich sind die fünf unter dem Schutt der Mauern erstickt.

Nach wenigen Wochen, als der Rapportführer jemanden für die Wäscherei sucht, meldet sich Max. Er hofft, dass die Arbeit dort leichter ist. In der ersten Zeit waschen sie Häftlingskleidung. Die Wäsche ist voller Läuse. Läuse bedeuten Fleckfiebergefahr. Er muss aufpassen, dass er die Krankheit nicht bekommt, denn in den vor Schmutz starrenden Sachen, die er sortieren und in einen Kupferkessel füllen muss, tummeln sich die Viren.

Max bleibt von der Krankheit verschont, aber Edgar, sein Bruder, bekommt sie. Die Chance, im Lager Fleckfieber zu überleben, ist, weil es keine Medikamente gibt, gleich null. Trotzdem hat Edgar Glück. Ein norwegischer Medizinstudent kümmert sich um ihn. Auch Ernst Landau, ein Wiener Journalist, nimmt sich seiner als Pfleger an.

Max lernt Ernst Landau ebenfalls kennen. Landau hat zusammen mit anderen Wiener Schauspielern und Künstlern im Lager Warschau eine Kabarettgruppe gegründet, die sonntags ihr Programm erst probt und es abends dann vorführt. Die Zuschauer sind hauptsächlich SS-Männer, Kapos und Funktionshäftlinge, doch, wenn noch Platz ist, können auch andere Häftlinge an den Vorstellungen teilnehmen. Danach gibt es für die Darsteller regelmäßig einen Kessel Suppe aus der Lagerküche. Als Ernst Landau sich seine Suppenschüssel gefüllt hat, trifft er auf der Lagerstraße Max Mannheimer. Max, hungrig wie immer, fragt ihn, ob er etwas Suppe abbekommen könne. Landau sagt ja und aus der kurzen Begegnung auf der Lagerstraße wird eine lebenslange Freundschaft.

Im Dezember kommt Max in die Schreibstube, wo jemand

gesucht wird, der stenografieren kann. Stenografieren hat er gelernt. Der Vater wollte es. Jetzt profitiert er davon. Er meldet sich. Stenografieren muss er nicht. Er muss die Toten aus den Karteien »entfernen« und Listen über die Arbeitskommandos führen.

Am 27. Juli 1944 gibt es nach dem Morgenappell eine dreifache Ration Brot, dazu Dosenfleisch aus SS-Beständen. Sie wundern sich darüber. Es ist Proviant für ihre Evakuierung. Zu Fuß machen sie sich auf den Weg. Wer krank oder zu schwach ist, muss zurückbleiben, wird erschossen. Hundertzwanzig Kilometer laufen sie bis nach Kutno, dort werden sie in Waggons verfrachtet, immer neunzig Häftlinge zusammen. Es ist Hochsommer. Es ist heiß. Es ist eng in den Waggons. Nur ein Eimer steht ihnen für die Verrichtung ihrer Notdurft zur Verfügung. Es stinkt. Nach Urin. Nach Kot. Sie haben Durst, betteln die SS-Wachen um Wasser an, bekommen aber nichts.

Nach neun Tagen Fahrt haben sie ihr Ziel erreicht: das Konzentrationslager Dachau.

Drei Wochen Quarantäne wird ihnen verordnet, danach geht es zum Arbeitseinsatz. Max und sein Bruder Edgar bleiben zusammen, sie kommen in das Außenlager Karlsfeld.

Max wird einem Kommando zugeteilt, das für BMW Hallen auf dem Gelände bauen muss, sein Bruder kommt ins Gleisbaukommando. Die Arbeit ist kräfteraubend, Max muss Zementsäcke und Eisenteile schleppen und der SS-Hauptscharführer Jäntzsch, der die Häftlinge mit einem Schäferhund bewacht, macht sich einen Spaß daraus, das Tier auf die Männer zu hetzen und erst dann zurückzupfeifen, wenn das Opfer blutet.

Nach einigen Tagen wird Max krank, darf aber im Lager bleiben. Er wird zu einer »leichten« Arbeit eingeteilt. Zusammen mit einem älteren Mithäftling muss er die Toten im Außenlager einsammeln und sie ins Hauptlager nach Dachau bringen. Die Leichen sind mit einem Tuch abgedeckt, damit auf dem Weg nach Dachau niemand die makabre Fracht sehen kann. Max ist dafür verantwortlich, dass das Tuch immer ordentlich über den Toten liegt und nicht wegrutscht. Einmal wird es kurz vor Dachau doch von einer Windbö ein Stück hochgeweht. Passanten, vorwiegend Frauen, sehen die Ladung und wenden sich entsetzt ab. In Dachau werden die Leichen zuerst in einem Raum gesammelt, dann kommen sie ins Krematorium.

Im Januar 1945 werden die Brüder zum ersten Mal getrennt. Edgar wird ins Außenlager Mühldorf verlegt, wo die Häftlinge eine unterirdische Flugzeugfabrik bauen sollen. Die Rüstungsfirma will hier das Kampfflugzeug ME 262 produzieren lassen.

Doch schon zwei Wochen später geht ein neuer Häftlingstransport in dieses Außenlager. Max meldet sich freiwillig, er möchte zu seinem Bruder. Auch dort muss er schuften, die Verpflegung ist mangelhaft, er hat ständig Hunger und von Tag zu Tag schwinden seine Kräfte. In der Unterkunft gibt es Läuse, und wo Läuse sind, gibt es Typhus. Max infiziert sich mit der Krankheit. Fünf Wochen quält sie ihn, macht ihn mürbe. In dieser Zeit, am 28. April, ergeht der Befehl, dass das Lager geräumt werden soll. Max erreicht nur mithilfe seines Bruders, der ihn stützt, den Zug, sie besteigen Güterwaggons und werden abtransportiert. Sie fahren Richtung Westen.

Amerikanische Tiefflieger bringen den Zug für einige Zeit zum Stehen. Die Häftlinge verlassen die Waggons, suchen Schutz in den umliegenden Feldern. Einige überleben das nicht, werden von amerikanischen Bordgeschützen tödlich getroffen.

Ist der Krieg nun vorbei?, überlegt Max. Sind wir frei? Das sind doch amerikanische Flugzeuge!

Doch noch einmal werden sie in die Waggons getrieben, die Fahrt geht weiter, bis der Zug am 30. April erneut auf offener Strecke stehen bleibt. Die SS-Männer und Wehrmachtssoldaten, die sie während des ganzen Transports bewacht haben, sind plötzlich verschwunden. Die Waggontüren werden geöffnet. Sie sehen eine amerikanische Militärkolonne. Nun sind sie sicher – sie sind frei! Die Amerikaner können mit ihren Fahrzeugen nicht direkt bis an den Zug heranfahren. Die Gefangenen steigen aus. Neben den Bahngleisen führt ein schmaler Feldweg entlang. Max spürt ein wunderbares Gefühl, ein Gefühl, das er noch nicht in Worte fassen kann. Er weiß nur, dieser Feldweg ist für ihn nicht einfach nur ein Feldweg, für ihn ist es der Ort der Befreiung.

Max weint vor Freude.

In späteren Jahren, als Max Mannheimer wieder zurückkommt in das Land der Täter, das er eigentlich nie mehr betreten wollte, kehrt er regelmäßig am Jahrestag seiner Befreiung an diesen Ort zurück.

Max Mannheimer heute

Der Artikel in den »Dachauer Heften«, in dem Max Mannheimer seine Geschichte erzählt, war so etwas wie ein Startsignal. Etwas, was er sich nur schwer vorstellen konnte, sollte er nun plötzlich tun: reden! Seit dieser Zeit wird er zu ganz unterschiedlichen Anlässen eingeladen, um nicht nur über den Holocaust, sondern auch vor allem über seine eigene Geschichte zu reden, ist sie doch eines von millionenfachen Beispielen des Grauens. Seine Geschichte macht die Dimension des Holocaust deutlich.

Er hält Vorträge an Schulen und Universitäten, er spricht auf Kongressen und Tagungen, man hört ihn bei Jugendverbänden ebenso wie auf Parteitagen oder bei kirchlichen Organisationen. Er steht für Führungen in der Gedenkstätte Dachau zur Verfügung wie auch für Podiumsdiskussionen und Fernseh- und Rundfunkbeiträge.

Er ist Vorsitzender der Lagergemeinschaft Dachau e.V. und

Max Mannheimer, geboren am 6. Februar 1920 in Neutitschein/Tschechoslowakei, lebt heute in der Nähe von München.

Vizepräsident des Comité International de Dachau. Ferner ist er Ehrenmitglied im Beirat des Vereins »Gegen Vergessen – für Demokratie«.

Unermüdlich setzt er sich dafür ein, die Erinnerung an die Vergangenheit wachzuhalten. Die Stärkung von Demokratie und Freiheit ist es, die er in seinen Reden, aber auch in seinem Handeln, unablässig einfordert. Denn das Gegenteil, Diktatur, Unterdrückung, Vertreibung, Demütigung bis hin zur Ermordung fast seiner gesamten Familie in der Gaskammer, hat er persönlich durchlebt.

»Ihr seid nicht verantwortlich für das, was geschah. Aber dass es nicht wieder geschieht, dafür schon!«, sind seine steten zwei Schlusssätze vor Schülern.

Glossar

Appell

Im militärischen Bereich versteht man darunter das Versammeln einer Truppe, damit sie Befehle entgegennehmen kann. In den Konzentrationslagern dienten die Appelle zur Überprüfung der vollzähligen Anwesenheit aller Häftlinge. So mussten die Häftlinge auch ihre in der Nacht verstorbenen Kameraden zum Morgenappell mitnehmen, und wenn Häftlinge tagsüber bei der Arbeit umkamen, mussten sie der Vollständigkeit halber zum Appellplatz gebracht werden. Nach den Appellen wurden sie vom Leichenträgerkommando zum Krematorium gebracht. Appelle waren für die SS-Mannschaften auch eine Methode, um die Gefangenen zu schikanieren; sie konnten manchmal mehrere Stunden dauern.

Arbeitskommando

Häftlinge sind in den Konzentrationslagern zu ganz unterschiedlichen Arbeiten verpflichtet worden. Dazu wurden sie in Gruppen aufgeteilt, die in der Lagersprache »Arbeitskommando« hießen.

Blockälteste(r)

Der/die Blockälteste war ein Funktionshäftling im Konzentrationslager, der die Aufsicht über die in einer Baracke lebenden Häftlinge führte. Die Blockältesten waren für alles verantwortlich, was den Block betraf, z.B. für die festgelegte Barackenordnung, sie mussten stets die Zahl der Häftlinge prüfen, sie mussten dafür sorgen, dass die »Betten« vorschriftsmäßig gemacht waren und dass die Häftlinge rechtzeitig zum Appell antraten. Für die korrekte Durchführung ihrer Arbeit waren sie dem SS-Personal gegenüber verantwortlich. Sie wurden deshalb auch bestraft, wenn etwas nicht korrekt war.

Deportation
Auf staatliche Anordnung werden Menschen in andere, meist vorher festgelegte Gebiete weggebracht. Es sind Maßnahmen der zwangsweisen Unterdrückung von politischen Gegnern oder sie dienen der Isolierung von ethnischen Minderheiten. Mit dem Begriff »Deportation« werden vor allem die Verbrechen der Nationalsozialisten in Verbindung gebracht, die jüdische Einwohner aus Deutschland und den von den Deutschen kontrollierten Gebieten, aber auch Sinti und Roma in Ghettos oder Konzentrationslager bzw. Vernichtungslager verschleppt haben.

Effektenkammer
Die Nazis nannten die geraubten Besitztümer der Häftlinge in den Konzentrationslagern »Effekten«. Diese wurden in Häusern/Räumen gelagert, von Häftlingssonderkommandos sortiert und verpackt. Anschließend wurden sie nach Deutschland geschickt und dort an die Bevölkerung verteilt, oftmals als Kleider-, Winter- oder Weihnachtsbeihilfe.

Funktionshäftling
Funktionshäftlinge wurden von der SS ernannt und hatten im KZ bestimmte Aufgaben zu erledigen, die für das System wichtig waren. Sie sollten im Sinne der SS handeln. Vielfach

haben Funktionshäftlinge sich dann auch so zum Nachteil der gewöhnlichen Häftlinge verhalten, eine ganze Reihe von ihnen nutzte aber die privilegierte Situation, um Mithäftlingen zu helfen.

»in den Draht gehen«
Viele Häftlinge in den Konzentrationslagern haben die täglichen Demütigungen, die Schläge der Kapos, die mangelnde Verpflegung, die schwere körperliche Arbeit nicht mehr ertragen und es vorgezogen, ihrem Leben ein Ende zu setzen. Eine Möglichkeit war, in den unter Hochspannung stehenden Umzäunungsdraht zu greifen und auf diese Weise schnell zu sterben.

Kanada-Baracke
»Kanada« wurden in der Lagersprache die Baracken oder Blocks genannt, in denen Wertsachen, Kleidung und all die Dinge, die die Menschen aus ihrer Heimat mitgebracht hatten, gelagert. Der Begriff »Kanada« wurde von den Häftlingen deswegen gewählt, weil Kanada in ihren Augen als ein sehr reiches Land angesehen wurde.

Kapo
Der Begriffsursprung ist unklar, beschönigend wird oft »Kameradschaftspolizei« angenommen. Kapos in den Konzentrationslagern waren Funktionshäftlinge, die als Mitarbeiter der Lagerleitung Häftlinge beaufsichtigen mussten. Die SS wählte für diese Funktion nur Häftlinge aus, die sich durch besondere Brutalität anderen gegenüber auszeichneten. Dafür hatten sie bestimmte Privilegien wie eine bessere Verpflegung und wurden selbst auch nicht körperlich gezüchtigt. Durch ihren Ge-

horsam der SS gegenüber glaubten sie ihr eigenes Überleben im Lager sichern zu können. Für die SS war wichtig, dass Befehle skrupellos durchgesetzt wurden. Kapos waren im Lageralltag an ihrer Armbinde sowie an einem Stock oder einer Peitsche zu erkennen, die sie bei sich trugen. Sie führten die Aufsicht über Arbeitskommandos. Einem Kapo waren meist hundert Häftlinge untergeordnet. Kapos, die während ihrer »Arbeit« Häftlinge totschlugen, wurden von der Lagerverwaltung dafür nicht bestraft.

Läufer(in)
Läufer und Läuferinnen waren Funktionshäftlinge und hatten die Aufgabe, innerhalb des Lagers schnell Nachrichten zu überbringen.

Muselmänner
Als Muselmann wurden in der KZ-Lagersprache all jene Häftlinge bezeichnet, die durch Unterernährung bis auf Haut und Knochen abgemagert waren. Ihre Beine waren geschwollen, ihre Bäuche aufgebläht. Ihr Selbsterhaltungstrieb befähigte sie anfangs noch, nach Essbarem wie Kartoffelschalen oder Essensresten zu suchen. Von der SS wurden sie für dieses Verhalten als »Untermenschen« bezeichnet. Muselmänner hatten im Lager keine Überlebenschancen. Entweder starben sie an Entkräftung, Hunger oder Krankheit, oder sie wurden von SS-Ärzten für den Tod selektiert.

Pogromnacht
Als Pogromnacht oder Reichspogromnacht wird die Nacht vom 9. auf den 10. November 1938 bezeichnet. Vom dama-

ligen nationalsozialistischen Regime wurden Gewaltmaßnahmen gegen die Juden im gesamten Deutschen Reich organisiert. Hunderte jüdische Menschen wurden ermordet oder in den Selbstmord getrieben, über 1 400 Synagogen, Betstuben, jüdische Versammlungsräume sowie jüdische Geschäfte, Wohnungen und Wohnhäuser und jüdische Friedhöfe wurden zerstört. Diese geplanten Aktionen sollten den »spontanen Volkszorn« auf die Ermordung des deutschen Diplomaten Ernst Eduard von Raht durch den 17-jährigen Juden Herschel Grynszpan darstellen. Mehr als 30 000 männliche Juden wurden von der Gestapo verhaftet und in die Konzentrationslager Buchenwald, Dachau und Sachsenhausen deportiert.

Rassengesetze

Die Nürnberger Gesetze, am 15. September 1935 einstimmig vom Reichstag verabschiedet, werden auch als Nürnberger Rassengesetze bezeichnet. Damit gaben die Nationalsozialisten dem Antisemitismus in Deutschland eine juristische Grundlage. Die Nürnberger Rassengesetze umfassten drei Bereiche:

Blutschutzgesetz: »Zum Schutz des deutschen Blutes und der deutschen Ehre« wurde die Eheschließung sowie der außereheliche Geschlechtsverkehr zwischen Juden und Nichtjuden verboten. Verstöße wurden als Rassenschande bezeichnet und mit Gefängnis oder Zuchthaus bestraft.

Reichsbürgergesetz: Darin wurde festgelegt, dass nur diejenigen deutsche Staatsbürger sein konnten, die deutsches oder artverwandtes Blut hatten. Dieses Gesetz hatte zur Folge, dass Juden keine öffentlichen Ämter mehr innehaben durften.

Reichsflaggengesetz: Darin wurde das Hakenkreuz zur Reichsflagge erklärt. Dass allen »Nichtariern« der Besitz dieser Flagge untersagt war, wurde schon im Blutschutzgesetz festgelegt.

»Schonschein«
Häftlinge, die aufgrund einer Erkrankung oder Verletzung arbeitsunfähig waren, konnten sich in der Ambulanz durch eine ärztliche Bescheinigung von der Arbeit befreien lassen. Allerdings mussten die Häftlinge für einen solchen »Schonschein« entweder mit Lebensmitteln oder sonstigen wertvollen Dingen bezahlen. So wurden jüdischen Häftlingen in der Regel nur selten oder gar keine »Schonscheine« ausgestellt, da die Ärzte wussten, dass diese Häftlinge außerhalb des Lagers niemanden hatten, der ihnen die für eine solche Bescheinigung notwendigen Dinge hätte zuschicken können.

Stehbunker
Stehbunker wurden in Konzentrationslagern errichtet und dienten der Bestrafung von Häftlingen. Im Block 11 des Stammlagers Auschwitz wurden auf Anweisung des damaligen Schutzhaftlagerführers Haus Aumeier vier Stehbunker mit einer Grundfläche von weniger als einem Quadratmeter gebaut. Den »Eingang« zu den Stehbunkern bildete ein kleines Schlupfloch am unteren Ende, durch das die Gefangenen hineinkriechen mussten. Luftzufuhr gab es nur durch eine kleine Öffnung. Bis zu vier Gefangene mussten dort gleichzeitig ihre »Strafe« verbüßen. Diese Bestrafungsaktionen erfolgten immer nachts, tagsüber mussten die Gefangenen wieder arbeiten. Manchmal wurden Häftlinge zu mehreren Nächten Stehbunker verurteilt.

Völkerbund
Der Völkerbund entstand 1919, gegründet von den Siegermächten des Ersten Weltkriegs, und nahm im Januar 1920 seine Arbeit auf. Er war Teil des Versailler Friedensvertrages. Seine Kernaufgabe bestand in der Bewahrung des Friedens auf der Grundlage des Völkerrechts.

Nach dem Versailler Vertrag wurde das Saarbecken (etwa um ein Viertel kleiner als das heutige Saargebiet) als Mandatsgebiet des Völkerbundes verwaltet, völkerrechtlich blieb es aber ein Teil des Deutschen Reiches. Bei einer Volksabstimmung 1935 kehrte die Region vollständig an das Deutsche Reich zurück.

Nach dem Zweiten Weltkrieg wurde der Völkerbund aufgelöst. Die Vereinten Nationen wurden gegründet.

Literaturhinweise

Bejarano; Esther: *Erinnerungen, Vom Mädchenorchester in Auschwitz zur Rap-Band gegen rechts*
Laika Verlag, Hamburg 2013

Hesdörffer; Heinz: *Bekannte traf man viele …*
Verlag Chronos, 3. Auflage, Zürich 2013

De Vries; Erna: *Der Auftrag meiner Mutter – Eine Überlebende der Shoa erzählt*
Verlag Metropol, 2. Auflage, Berlin 2012

Sobolewicz; Tadeusz: *Aus der Hölle zurück – Von der Willkür des Überlebens im Konzentrationslager*
Fischer Taschenbuch-Verlag, 7. Auflage, Frankfurt 2011

Franz; Philomena: *Zwischen Liebe und Hass*
Books on Demand GmbH
ISBN 3-8311-1619-9

Franz; Philomena: *Zigeunermärchen*
Books on Demand GmbH
ISBN 3-8311-2264-4

Mannheimer; Max: *Spätes Tagebuch – Theresienstadt – Auschwitz – Warschau – Dachau*
Verlag Piper, 2. Auflage, München 2013

Von der Leyen; Marie-Luise: *Max Mannheimer Drei Leben*
dtv, 2. Auflage, München 2013

Königsberg; Josef: *Ich habe erlebt und überlebt!*
Portalis Verlag, Essen 2007

Mozes Kor; Eva: *Ich habe den Todesengel überlebt –*
Ein Mengele-Opfer erzählt
Verlag cbj, 6. Auflage, München 2012

Bildnachweis

Aktion Sühnezeichen Friedensdienste: 49; Boos, Bernadette: 13, 39, 59, 93, 115, 133, 159, 177, 201, 223 (Grafitti- Illustrationen); CANDLES Holocaust Museum and Education Center: U1 o., 181, 182, 193, 197, 198; Engelmann, Reiner: 91, 135; Hazut, Jack: 138 (www.israelimages.net); Init: U4 o.; Picture-Alliance: 16 (dpa/Jens Büttner), 36 (Lutz Müller-Bohlen), 61 (Hermes Images-AGF_Bildagentur-online), 175 u. (PAP_Jacek Bednarczyk); Privatarchiv: 65, 72, 86 (Erna de Vries Korn), 95 (2x), 112 (Josef Königsberg), 131 (Philomena Franz), 175 o. (Karol Tendera), 226, 241 (Max Mannheimer); Stefan Hanke Photographie: 57; The State Museum Auschwitz-Birkenau in Oświęcim: 205; Thinkstock: U1 u. (N.N.), U1-Fond (Istock/Korovin); Wać, Agnieszka: 221 (www.krakau-stadtfuehrung.de).

Für die Illustrationen, die der Geschichte vorgestellt sind, wurden aktuelle Porträtfotos der Zeitzeugen als Vorlage verwendet. Einen Teil der Fotos hat Herr Engelmann während der Interviews gemacht, ein Teil stammt aus dem Privatbesitz der Zeugen und die anderen Aufnahmen wurden uns freundlicher Weise zur Verfügung gestellt: Seite 13 (Esther Bejarano) Originalfoto mit freundlicher Genehmigung Archiv AJZ e.V. Dessau / Seite 39 (Edward Paczkowski) Originalfoto mit freundlicher Genehmigung des Fotografen Stefan Hanke / Seite 115 (Philomena Franz) Originalfoto mit freundlicher Genehmigung einer Schülerin des Albertus-Magnus-Gymnasiums in Gergisch Gladbach / Seite 133 (Tadeusz Sobolewicz) Originalfoto mit freundlicher Genehmigung von Agnieszka Wać.

© Random House/Isabelle Grubert

Reiner Engelmann wurde 1952 in Völkenroth geboren. Nach dem Studium der Sozialpädagogik war er im Schuldienst tätig, wo er sich besonders in den Bereichen der Leseförderung, der Gewaltprävention und der Kinder- und Menschenrechtsbildung starkmachte. Nebenher veröffentlichte er Bücher, vorwiegend zu sozialen Brennpunktthemen. Für Schulklassen und Erwachsene organisiert Reiner Engelmann regelmäßig Studienfahrten nach Auschwitz. Bei einem dieser Aufenthalte lernte er auch Wilhelm Brasse kennen.

© Bernadette Boos

Bernadette Boos steht normalerweise als Performancekünstlerin und Sängerin auf der Bühne und macht Hip Hop und Poetry-Slam-Projekte mit Jugendlichen. Sie hat während der Interviews mit den Zeitzeugen Skizzen und Zeichnungen angefertigt, die als Grundlage für die Portraits bei den Kapitelanfängen dienten.

Waldtraut Lewin

Wenn du jetzt bei mir wärst – Eine Annäherung an Anne Frank

ca. 224 Seiten, ISBN 978-3-570-17108-0

Längst ist das lebenslustige jüdische Mädchen, das sich zwei Jahre lang in der Prinsengracht zu Amsterdam vor den Nazis verstecken konnte und dort Tagebuch führte, zu einer Ikone erstarrt und geistert als Lernstoff durch die Klassenzimmer Deutschlands. Waldtraut Lewin wagt es, das Denkmal von seinem Sockel und Anne in unsere Welt zu holen, um sie besser kennenzulernen. Bei ihrer fiktiven Begegnung lässt sie Anne staunen über das, was sich in den siebzig Jahren seit ihrem Tod verändert hat. Und erzählt ihr vom Staat Israel oder vom neuen Deutschland, in dem Juden leben dürfen und Menschen gegen Rechtsradikalismus auf die Straße gehen. Zusammen wagen sie den Blick von heute auf das Gestern und das Morgen.

cbj

20217

www.cbj-verlag.de

Eva Mozes Kor / Lisa Rojany Buccieri

Ich habe den Todesengel überlebt

Ein Mengele-Opfer erzählt

ca. 224 Seiten, ISBN 978-3-570-40109-5

Eva Mozes Kor ist zehn Jahre alt als sie mit ihrer Familie nach Auschwitz verschleppt wird. Während die Eltern und zwei ältere Geschwister in den Gaskammern umkommen, geraten Eva und ihre Zwillingsschwester Miriam in die Hände des KZ-Arztes Mengele, der grausame »Experimente« an den Mädchen durchführt. Für Eva und ihre Schwester beginnt ein täglicher Überlebenskampf ...
Die wahre Geschichte einer Frau mit einem unbezwingbaren Überlebenswillen und dem Mut, die schlimmsten Taten zu vergeben.

40073

cbj

www.cbj-verlag.de

Reiner Engelmann

Wir haben das KZ überlebt – Zeitzeugen berichten

ca. 192 Seiten, ISBN 978-3-570-17197-4

Wer Überlebende des Holocaust trifft, spürt den Abgrund, der sie von anderen Menschen trennt. Sie waren in Auschwitz, Buchenwald, Dachau. Sie haben unsägliches Leid erfahren. Der Tod war ihr ständiger Begleiter. 70 Jahre nach der Befreiung von Auschwitz gibt es nicht mehr viele Zeitzeugen. Umso wichtiger ist es, ihre Erfahrungen für die Nachwelt zu dokumentieren. Im Gedenken an die Toten, aber auch für den Frieden in der Zukunft. Damit sich die Hölle auf Erden nicht wiederholt. Reiner Engelmann hat zehn Zeitzeugen befragt und ihre Erinnerungen für Jugendliche aufgeschrieben. Ein erschütterndes Zeugnis und ergreifendes Mahnmal wider das Vergessen. Und zugleich ein zutiefst bewegendes Plädoyer für das Leben.

10330

cbj

www.cbj-verlag.de